KB012117

드라큘라
야근!3

와가하라 사토시
일러스트 아리사카 아코
satoshi wagahara
ill. aco arisaka

히키 미하루

아이리스
예레이

리앙 쉬이링

"……안 어울, 려?"

"기모노…….”

"괜찮으시다면
감상을 들려주실 수 있을까요?"

디자인 ■ 키무라 디자인 랩

드라큘라 야근!

DRACULA YAGEUN!

3

와가하라 사토시 지음
아리사카 아코 일러스트
박경용 옮김

일기예보는 그 날의 예상 최저 기온이 영하 2도라고 했다.

토라키 유라의 『침실』인 블루로즈 샤토 조우시가야 104호실의 목욕탕은 싸늘했다. 그야말로 흡혈귀의 뼈에도 사무칠 정도의 추위였다.

딱히 흡혈귀가 추위에 강한 것은 아니지만, 그래도 토라키의 고향은 눈이 많은 지역이었기 때문에 타고난 육체의 능력으로 추위에는 강하다고 생각했었다.

"감기 걸리겠네."

블루로즈 샤토 조우시가야는 화장실과 별개로 목욕탕이 있고 그럭저럭 넓은 대신 탈의장이 없다. 그리고 목욕탕 안에는 전기 콘센트가 없다.

때문에 전기를 이용한 방한 도구를 들일 수가 없어서 두꺼운 담요와 두꺼운 잠옷이나 솜옷, 그리고 온수 주머니가 방한 대책의 한계였다. 토라키는 어린 시절을 떠올리면서 기묘한 적막함을 느끼고 말았다.

"설마 60년이 지났는데도 쓰는 방한 도구가 변하질 않다니……."

에어매트를 담요로 둘둘 말고 더욱이 그 위에 깃털 이불과 담요를 덮은 침상에서, 토라키는 보통 사람과 마찬가지로 눈을 뜨고서도 잠시 꾸물거리고 있었다. 그런데 누군가 목욕탕 문을 밖에서 두드리며 말을 걸었다.

"유라? 일어났어? 오늘은 좀 빨리 출근하는 시간이잖아?"

"……."

토라키는 104호실에 혼자서 살고 있으며, 누군가와 함께 살고 있는 기억이 없었다.

그러나 들리는 목소리는 틀림없이 옆집인 103호실에 사는 아이리스 예레이의 것이었다. 오늘도 그녀는 토라키에게 무단으로 만든 스페어 키를 써서 방에 들어온 것이다.

"이제 슬슬 너를 불법침입으로 고소해도 되지?"

"잠꼬대 해? 아침 식사 만들었어."

멋대로 들어온 걸 탓했더니 잠꼬대라고 하신다.

분명히 자고 일어났더니 누군가 방을 데워주고, 식사를 만들어주는 것에 불평을 하는 것은 벌 받을 일일지도 모른다.

그러나 언뜻 정성스럽게 토라키를 보살펴주는 것처럼 보이는 아이리스의 이 행동은 선의에서 나온 것이 아니었다. 선의로 신상을 보살펴줄 법한 사람은 집주인에게 무단으로 스페어 키를 만들거나 집주인에게 무단으로 집에 들어오지 않는다.

토라키도 그냥 당하기만 하지 않고 맨션의 관리회사에 연락하여 자비로 자물쇠를 바꿔 달 셈이었지만, 연말연시가 끼다 보니 관리회사의 움직임이 둔해서 아직도 예정이 잡히지 않았다.

"아침으로 먹기에는 좀 부담스럽지 않냐?"

일반적으로는 조금 이른 저녁 식사 시간이지만, 흡혈귀인 토라키에게는 아침 식사 시간.

하루를 시작하는 첫 식사로 육즙이 흐르는 철판 햄버그는 꽤 부담스럽다.

"아니 뭐, 그게, 잘 먹겠습니다."

불법침입에다가 식재료가 토라키의 냉장고에서 나온 것이라고 해도, 만들어준 식사에 너무 불평을 해선 안 된다.

토라키가 식사를 하는 동안, 아이리스는 토라키의 정면에 앉아서 토라키의 얼굴을 빤히 바라보았다.

그러나 그 얼굴은 전혀 웃지 않았다.

"야. 그렇게 쳐다보면 먹기 힘들어."

"응. 맛은 어떤가 싶어서."

"……맛있어."

이것이 연인이나 부부의 대화라면 아무 문제도 없을 것이다.

그러나 토라키는 흡혈귀이며, 아이리스는 토라키 같은 어둠의 생물 『팬텀』을 사냥하는 암십자 기사단의 수도기사였다.

아이리스가 헤비한 고기 요리를 정색한 표정으로 토라키에게 만들어주는 것에도 당연히 이유가 있었다.

"쉬이링한테 틈을 보이면 안 돼."

"……알고 있어."

"지금 이 상황에서 바보 같은 짓을 할 리 없다며 방심했을 때 허를 찌를지도 몰라."

"안다니까. 몇 번을 말하냐."

"피의 각인은 가지고 있지? 무슨 일 있으면 바로 도움을 청해."

"나 다 컸거든요!"

"당연한 거잖아?"

"아아 진짜!"

눈을 내리깔고 귀에 못이 박히도록 말하는 경고를 오늘도 듣게 되는 토라키.

결코 맛이 없지는 않은 햄버그도 이래서는 도무지 맛볼 수가 없다.

토라키는 마음의 귀에 뚜껑을 덮으며, 오늘의 근무를 평상심으로 극복하리라고 맹세했다.

※

토라키 유라가 흡혈귀에서 인간으로 돌아가기 위해서는 그를 흡혈귀화한 『부모』인 무로이 아이카를 쓰러뜨려야 한다.

그러나 아이카는 고요로 분류되는 스트리고이이며 대단히 강력한 팬텀이었다. 요코하마에 기항한 호화 여객선에서 아이카와 해후한 토라키는 격전 끝에 아이카를 놓치고 만다.

그 다음 일본 국내에 잠복한 아이카는 대륙의 강시가 조직한 비밀결사, 리앙 시방(尸幇)의 인도로 국외 탈출을 꾀했다.

리앙 시방은 아이카의 지시로 연말의 도쿄에서 무고한 팬텀을 끌어들이는 사건을 다수 일으켰다. 도쿄에서 팬텀 대책을 세우고 있는 암십자 기사단이나 히키 가문의 눈길을 돌리려는 목적이었다.

그리고 당연히 시방은 아이카를 노리고 있는 토라키에게

도 자객을 보냈다.

토라키가 아르바이트 점원으로 일하는 프론트 마트 이케부쿠로 동5쵸메점에, 리앙 쉬이링이란 이름의 신입 점원이 나타났다.

쉬이링은 리앙 시방에 소속된 인간이 강시의 술법을 습득한 데미 강시였다. 본래는 단순히 토라키가 일하는 편의점에서 소란을 일으켜 암십자와 히키 가문의 눈길을 끌기만 하는 임무를 맡고 있었다.

그러나 쉬이링은 향기를 이용한 강시의 술법으로 토라키를 유혹해서, 피를 빨게 하여 자신도 진짜 팬텀이 되고자 했다.

쉬이링의 행동은 물론, 리앙 시방이 여태까지 일본에서 벌인 활동은 아이카의 의도에서 벗어난 것이 많았다.

아이카 또한 자신만 국외로 도망치면 될 텐데, 아이리스를 유괴하여 기껏 다른 곳으로 돌려놓은 토라키의 눈길을 자신에게 끌어들이는 모순된 행동을 취했다.

그 과정에서 아이카가 아이리스의 어머니인 유니스 예레이의 지기였다는 사실이 드러났다. 그리고 유니스의 죽음에도 관여한 것처럼 말을 남기고, 토라키와 아이리스 앞에서 자취를 감추었다.

그 뒤의 조사로 아이카가 국외로 도망치는데 성공했다고 판단됐다.

리앙 시방은 쉬이링을 포함하여 방주인 슈에셴까지 붙잡혔다. 그러나 토라키는 또 다시 원수를 놓치고, 아이리스 또

한 가족과 연관된 수수께끼를 해명하기 위해 아이카를 추적할 것을 마음속으로 다짐했다.

쉬이링은 인간으로서 공식적인 신분이 존재한다는 것, 아이리스 구출을 위해서 협력했다는 것, 쉬이링 본인에게는 아직 일본에서 전과가 없다는 점을 비추어, 보호 관찰 같은 상태가 되어 그대로 계속 프론트 마트에서 일하게 되었다.

그런 연말의 소동을 지나, 무사히 해를 넘긴 1월 중반의 일이었다.

※

"안녕하세요? 토라키 씨. 피, 마실래요?"

"안 마셔. 여기가 무슨 선술집이냐?"

오후 7시. 프론트 마트 이케부쿠로 동5쵸메점에 출근한 토라키를 맞이한 것은 저녁부터 오전 0시까지 야간 근무에 들어와 있는 쉬이링이었다.

쉬이링은 강시의 힘을 가지고는 있지만 진짜 강시와 달리 낮에는 인간과 마찬가지로 행동할 수 있다. 그래서 토라키처럼 근무 시간에 과도한 제약이 없었다.

암십자와 히키 가문의 보호 관찰 아래 놓인 쉬이링은 관찰하는 쪽에게 스케줄 관리를 받고 있었다.

따라서 토라키처럼 매번 심야 근무를 하는 게 아니라, 때때로 저녁 시간 근무를 하는 일도 있었다.

그리고 쉬이링은 연말의 소동 이후로 토라키에게 자기 피를 마시게 하고자 갖가지 수를 써서 유혹하고 있었다.

강시의 술법에 필요한 도구는 거의 다 몰수당한 모양이지만, 그 탓에 반대로 토라키에 대한 어프로치가 직접적인 것이 되었다.

"쉬이링! 언제 손님이 올지 모르는 타이밍에 그런 말을 하는 게 과연 괜찮은가 싶은데!"

그 영향으로, 토라키를 주저 없이 파트너 팬텀으로 칭하며, 암십자 소속 쉬이링의 관찰자 중 한 명이기도 한 아이리스의 기분이 점점 더 틀어져 가는 것이다.

"아이리스 씨도 매일매일 끈질기네요. 제가 그런 얼빠진 짓을 할 거라 생각하세요?"

"한순간의 방심으로 목숨이 날아갈 수 있다는 건 당신이 가장 잘 알지 않아?"

쉬이링은 강시의 향술로 토라키를 유혹하려고 한 그 순간, 아이리스가 쳐들어와서 유혹에 실패했다.

아이리스로서는 그때 일을 들먹여서 견제를 하려고 한 것이었다.

"걱정하지 않아도 괜찮아요. 이제 멀리서 미하루 씨가 감지할 수 있을 법한 일은 안 하고, 하지도 못하니까요. 정정당당하게 토라키 씨를 쓰러뜨리겠어요!"

"유라를 쓰러뜨려서 어쩌려고?! 설마 묘한 술법으로 발이라도 묶으려는 건 아니겠지!"

"어? 술법? 묶어요? ……아."

쉬이링은 물론 토라키도 한순간 아이리스가 무슨 말을 하는 건지 모르겠다는 표정을 짓고, 쉬이링은 금방 아이리스를 깔보는 것처럼 웃음을 지으며 어깨를 으쓱거렸다.

"……홋."

"앗! 지금 나를 바보 취급했지?!"

"아뇨~? 아무것도~?"

"하아아아아……."

토라키는 이미 정형화되고 있는 쉬이링과 아이리스의 쓸데없는 말다툼에서 도망치듯, 조용히 직원실로 피난했다.

"이거 대체 언제까지 이어지는 거지."

1월 중반이라 흡혈귀의 피부에 좋지 않은 산타복을 입지 않게 됐지만, 이번 연말연시에 급격하게 직장이 마음 불편한 곳이 된 것 같았다.

리앙 시방에 연관된 사건 속에서 쉬이링의 처지에 동정을 느낀 것은 사실이고, 그녀가 인간으로서 평범한 길을 걷게 된다면 좋겠다고 생각한 것도 정말이었다.

그러나 어째선지 쉬이링은 토라키를 입구 삼아서, 토라키가 벗어나고자 바라는 어둠에 들어가고자 한다. 그 탓에 마주칠 때마다 아이리스와 쓸모없는 말다툼이 끊이지 않았다.

분명히 쉬이링은 그렇게 생각해 버릴만한 과거가 있었다. 본인의 능구렁이 같은 태도나 말투에도, 불안을 감추려는 게 아닌가 싶은 부분이 있다.

시방의 방주가 일본에서 붙잡히긴 했지만 본부는 당연히 대륙에 있을 거고, 방주가 쓰러졌다면 새로운 방주를 세울지도 모른다.

그렇게 된 경우, 사실상 시방을 배신한 쉬이링에게는 보복의 손길이 뻗을 가능성도 있었다.

그러나 그것은 그렇다 치고, 쉬이링의 피를 마셔줄 수도 흡혈귀로 바꿔줄 수도 없다.

쉬이링도 토라키의 그런 긍지를 이해하고 있을 텐데, 그래도 포기하지 않고 토라키에게 피를 마시게 하려고 하는 것은 이제 슬슬 지긋지긋하다.

"언제까지 이어지는 걸까……."

토라키는 답이 없는 물음을 괜히 반복하면서 타임 카드로 근무 시간을 찍고, 평소처럼 유니폼을 입었다. 거울 앞에서 몸가짐을 정돈하고, 손을 씻고 가게 안으로 돌아왔다.

"토라키 니이임……."

"힉!"

그랬더니 전에 없이 생기가 없는 히키 미하루가 서 있어서, 토라키는 무심코 움츠러들고 말았다.

"미, 미하루?! 무슨 일이야?!"

히키 미하루는 일본 팬텀의 정점에 선 고요 야오비쿠니[1]의 자손이며, 인간 사회에도 은연중에 영향력을 가진 명가의 영

#1 야오비쿠니 일본에 전해지는 설화의 주인공. 우연히 인어의 고기를 먹고 불로불사가 된 여성이다. 주변 사람들이 먼저 죽는 것에 허망함을 느껴 비구니가 되어 죽을 날이 올 때까지 방랑했다고 한다. 800년을 살고서야 죽었기에 야오비쿠니(팔백비구니)라고 불린다.

애였다.

야오비쿠니의 피를 이은 자로서 극히 강인한 육체와 생명력을 가졌고, 무예에도 정통하다. 열여덟이라는 연령에 걸맞지 않은 정치력마저도 가지고 있는 그 미하루가 기가 죽어 있다는 것만 봐도, 이 다음에 이어질 전개에 불길한 예감밖에 느껴지지 않았다.

"어째선지, 어울리지 않게 기가 죽어 있네요."

히키 가문에 붙잡혀 있었던 적이 있기 때문에 쉬이링은 그다지 미하루에게 좋은 감정이 없었다.

그러나 그런 그녀의 눈에도 지금 미하루의 모습은 기이하게 보이는지, 당황한 기색으로 힐끔거리며 토라키를 곁눈질로 보았다.

토라키로서도 절대 사정 따위 듣고 싶지 않았다. 하지만 이 『어울리지 않는』 미하루를 매정하게 대하는 것은 인정상으로도 그렇고, 사회생활을 하면서도 좋지 않은 결과를 불러올 것이 명백했다.

미하루는 평소부터 토라키에 대한 연심을 선언하고 있었다. 토라키를 데릴사위로 들인다고 주저 없이 공언하며, 토라키에게 다가가는 여성을 모조리 적대시한다.

그러나 미하루는 아이리스나 쉬이링과 달리 히키 가문의 일과 사명에 토라키를 적극적으로 끌어들이지 않으며, 이유도 없으면서 토라키의 집이나 근무지에 쳐들어오는 일도 여태까지 없었다.

그렇기에, 아무 조짐도 없이 미하루가 편의점에 나타난 것에 어수선한 사태를 예감하는 것이다.

　"무…… 무슨 일이야?"

　"훌쩍……."

　"우, 우는 거냐?"

　코가 빨개져서 훌쩍거리는 미하루를 보고 토라키는 더욱이 동요했다.

　"아뇨. 바깥과 안의 기온 차이 때문에, 조금……. 죄송합니다."

　"아, 그래. 아니, 그건 괜찮은데, 정말로 무슨 일이야?"

　어디에 어떤 지뢰가 숨어 있을지 모르기 때문에 되도록 상냥한 목소리로 말했다.

　"토라키 님, 부탁드려요. 저를 구해주실 수 있으신가요?"

　"기, 기다려. 심각한 얘기야? 나 지금부터 일해야 되는데……."

　"조금 정도는 제가 커버할 테니까 괜찮아요, 토라키 씨. 들어 주세요."

　"미하루가 이렇게 얌전하다니 희한하네. 정말로 뭔가 곤란한 일 있는 거 아냐? 좀 들어주는 게 어때?"

　쉬이링과 아이리스는 심각한 표정을 지으면서도, 진지하게 생각하는 건지는 알 수 없는 어조로 붙임성 있게 말했다.

　토라키는 떫은 표정을 지었다.

　"알바라고 해도 일은 일이야. 그리고 정말로 미하루가 심각한 고민을 품고 있다면, 일하는 짬짬이 듣는 게 더 미안하잖아."

반쯤 진심이다. 그러나 나머지 반은 귀찮은 이야기를 듣고 싶지 않다는 마음을 담아서 말하자, 미하루가 감동한 것처럼 어디선가 꺼낸 손수건으로 입을 가리고 오열을 흘렸다.

"토라키 님은 역시, 절 소중하게 생각해 주시는 거군요……!"

예상한 그대로인 미하루의 반응에, 대단한 고민이 아닌 것 아닐까 하는 예감이 토라키와 아이리스와 쉬이링 사이를 지나쳤다.

그러나 다음 순간, 그런 예감을 한순간에 날려버리는 폭탄이 미하루의 입에서 튀어나왔다.

"토라키 님…… 부탁드려요. 부디 아무것도 묻지 말고…… 저의 본가에 가서 일족에게 결혼 인사를 해주세요."

"아무것도 묻지 않고 그런 일을 할 수 있을 리 없잖아 무슨 말이야."

"일을 너무 많이 해서 머리의 나사가 풀려 떨어진 거 아닌가요 바보 같은 소리 하지 말고 돌아가 주세요."

무리한 부탁을 받은 토라키보다도 아이리스와 쉬이링이 훨씬 빨리 반응했지만, 미하루는 두 사람의 목소리가 들리지 않는 듯 토라키에게 매달렸다.

"부탁드려요, 토라키 님……. 안 그러면 저……. 원치 않는 결혼을 하게 된답니다!"

"……아하."

토라키는 미하루의 목소리가 의미를 가진 말로 인식되지 못해서, 멍하니 대답을 하는 수밖에 없었다.

"사실은 교토의 본가에서, 갑자기 혼담 얘기가 나왔어요."

미하루는 취식 코너에서 토라키가 사준 커피를 두고 차근차근 사정을 이야기하기 시작했다.

토라키와 쉬이링은 계산대에 서 있고, 아이리스는 미하루 옆에 앉아서 사정을 듣고 있었다.

"혼담이라니, 부모가 결혼 상대를 정했다는 거야?"

"그런 거죠."

"요즘 세상에도 그런 일이 있네요~. 역시 명가네요~."

쉬이링은 담백하게 반응했다. 사실 토라키와 아이리스도 내심 같은 생각을 하고 있었다.

"그렇게 싫어한다는 건 상대가 전혀 모르는 녀석이라거나, 터무니없이 나이가 떨어져 있는 건가?"

"아뇨……. 상대도 모르는 사이가 아니라…… 또래의 소꿉친구예요. ……어렸을 때는 자주 같이 놀았습니다."

"그러면 딱히 나쁠 거 없지 않나요? 소꿉친구라면 사이가 나쁜 상대도 아닌 거죠?"

"농담하지 마세요! 저는 토라키 님이 아닌 남성과 맺어질 생각은 없어요!"

쉬이링은 심드렁한 태도로 적당히 말했지만 미하루는 진지하게 대답했다.

그만큼 정말로, 미하루가 여유를 잃고 있다는 것이었다.

"있지, 새삼스럽지만 물어봐도 돼? 어째서 그렇게 유라가 좋다는 거야?"

"전세로부터 이어진 붉은 실이랍니다."

"야오비쿠니의 자손이 현실과 공상을 구별하지 못하는 건 웃을 수가 없는데."

아이리스의 물음에 어쩐지 모르게 평소 같은 분위기로 대응하는 미하루.

"그리고 토라키 씨한테는 그럴 생각이 없는 거죠? 그러면 포기하고 그 사람이랑 결혼하는 수밖에 없지 않나요?"

"잠깐, 쉬이링."

나른한 태도로 말하는 쉬이링을 보고 아이리스는 눈썹을 찌푸렸다.

"그와 결혼하는 일은 절대 있을 수 없어요!"

그날 가장 강하게 한 말이라, 아이리스도 쉬이링도 토라키도 놀라서 미하루를 보았다.

"그, 그렇게까지 말하다니, 어떤 남자야? 뭐가 그렇게 마음에 안 드냐? 아니, 그야 요즘 세상에 부모가 정해준 상대가 싫다고 생각하는 건 이해한다만……."

토라키가 조심조심 물어보자, 미하루는 진지한 표정으로 토라키를 올려다보더니 말했다.

"얼굴입니다."

"뭐?"

"얼굴이 마음에 안 들어요."

"미하루…… 당신……."

"얼굴이라고오……?"

"그렇게, 직접적으로……."

꾸밈없는 직구인 말에, 아이리스도 토라키도 쉬이링도 어안이 벙벙해졌다.

현실적인 문제로 이성이 연애 대상이 되는가, 결혼상대로 생각할 수 있는가의 판단 재료로 얼굴 생김새는 분명히 중요한 요소였다.

그러나 그렇다 쳐도, 그것을 대놓고 최우선 판단 재료라고 말하는 것도 요즘 세상에 꽤 드물다. 어떤 의미로 대단히 잔혹한 일이었다.

"하, 하지만 결혼은 인품이 더 중요하지 않아?"

"인품이라. 그거야말로 그 남자에게 가장 부족한 부분입니다. 그에게는 『자신』이라는 것이 근본적으로 빠져 있어요. 그런 데다가 얼굴을 받아들일 수가 없어요. 정말로 결혼 상대로서 절대 있을 수 없어요!"

"그, 그 정도야?"

"어째서 네 본가는 그런 녀석이랑 혼담을 진행하는데?"

"어쩔 수 없답니다. 상대는 히키 가문과 어깨를 나란히 하는 명가의 장남이니까요."

"히키 가문과 격이 같은 명가…… 응?"

토라키는 미하루의 말에서 뭔가 걸리는 걸 느끼고 고개를 갸웃거렸다.

"혹시 그 상대도 팬텀이냐?"

토라키의 물음에 미하루는 묵직하게 고개를 끄덕이고, 아이리스와 쉬이링도 그제야 깨달은 듯 미하루를 보았다.

히키 가문은 오래 전부터 일본의 팬텀을 대표해왔다.

그 히키 가문이 혼담을 승낙하는 상대라면, 상대도 팬텀이라는 것은 충분히 생각할 수 있었다.

"토라키 님, 무지나 가문, 이란 집안을 아시나요?"

"응~ 들어본 적은 있는 것 같긴 하다는 수준인데."

"동일본 팬텀에게는 의외로 알려져 있지 않을지도 모르겠어요. 무지나 가문은 히키 가문 정도는 아니지만, 일본의 팬텀에 커다란 영향을 끼치는 집안입니다. 지금은 서일본의 팬텀과 인연이 깊어서, 이쪽에서는 그다지 활동하지 않습니다만."

"무지나 패밀리⋯⋯. 들어본 적이 없는데, 어떤 팬텀이야?"

수도기사인 아이리스도 들어본 적이 없다는 무지나 가문.

미하루는 작게 숨을 내쉬고 그 정체를 고했다.

"무지나 가문은, 놋페라보[#2] 일족입니다."

"놋⋯⋯."

침묵이, 프론트 마트 이케부쿠로 동5쵸메점을 지배했다.

가게의 BGM이 공허하게 울리는 가운데, 몇 초 지나서 토라키가 드디어⋯⋯.

"그건 뭐⋯⋯ 얼굴이 마음에 든다 만다 이전의 문제구만."

그렇게 말을 쥐어 짜냈다.

#2 놋페라보 한국에 흔히 달걀귀신으로 알려진 요괴. 얼굴에 눈코입이 없고 달걀처럼 매끈하다. 사실 본래 한국에 전해지는 달걀 귀신하고는 전혀 다른 요괴.

※

놋페라보는 괴담 따위에 자주 나오는 눈과 코와 입이 없는 사람 모양의 요괴였다.

오래 전부터 도시부에 살고 있었기 때문에, 인간 사회에 연관된 에피소드가 대단히 많다.

"사진 같은 건 없나요?"

여태까지 흥미가 없어 보였던 쉬이링이 놋페라보라는 말에 흥미가 생겼는지 계산대에서 미하루 쪽으로 몸을 내밀었다.

"그런 걸 물어봐서 어쩌려고요?"

"놋페라보는 중국에도 있어요. 리앙 시방의 동료 강시가 만난 적이 있다고 하는데요. 저는 본 적도 만난 적도 없어서, 어떤 모습인지 궁금해요."

"……."

미하루는 잠시 쉬이링을 노려보고서, 기모노 오비에 끼워 둔 슬림폰을 꺼내 조작하더니 쉬이링에게 내밀었다.

건네 받은 화면을 본 쉬이링은 놀라서 눈이 커졌다.

"와아! 잘생긴 사람이잖아요!"

거기에는 미남이라는 표현밖에 할 수 없는 용모가 단정한 청년이 찍혀 있었다.

"자, 잠깐 보여줘."

쉬이링이 뜻밖의 반응을 보인 것이 신경 쓰였는지, 아이리스가 손을 뻗어 쉬이링의 손에서 슬림폰을 받았다.

"분명히, 들은 것처럼 모자란 사람으로 보이진 않네."

아이리스도 화면에 비친 남자를 보고, 당혹하여 미하루의 옆모습을 살폈다.

"허, 놋페라보라고 하기에 어떤 녀석인가 했는데, 멋진 남자잖······ 어 잠깐 이 사진!!"

그런데 마지막으로 화면을 본 토라키의 반응이 가장 격렬했다.

"야 미하루! 이거 어떻게 된 거야! 오오이와 마사토시잖아!"

""······누구?""

흥분한 토라키의 입에서 튀어나온 이름에, 아이리스와 쉬이링이 나란히 고개를 갸웃거렸다.

"어?! 너네들 오오이와 마사토시 모르냐! 시대를 풍미한 영화배우라고. 분명히 30년쯤 전에 죽었지만."

"몰라. 내가 태어나기도 전에 죽은 외국의 무비스타잖아."

"진짜냐. 우리들 세대에는 모르는 사람이 없는데. 일반상식이야. 인협물#3에서는 최고였다고! ······응?"

그러나 그때 토라키는 문득 제정신을 차렸다.

이것은 미하루의 혼담 상대의 사진이 아니었던가?

"너 오오이와 마사토시랑 결혼하는 거냐? 혹시 오오이와 마사토시는 팬텀이었어?"

"아니에요! 그리고 죄송하지만, 저도 오오이와 마사토시라

#3 인협물 일본의 야쿠자를 소재로 다루는 특유의 장르. 야쿠자들 사이의 의리나 야쿠자가 아닌 일반 시민에게는 손대지 않는다는 암묵의 규칙을 중시하는 경향이 있다. 때문에 야쿠자에 대한 미화라는 평가도 있다.

는 영화배우에 대해서는 잘 모릅니다!"

"거짓말이지?!"

미하루는 자기 세대의 스타에게 열중하고 있는 토라키의 손에서 슬림폰을 회수하고는 살짝 어깨를 떨구었다.

"놋페라보 일족 최대의 특징은, 세속적으로 말하자면 광범위한 카피 능력입니다."

"카피 능력?"

고개를 갸웃거리는 쉬이링에게 미하루는 계속 해설했다.

"놋페라보는 인간뿐 아니라, 다른 종족의 얼굴이나 체격, 복장은 물론이요. 가지고 있는 능력마저도 순식간에 자신의 몸으로 복사할 수가 있어요. 물론 능력에는 개체의 차이에 따른 한계가 있습니다만, 이번에 혼담이 오가는 무지나 가문의 장남이라면 카피할 수 없는 상대가 거의 없을 겁니다. 아마도 저 정도라면 완전히 카피하는 것도 가능할 거예요."

"미하루의 모습이 될 수 있다는 거야?"

"용모뿐이 아닙니다. 제 목소리, 전투능력, 야오비쿠니의 특수능력, 모두입니다."

"어?!"

아이리스는 놀라서 소리를 지르고, 이어서 토라키를 보았다.

"네. 만약 토라키 님을 복사한다면, 겉모습뿐 아니라 흡혈귀의 능력을 모두 복사할 수 있어요. 낮에 재가 되어 버리는 특징도 포함해서요."

"그, 그거 터무니없는 능력 아냐?"

아이리스가 심각한 표정을 지었다.

미하루는 간단히 말했지만, 요컨대 세상에 존재하는 누구든지 될 수 있는 능력이 놋페라보의 장점이었다.

다른 사람으로 변신하면 어떤 나쁜 짓도 가능하다. 놋페라보가 나쁜 짓을 저질렀을 경우, 현재 인간 사회의 시스템으로는 진실을 폭로하는 것이 일단 불가능하다.

그 위협을 이해한 아이리스가 숨을 삼켰지만, 그것을 본 미하루는 기가 막힌다는 표정이었다.

"물론 뭐든지 자유롭게 할 수 있는 건 아닙니다. 그건 그렇고 수도기사쯤 되는 사람이 공부가 부족하군요. 놋페라보는 일본에서 야오비쿠니보다도 메이저한 팬텀인데요?"

"메이저한가? 뭐 메이저하네."

미하루가 말할 때까지 놋페라보의 이름마저 떠올리지 못했던 토라키는 혼자서 자기 완결을 했다.

"그래서, 대체 왜 유라를 데리고 가야 한다는 건데? 혼담은 미하루의 집과 그 무지나라는 집의 이야기잖아."

공부가 부족하다는 지적에 울컥한 기색으로 아이리스가 눈썹을 찌푸리며 말하자, 미하루는 괜히 손뼉을 쳤다.

"그래요. 이야기가 탈선됐네요. 토라키 님은 저의 연인 겸 혼약자로서 교토의 히키 본가에 와주셔야겠어요."

"누가 연인이야."

"누가 혼약자인가요?"

"어째서 나보다 너네들 둘이 불평을 하냐?"

미하루가 뻔뻔스레 말하자 아이리스와 쉬이링의 분위기가 단숨에 험악해졌다. 하지만 그런 것에 동요할 미하루가 아니었다.

"당신들 두 사람은 끼어들 권리도 자격도 없어요. 입 다물어 주세요."

흥분하는 두 사람을 미하루가 날카롭게 억눌렀다.

"뭐어?! 무슨 권리!"

"미하루 씨야말로 무슨 자격이 있어서 토라키 씨에게 그런 말을 하는 건가요?"

"흥. 그걸 기어이 물어보는 건가요?"

미하루는 아이리스와 쉬이링의 항의에 코웃음을 치더니, 팔짱을 끼고 아이리스를 흘겨보았다.

"메리 1세호의 승선 티켓 말입니다만, 늑대인간 사가라 것까지 포함하여, 200만엔 정도 들었습니다."

"어?"

그 순간 아이리스의 표정이 굳었다.

"실제로 여행을 하지는 않았으니 티켓요금은 환불됐습니다만, 여러모로 억지를 부려서 손을 썼기 때문에 50만엔 정도 손해를 봤어요. 그리고 결국 그 배에서 무로이 아이카와 겨루기 위해 선내에서 구입한 일본도가 80만엔 정도였던가요?"

"으극."

토라키도 보이지 않는 칼날에 찔린 것처럼 가슴을 억눌렀다.

"그리고 아이리스 예레이. 당신이 유괴됐을 때 어쩔 수 없이 움직이게 된 헬기 말입니다만, 다른 업무에 쓰이던 것을 억지로 불러온 거라, 그만큼의 손실과 연료비가 적게 잡아도 30만엔 정도 들었습니다."

"아……. 그러고 보니…… 무라오카 씨가 부탁한 일 있었네……."

그 헬기에 직접 타고 있었던 쉬이링이 썰물이 빠지는 것처럼 미하루와 거리를 벌리고자 했다.

"토라키 님께도 여러모로 사정이 있으실 거고, 협력하기로 정한 것은 저의 의지입니다만……. 그건 그렇다 치고, 요즘 들어 토라키 님이 무로이 아이카와 겨루는 것을 위해 저는 160만엔 정도의 사비를 동원했답니다."

하이 그레이드 호화여객선의 객실 숙박 요금이 보통 호텔이랑 차원이 다르다는 것은 토라키도 잘 알고 있으며, 일본도가 비싼 물건이라는 것도 이해하고 있었다.

물론 헬리콥터가 개인이 이용하는 탈 것 중에서 특히나 사용 코스트가 높다는 것도 알고 있었다.

그러나 그것이 160만엔이라는 구체적인 금액이 되자, 흡혈귀인 토라키는 빈혈을 일으킬 것 같았다.

"우후후."

그런 토라키의 내심을 다 아는 것처럼, 미하루는 요염한 미소를 지었다.

"물론 결혼 인사를 하러 가달라는 부탁이 무모하다는 건 잘 알고 있어요. 그러니까, 이 금액을 돌려주신다면, 이 이야기는 없었던 것으로 하겠습니다."

"그, 그건…… 저기."

"내, 내가 낼게!"

대답이 궁해진 토라키를 감싸듯, 아이리스가 몸을 내밀었다.

"헤, 헬기는 나를 구하려고 동원된 거니까 내가 내는 게 맞잖아?! 30만엔 정도는 내 저금으로 어떻게든 될 거야!"

"그렇군요. 맞는 말입니다. 그러면 130만엔이 남는군요."

"백……삼……."

아이리스의 목소리가 가늘어지고, 쉬이링은 어느샌가 계산대 반대쪽으로 이동하여 모르쇠하는 표정으로 택배 전표를 정리하고 있었다.

"어쩔 건가요? 아이리스 예레이. 파트너 팬텀을 위해서, 그 정도 예산이 나오는 건가요?"

"그, 그건, 저기, 시스터 나카우라한테, 무, 물어봐야 하는데……."

"그러면 어려워 보이는군요. 토라키 님은, 어떠신가요?"

"어, 아…… 그게……."

"저로서도 사랑하는 토라키 님을 위해서 돈을 아끼고 싶지는 않습니다만, 히키 가문의 일원으로서 돈의 취급은 역시 신중하게 해야 합니다. 그렇게 되면, 앞으로 무로이 아이카를 추적하는 것에 관해 협력할 수 있는 일이 적어지게 될지도 몰라요……."

"그, 그렇겠지. 그거야, 저기."

"히키 가문 안에서도, 제가 토라키 님에게 열중하는 것에 쓴 소리를 하는 자가 많아요. 저 자신은 괜한 참견이라고 생각하고 있습니다만, 그렇다고 해도 말이죠? 저에게도 입장이라는 것이 있으니까요……."

미하루는 끝까지 말하지 않는다.

안 하지만, 이건 완전히 협박이다.

요컨대 지금까지 빚진 걸 청산하지 않으면, 앞으로 무슨 일이 있어도 모른다고 말하는 것이다.

"……본가가 교토라고 했지?"

"네!"

함박웃음을 짓는 미하루와 소태 씹은 표정의 아이리스를 보고, 토라키는 어깨를 푹 떨구었다.

"가면 되잖아. 가면."

토라키는 꺾여 버렸다.

"토라키 님이라면 분명 그렇게 말씀해주실 거라고 생각했어요!"

"유라!!"

아이리스는 커다란 소리를 질렀지만, 토라키는 떫은 표정으로 아이리스를 보았다.

"전에도 말했잖아. 이래저래, 미하루한테는 빚이 있어."

"그렇다고……!"

"사실은 미하루가 나에게 협력할 의리도 이유도 없어. 그런데도 여러모로 무리를 하면서 협력해준 것에 대해, 나는 아직 아무것도 돌려주지 못했어."

"그, 그렇다고, 유라, 설마 진심으로 미하루랑 결혼할 셈?!"

"아니 그러니까 그건……."

정말로 결혼하러 가는 게 아니다. 그렇게 말하려던 토라키를 미하루가 가로막았다.

"그렇다고 해도, 당신과 무슨 관계가 있죠?"

"과, 관계는, 있어! 있다니까! 왜냐면 나랑 유라는……."

"파트너 팬텀 따위의 착취 시스템에 억지로 집어넣은 관계가 아닌가요? 당신, 뭐 하나라도 토라키 님께 받은 은혜를 갚은 것이 있나요?"

"그, 그건……!"

"저기~ 너무 가게 안에서 소란 피우지 말아주세요~. 다른 손님한테 폐가 되니까요~."

"다른 손님 없잖아! 쉬이링도 뭐라고 말 좀 해봐!"

"그야 여러모로 하고픈 말이 있기는 하지만요. 지금 제 입장에서 미하루 씨에게 대놓고 거스르는 건 좋은 생각이 아니니까요."

"주제를 아는 것은 좋은 일이군요. 리앙 쉬이링."

히키 가문이 쉬이링의 행동을 제한하고 있지만, 대륙의 시방에게서 지켜주는 상황이기도 하기 때문에 미하루에게 강하게 나갈 수 없을 것이다.

"그래서 아이리스 예레이. 당신은 저랑 토라키 님의 길을 막을 정당한 이유가, 파트너 팬텀 제도 말고 있는 건가요?"

"그, 그건, 저기, 그게⋯⋯."

"아니면 당신이 대신 160만엔을 지불할 건가요? 뭐 이건 이미 돈이 어떻고 하는 이야기가 아니지만요."

"우⋯⋯."

아이리스는 대답할 말을 찾지 못하고, 어중간하게 자리에서 일어선 채 입을 다물고 말았다.

쉬이링을 물러나게 만들고, 아이리스를 억누른 미하루의 기세는 이미 아무도 막을 수 없었다.

"자, 그렇게 정해졌으면 얼른 일정을 정해야겠어요! 토라키 님, 교토까지는 신칸센과 비행기 어느 쪽이 좋으신가요? 당연히 신칸센이라면 1등칸인 그린 차량, 비행기라면 하네다에서 이타미까지 비즈니스 클래스로 준비할 거랍니다!"

"아아, 아니 그게. 알바 근무를 조정해야 하니까, 그렇게 곧장 갈 수는 없고⋯⋯."

"토라키 님은 일본식 방과 서양식 방 어느 쪽 취향이신가요? 히키 가문과 연계되는 호텔의 로열 스위트 룸과, 노포 요정의 요리가 배달되는 고민가 민박 한 건을 이미 확보해 뒀답니다! 토라키 님만 괜찮으시다면 며칠이고 머무르셔도 괜찮아요. 짐은 최소한으로 가져오시면 됩니다. 쾌적함과 의복, 물론 본가에 인사를 하러 가기 위해 필요한 정장까지 모두 준비하겠어요! 양복이 좋을까요? 전통의상이라면 토라키 님 집안의 가문(家紋)을 넣을 테니까 말씀해 주세요?! 왕복 교통비와 교토에 머무르는 비용은 모두 제가 부담할 테니 걱정하실 것 없답니다!"

물 흐르듯 말하는 미하루에게 완전히 밀려버린 토라키는 말을 잃었고, 반론하지 못하는 아이리스는 얼굴이 빨개진 채 입을 꾹 다물었다.

"그거 여유롭게 160만엔 넘잖아요."

재빨리 전선에서 후퇴한 쉬이링은 미하루에게 들리지 않도록 태클을 걸었다.

"내일 안으로 자세한 일정을 연락드리겠어요! 기대해 주세요!"

"그, 그래······."

그리고 미하루는 그런 얼어붙은 분위기에 끄떡도 하지 않고 함박웃음을 지으며 말했다.

※

"~이익! ~익!! ~~~익!!"

아이리스는 블루로즈 샤토 조우시가야 103호실의 침대에 드러누워서, 베개에 얼굴을 묻고 말이 안 되는 소리를 지르고 있었다.

스스로도 뭐가 그렇게 마음에 안 드는지 몰랐지만, 어쨌거나 밤에 일어난 갖가지 일들에 대해서 납득이 되지 않았다.

미하루의 수법이 일단 마음에 안 든다.

그 수법에 간단히 굴하는 토라키의 태도도 마음에 안 든다.

그러나 가장 마음에 안 드는 건, 그 자리에서 아무 힘이 없었던 자신이었다.

미하루가 하는 말과 하는 일에 대해서, 아무런 유리한 카드를 내지 못하고 반론도 못했던 자신의 상황이었다.

일본에 온 뒤로 일상생활은 죄다 토라키에게 의지하고 있었다.

거기에 더해 본래 자신의 직무인 암십자 기사단의 성무마저도 토라키의 손을 빌리기만 하고 있었다.

게다가 팬텀에게 유괴를 당한 끝에, 미하루의 힘이 없었다면 살아서 돌아오지도 못했을 거다.

토라키와 약속을 잡은 미하루는 그 다음에 승리를 뽐내는 태도로 돌아갔다.

주차장이 없는 편의점인데, 민폐가 되게도 앞길에는 고급스러운 세단형 차가 서 있었다. 하얀 장갑을 낀 운전수 같은 초로의 남성이 미하루를 뒷좌석에 태우더니 아이리스를 향해서 인사를 하고 물러갔다.

"정말…… 진짜……."

지금까지 미하루는 히키 가문 히키 가문 노래를 부르면서도 기본적으로는 단신으로 토라키나 아이리스 앞에 나섰다. 그런데 어제 처음으로 부하 같은 인물과 함께 나타난 것도, 그만큼 미하루가 진심이라는 걸 드러내는 것 같았다.

아이리스는 베개에서 고개를 들었다. 토라키의 방과 비교해서 아주 약간 창문에서 많이 들어오는 아침의 햇빛을 원망스레 노려보면서, 새로 마련한 옷장의 서랍 바닥에 숨겨둔 일본의 은행 통장을 꺼냈다.

"한참 부족해."

30만엔이라면 모를까, 역시 160만은 어떻게 안 된다.

"뭐더라? 없는 소매는,[#4] 뭐라고 했는데."

아이리스는 작게 한숨을 쉬었다.

잉글랜드에 있을 무렵의 저금을 합쳐도, 일본엔으로 50만 엔에 도달할까 말까 하다.

"딱히…… 헬기 말고는, 내가 내야 할 이유는, 없지만…… 애당초 메리 1세호도 미하루가 제 발로 따라온 거잖아……."

아이리스는 돌아온 뒤부터 몇 번을 말했는지 모를 불평을 내뱉고, 문득 제정신을 차렸다.

애당초, 어째서 이 정도까지 마음에 안 드는 걸까?

"……."

알고 있었다.

지금 자신의 생활은 온갖 부분에서 완전히 토라키에게 의존하고 있으며, 토라키도 이래저래 불평을 하지만 참을성 있게 아이리스 말을 들어주고 있었다.

그러다 보니까, 그만 토라키를 자신이 독점하고 싶은 마음에 사로잡혀서……

"그런 게 아니고!"

#4 없는 소매는 휘두를 수 없다 일본의 속담. 기모노는 비쌀수록 원단을 풍부하게 써서 소매 자락을 길고 크게 만든다. 따라서 돈이 없으면 소매 자락도 짧아진다.

옷장 앞에서 펄쩍 뛰듯이 일어선 아이리스는 통장을 난폭하게 서랍에 던져 넣고, 자신의 볼을 찰싹찰싹 때리며 외출할 준비를 시작했다.

"집에서 가만있으니까 이런 거야! 생각해 보면, 이건 유라나 미하루만의 문제가 아냐! 시스터 나카우라에게 보고해야지!"

파트너 팬텀이 장거리 이동을 할 때는 담당 기사가 소속 주둔지에 그것을 사전이든 사후든 괜찮으니 알리는 룰이 있었다.

이번에는 미하루가 일부러 예고까지 했다.

암십자는 강력한 팬텀의 장거리 이동을 좋게 보지 않는다.

그리고 아이리스의 상사인 암십자 기사단 도쿄 주둔지의 기사장 나카우라 세츠코는 기본적으로 토라키나 미하루를 적시하고 있다. 그러니 그들이 도쿄에서 떨어진다는 걸 알면 뭔가 묘안을 내줄지도 모른다.

아이리스는 스스로도 어째서 이렇게까지 필사적인지 모르는 채 집을 뛰쳐나가서, 무심코 104호실의 문을 보았다.

아침 해가 완전히 오른 이 시간, 토라키는 목욕탕의 어둠 속에서 잠들어 있을 것이다.

그야말로 메리 1세호 사건 때 자신도 했었던 일이지만, 미하루가 억지로 토라키를 채갈지도 모른다고 생각하여 104호실의 자물쇠까지 확인해 버렸다.

"……괜찮겠지."

과거의 자신이 한 짓을 완전히 제쳐두고서 가슴을 쓸어내린 아이리스는, 꾸물꾸물한 마음을 품은 채 주둔지인 선샤인 60으로 향했다.

"그런가요. 히키 미하루가 토라키 유라를……."

아이리스의 보고를 들은 나카우라는 아침 일찍 아이리스가 가져온 귀찮은 이야기를 진지하게 들어주었다.

자기가 찾아오긴 했지만, 이 상사는 언제 주둔지에 와도 빳빳하게 풀을 먹인 청결한 수도복을 입고 대기하고 있었다. 대체 언제 자택에 돌아가는 걸까?

"잘 들으세요. 시스터 예레이. 절대로 두 사람을 따라 교토에 가겠다는 생각을 해선 안 됩니다."

그러나 돌아온 대답은 사실상 미하루와 토라키의 행동을 용인하는 것이나 마찬가지였다.

"무, 무슨 뜻인가요?! 파트너 팬텀에게 그런 장거리 이동을 시켜도 되는 건가요?!"

아이리스는 무심코 테이블을 때리며 몸을 내밀었지만, 나카우라는 미간을 찌푸린 채 동요하지 않았다.

"일본은 사정이 특수합니다. 일본 팬텀의 통치는 사실상 히키 가문이 장악하고 있다는 것은 당신도 알고 있겠죠."

"네, 그거야……."

갑자기 이야기가 비약되자 아이리스는 눈을 깜박거렸다.

"일본은 예로부터 인간과 팬텀이 손을 잡고 세상의 질서를 정비해온 희귀한 나라입니다. 대부분의 나라에서는 오랜 투쟁의 역사 끝에, 인간이 팬텀을 억눌렀습니다만, 일본의 팬텀에게는 예로부터 인간과 교섭을 할 만한 지혜가 있었습니다."

"네……."

"그 때문에 히키 가문이나 무지나 가문을 비롯한 오랜 팬텀 일족은 교토에 자리를 잡고, 예로부터 인간 사회에 따르지 않는 『요괴』가 일으키는 괴이에 인간과 손을 잡고 대항했습니다."

"그건 알고 있지만요. 그게 어째서 따라가선 안 된다는 이야기가 되는 건가요?"

"암십자 기사단의 주둔지가, 후쿠오카보다 동쪽, 나고야보다도 서쪽에 없는 것은 알고 있겠죠? 암십자 기사단은 제2차 대전 뒤에 일본에 상륙했습니다만, 히키 가문과 맺은 협정 탓에 칸사이 지역에서 암십자 기사단의 활동은 크게 제한을 받고 있습니다. 히키 가문의 아가씨가 토라키 유라를 데리고 간다면, 저는 그것을 막을 수 없어요. 토라키 유라가 간다고 말을 했다면 더욱 그렇습니다."

"어, 어째서인가요?!"

"그것도 협정이기 때문입니다. 히키 가문은 일본 팬텀을 통솔하며, 일본의 치안을 유지하는 역할을 맡고 있어요. 반대로 말하면 그들은 결코 일본의 치안을 흐트러뜨리지 않는다는 겁니다."

"그럴 수가……!"

"시스터 예레이. 히키 가문과 무지나 가문은 일본 팬텀들의 축이 되는 중요한 집안입니다. 그들과 다투게 되면, 암십자 기사단의 활동에 지장이 생겨요. 특히…… 예레이의 기사."

"……윽."

"그 이름은, 히키 미하루에게 알려졌겠죠?"

예레이의 기사.

아이리스의 집안은 암십자 기사단 전체에서도 이름이 알려진 최강의 가계 중 하나였다.

"하, 하지만 저는 역대 예레이의 기사와 비견될 만한 실력자가……!"

"스스로 그렇게 말하고서 선조님께 죄송하지는 않은 건가요!!"

진실을 고백했는데도, 나카우라는 엄격한 호통을 쳤다.

"……어쨌든지. 예레이의 기사를 잇는 당신이 만에 하나라도 협정을 깬다면, 그것만으로도 극히 무거운 정치적인 문제가 발생할 위험성마저 있습니다. 알겠나요?"

나카우라는 어슴푸레한 주둔지 안에서 재주 좋게 안경을 빛내며, 흡혈귀에게 나무 말뚝을 박는 것처럼 아이리스에게 못을 박았다.

"토라키 유라와 히키 미하루를 따라갈 생각은, 결코 해선 안 됩니다. 알겠죠!"

나카우라가 못을 박아 버린 시점에서 아이리스는 손 쓸 방도가 없어진 거나 마찬가지였다.

다음은 이제 토라키 자신이 뜻을 거두는 것 정도 말고는 사태를 막을 방법이 없지만, 어젯밤의 상황을 봐서 토라키가 새삼 미하루의 요청을 거절할 거라 생각하긴 어려웠다.

그리고 전에 토라키 자신으로부터 『빛밖에 없다』라고 잘라 말해 버린 아이리스가, 더 이상 토라키의 행동을 제멋대로 제한하는 일을 할 수 없었다.

"시스터 예레이. 거듭 말하지만, 절대로 두 사람 뒤를 따라서 교토에 들어갈 생각은 하지 마세요. 아무런 절충도 없이 수도기사가 교토에 들어가면, 그것만으로도 커다란 문제가 됩니다."

나카우라가 안경 안에서 날카로운 눈초리로 아이리스를 찌릿 노려보았다.

긁어 부스럼 정도로 그친 게 아니라, 막상 토라키와 미하루가 교토에 가는 단계가 되어도 쫓아가지 말라는 명령을 받고 말았다.

게다가 나카우라의 어조로 짐작하건대, 성무의 신청서를 내지도 않고 아이카와 싸웠을 때보다도 처분이 무거워질 예감이 들었다.

마지막 희망마저도 끊어진 아이리스는 초연한 기색으로 주둔지를 떠났다.

밤새 토라키의 가게에서 쉬이링을 감시한 피로와, 흐린 하늘과 살을 에는 듯한 추위의 바람이 아이리스의 마음을 더욱 가라앉혔다.

"아……."

깨닫고 보니 아이리스는 프론트 마트·이케부쿠로 동5쵸메 점 앞에 있었다.

이 시간에는 토라키도 쉬이링도 없으니까 가게에 와도 소용없다.

오너인 무라오카를 만나도 대화가 되지 않으며, 지금은 딱히 뭘 살 예정이 없으니 발길을 돌리려고 했는데…….

"어라! 아이리스 씨?"

"오우?!"

누가 갑자기 어깨를 두드려서 아이리스는 작게 비명을 질렀다.

"미안, 놀라게 했어? 하지만 정말로 OH라고 하는구나."

"아, 아카리?"

편의점 오너인 무라오카의 딸 아카리가 도리어 놀란 표정을 짓고 있었다.

"네, 안녕하세요~?"

"안녕? 저기, 춥지 않아?"

아카리의 교복을 보고, 아이리스는 순순히 감상을 말했다.

위에는 코트와 머플러를 입었는데, 아래쪽은 묘하게 짧은 스커트에 무릎 아래 높이의 양말과 가죽 구두 차림.

아무래도 학교의 교복인 모양인데, 어쨌거나 이 추운 도쿄의 싸늘한 바람 속에서 허벅지를 드러낸 모습이니 상상만 해도 감기 걸릴 것 같았다.

"근성이지. 지금밖에 못하는 거니까."

"그런 거야? 학교 가는 길이니?"

"그래. 가게에 들러서 점심 사가려고."

토라키의 생활 시간대에 맞춰 지내다 보면 아침 일찍이 늦은 시간대로 느껴진다.

"조금 얼굴이 지쳐 보이는데, 늦게까지 일했어?"

"……알겠니?"

"응. 눈이 좀 위험해."

"그래. 미안해. 어젯밤에 여러모로 일이 있어서."

있는 힘껏 미소를 만들려는 아이리스에 비해, 아카리는 아침의 밝은 텐션 그대로 그다지 깊게 생각지 않고 천연덕스레 말했다.

"여러모로는 뭐야? 설마 토라키 씨가 진심으로 바람피우기라도 했어~?"

그러나 『바람』이라는 일본어가 머릿속에 때려 박힌 순간, 아이리스의 얼굴에서 웃음이 사라졌다.

"왜 그렇게 생각했니?"

아이리스가 진지한 표정으로 되묻자, 반대로 아카리가 놀라서 눈을 부릅떴다.

"어? 그 반응 뭐야? 판단이 망설여지는데. 어? 어라? 이거 진지한 거야? 나 뭐 잘못 건드렸어?"

"잘못 건드렸다니, 뭐가?"

"그러니까, 그게, 저기, 너무 깊은 의미는 없었는데…… 저기, 물어보고 싶은데……."

아카리는 갑자기 당황한 표정이 되어 필사적으로 말을 고르며 말했다.

"아이리스 씨랑 토라키 씨는, 결국 그게, 어떤 관계야? 역시 사귀고 있어? 연인 같은 의미로."

"……맞아."

심신의 피로도 어우러져서, 아이리스는 그다지 깊은 생각 없이 긍정해 버렸다.

"진짜. 위험하잖아……."

아카리는 신음한 끝에, 기어이 얼굴이 창백해졌다.

"미, 미안해. 어쩐지, 그게, 잘 몰라서, 놀리는 것처럼 말했네."

"그건 괜찮은데, 아카리, 무슨 일 있었니?"

"무슨 일인가 하면, 그게, 이쪽이 할 말인데. 어…… 그러면 그건 어떻게 된 거지?"

아이리스는 전에 아카리를 팬텀이 주최한 음악 이벤트에서 데리고 나왔을 때 한 이야기를 나중에 정정하지 않았다.

그때 아이리스와 토라키 사이를 추측한 아카리에게, 굳이 긍정도 부정도 하지 않고 아카리가 마음을 여는 방향으로 추측할 수 있게 유도했다.

그 경위가 있었기 때문에, 쉬이링과 만난 직후 그녀가 같은 질문을 했을 때도 아카리의 귀에 들어갈 것을 우려하여 부정하지 않았다.

그러나 아이리스는 토라키가 아카리에게 아이리스와의 관계가 연인이 아니라고 말한 것을 몰랐다.

그렇기에 아이리스는 아카리를 구해내기 위해서 한 말에 모순이 없도록 해야 한다고 생각하고 있었다.

결과적으로 아카리 안에서 토라키와 아이리스가 정말로 어떤 관계인지 이야기가 어긋나 버려서, 아카리는 대단히 혼란에 빠졌다.

"뭐 아는 거 있니?"

"알고 있다고 해야 할지, 본 게 있다고 해야 할지. 저기. 여기서만 하는 말인데…….."

아카리가 진지하게 어색한 표정을 지으며 목소리 톤을 한 단계 낮추었다.

"연말에 말야. 토라키 씨 가게에 새로 여자 직원이 들어왔거든."

"쉬이링 말야?"

"리앙 씨랑 아는 사이였어?!"

아이리스로서는 극히 평범하게 되물었을 뿐인데, 아카리가 입에 손을 대면서 놀란 반응을 보이자 이번에는 아이리스가 곤혹스러워졌다.

아카리는 자리가 불편한 기색으로 스쿨백을 고쳐 메고, 앞머리를 손으로 만지작거리며, 꼬물꼬물거리면서 또 목소리를 낮추어 말했다.

"저기, 내가 말했다고는 하지 마? 그 새로운 리앙 씨란 직원. 토라키 씨한테 좀 마음이 있는 모양이라서."

"……헤에."

"그래서 나 봤단 말야~. 토라키 씨가 리앙 씨랑 손잡고 출근하는 거."

"뭐?"

머리 속의 어딘가가 순식간에 얼어붙는 것 같았다.

"토라키 씨는 아무것도 아니라고 리앙 씨가 억지로 쥔 거라고 변명을 했는데 말야. 나랑 눈이 마주치자마자 당황해서 손을 놨거든. 뭔가 켕기는 게 있는 느낌으로."

아카리가 말하는 것은 쉬이링이 이케부쿠로 동5쵸메점에서 일하기 시작한 직후, 강도사건이 있었던 다음날의 일이다. 토라키도 아이리스도 쉬이링의 정체를 모르고, 쉬이링의 액션에 당황하던 시기였다.

"헤에, 손을 잡고서, 출근, 이라……."

토라키와 쉬이링이 출근 도중에 손을 잡고 걸은 것은 슬프게도 사실이었다.

그리고 아카리가 거짓말을 하지 않았다는 걸 알기 때문에, 아이리스의 뱃속에 정체 모를 불꽃이 타올랐다.

그 불꽃의 열이 표정에 드러났으리라. 아이리스의 표정을 본 아카리가 당황한 표정을 지었다.

"고마워, 아카리쨩. 그리고 미안. 어쩐지 고자질을 시킨 것 같아서."

"아, 아니야. 저기, 괜찮아?"

"고마워. 괜찮아. 좋은 얘기를 들었어."

"그, 그래? 그러면 다행인데……."

"응. 조금 기분이 상큼해졌어."

"상큼해질 만한 이야기였던가아?"

이미 아카리도 아이리스의 마음이 어디로 날아가고 있는지 알 수 없어서, 입가는 어물어물거리고 시선은 마구 흔들리고 있었다.

"저기, 있잖아. 아이리스 씨?"

"왜?"

"그게…… 싸우지는…… 마. 그, 그럼 갈게."

"응. 다녀와. 길 조심해."

아카리는 어쩐지 어색해져서, 아이리스의 눈을 마지막까지 쳐다볼 수가 없었다.

그래도 아이리스가 가는 방향을 돌아보자, 약간 안정감이 부족한 걸음으로 걷는 아이리스의 뒷모습이 보였다.

"……토라키 씨, 무슨 생각인데."

그리고 터무니없는 오해를 품은 채, 학교에 가게 되었다.

토라키가 눈을 뜬 것은 해가 완전히 진 오후 5시였다.

자택인데도 조심조심 목욕탕 문을 열자, 집 안은 조용했으며 아이리스의 기척은 아무데도 없었다.

토라키는 안절부절못하고 있었다.

미하루가 무모한 요구를 한 어젯밤, 아이리스는 줄곧 기분이 틀어져 있었다.

토라키로서는 미하루의 무모한 요구에 아이리스가 그 정도로 기분이 틀어질 이유가 없을 거라고 생각하고 있었다. 그러나 좋게 말하면 토라키에게 의지하고 있으며, 나쁘게 말하면 토라키에게 의존하고 있는 아이리스에게 토라키의 부재는 단순하게 생활의 불안과 직결된다.

암십자 기사단의 수도기사로서도, 마크하고 있는 팬텀의 장거리 이동에는 신경과민이 되는 법이리라.

사실 토라키가 집에 돌아온 다음 목욕탕에서 잠들 때까지 이른 아침의 짧은 시간 동안, 광분한 아이리스가 옆집에서 날뛰는 소리가 흡혈귀의 단련된 청각에 희미하게 들리고 있었다.

또 그것과 별개로 아이리스와 미하루는 기본적으로 사이가 안 좋다.

두 사람을 친구라고 부르면, 두 사람에게 냉수를 뒤집어쓴 것 같은 시선을 받게 된다.

그런 미하루를 상대로 빚을 만들어 버렸다는 것, 미하루가 토라키를 구슬려 버린 것에 대한 짜증을 억누를 수 없을 것이다.

잠시 숨을 죽이고 있었지만, 아이리스가 나타날 기색은 없었다.

어젯밤에는 프론트 마트에 붙어 있었고, 아침에도 날뛰고 있었으니 이 시간에는 잠들었을지도 모른다.

토라키는 가능한 소리를 내지 않도록 준비를 하면서, 식사도 안 하고 집을 나서서 재빨리 밤거리를 달려 가게에 도착했다.

가게 안은 조용했다. 낮에 근무하는 동료에게 가볍게 인사를 하고 직원실에 들어갔다.

"아, 안녕~? 토라키 씨."

그곳에 무라오카 아카리가 테이블에 학교의 숙제 같은 것을 펼치고, 닭가슴살만 사용한 프론트 마트 특제 프라이드치킨을 먹고 있었다.

"아아, 아카리. 왔었구나. 아빠는?"

"그보다도 아이리스 씨랑 싸우기라도 했어?"

"갑자기 뭐냐."

중간에 뭘 못 들었나 싶은 수준으로 대화가 성립되지 않아서, 토라키는 당혹했다.

"토라키 씨 말야~. 대체 불만이 뭐야~."

"아니 그러니까 뭐냐고."

"토라키 씨처럼 스무 살 넘은 프리터#5가 그런 미인을 붙잡을 찬스는 두 번 다시 없을걸?"

"부탁이니까 일단 무슨 얘긴지 가르쳐줄래?"

일단 토라키가 모르는 곳에서 아이리스가 아카리에게 뭔가 불어넣었다는 것은 예상할 수 있었다.

"혹시, 어젯밤 일 뭐 들은 거 있니?"

#5 프리터 프리 아르바이터의 약자. 정직원이 아닌 계약직 아르바이트로 생계를 꾸리는 사람들을 지칭하는 용어.

싸웠냐고 했으니, 미하루의 요구에 순순히 따라버렸다고 불평이라도 한 건가 싶었다.

"뭐? 어젯밤 일이라는 건 뭔데?"

아무래도 아닌 모양이다.

"아~ 아니라면 됐어. 그냥 조금 어젯밤에 여러모로 일이 있어서, 무라오카 씨랑 근무 시간 상담을 하고 싶거든."

"안녕하세요~? 토라키 씨…… 어라, 아카리 씨? 안녕하세요~?"

"……안녕하세요."

그때 쉬이링도 출근했다.

평소처럼 토라키에게 흡혈인사를 하려고 하다가, 아카리의 존재를 감지하고 재빨리 일상 모드로 이행하는 재빠른 태세 전환은 역시 대단하다.

"아~ 토라키, 리앙 씨, 안녕~?"

그때 두 사람의 고용주인 프론트 마트 이케부쿠로 동5쵸 메점의 오너 무라오카가 나타나자 아카리는 입을 다물었다.

대체 아이리스와 무슨 이야기를 했는지 신경 쓰이지만 추궁해도 긁어 부스럼일 것 같다는 생각밖에 안 들고, 토라키는 무라오카와 쉬이링에게 할 말이 있었다.

"무라오카 씨, 사실은 근무 시간 상담을 하고 싶은데요."

"무슨 일 있어? 급해?"

무라오카는 싫은 표정 없이, 벽에 붙어 있는 근무표 앞에 섰다.

"아직 확정된 건 아닌데, 이번 주나 다음 주쯤에 갑자기 일 못하는 날이 있어요."

"어쩐지 애매하네. 며칠 정도?"

"이틀……이라고 말하고 싶지만, 사나흘 걸릴지도 몰라요."

"나흘! 나흘이라 그렇구나~. 으~음. 지금 상황이라면……."

무라오카는 근무표와 자기 휴대전화 화면을 번갈아 보면서 떫은 표정을 지었다.

"최대 나흘로 치고, 나로서는 이맘때쯤이면 근무표 조정이 쉬워서 좋을 것 같은데."

무라오카가 가리킨 것은 내일 모레부터 나흘간이나, 다음 주의 같은 요일.

"이쯤이면 원래 토라키의 근무도 없었고, 하루라면 내가 나오면 되고, 나머지 이틀은 뭐 어떻게든 조정을 해보는 느낌으로."

"고맙습니다. 갑자기 일이 생겨서 죄송해요. 아마 오늘 안으로 예정이 정해질 테니까요."

"후후후~, 토라키 씨이. 저 이 날은 쉬는 날인데요오. 어느 주든지 대신 나올 수 있거든요오?"

이야기하는 남자 두 사람 뒤에서, 쉬이링이 슬그머니 다가와 조금 달콤한 목소리를 낸다.

토라키는 표정을 찌푸렸지만 무라오카는 빨리도 근무표 조정이 가능할 것 같아서 노골적으로 안도의 표정을 지었다. 그리고 세 사람이 보지 못하는 곳에서 아카리는 의문스

런 표정을 지었다.

"아니 그걸 부탁하기는 미안하⋯⋯."

"리앙 씨가 나와주면 좋지! 그러면 토라키의 예정이 정해지면 하나는 리앙 씨한테 부탁할게."

"네!"

"아, 네."

경영자의 한 마디로, 갑작스런 교토행으로 쉬게 된 근무를 쉬이링에게 대신 부탁하게 되어 버렸다.

기본적으로 쉬이링에게 빚을 만들고 싶지는 않지만, 이 흐름에서 그렇게 말할 수도 없고 대안이 있는 것도 아니었다.

그리고,

"그건 그렇고 토라키답지 않게 갑작스럽네. 정말로 나흘이면 돼? 자세하게는 안 묻겠지만, 뭔가 커다란 문제 같은 거면 1주일 정도는 어떻게든 해볼 건데?"

무라오카가 100퍼센트 선의로 말해주고 있으니, 개인적인 사정으로 억지를 부릴 수도 없었다.

"고맙습니다. 그래도 너무 여유를 주면 그건 그거대로 상대 쪽이 귀찮아서요⋯⋯."

"상대 쪽?"

설마 생판 남의 혼담을 깨러 간다고 말할 수가 없어서, 토라키의 발언은 그쯤에서 애매해져 버렸다.

"어디 멀리 가는 일이 있는 건가요오?"

그때, 쉬이링이 다 알면서 대답하기 어려운 부분을 파고들었다.

"리앙 씨. 뭐 그건 물어보지 말자. 토라키가 이런 말을 하는 건 정말 드문 일이니까, 뭔가 정말로 심상치 않은 일이 있는 거지?"

백만을 넘는 빚을 곧장 변제하라고 협박을 받고 있는 거나 마찬가지니까, 심상치 않다고 하면 심상치 않기는 하다.

"뭐 그게, 생각보다 그렇네요. 좀 돈이 얽힌 일이라서……."

"아~ 오케이오케이. 시급을 벗어나면 도와줄 수 없으니까 더 이상 안 들어!"

"돈이라……. 뭐…… 돈이라고 하면 돈 문제죠……."

무라오카는 괜히 귀를 막았고, 쉬이링은 작은 소리로 싱글싱글 웃고, 돈이라는 워드를 들은 순간 아카리는 귀신같은 표정으로 변했다.

"뭐, 정해지면 곧장 알려줘. 내가 돌아갈 때까지는 연락이 올까?"

"네, 아마…… 응?"

그때, 토라키와 쉬이링과 교대하여 돌아가게 되는 낮 시간 직원이 난처한 표정으로 직원실에 들어왔다.

"저기…… 손님이, 토라키 씨를 불러달라고."

"토라키를?"

"네. 뭔가 그게, 기모노를 제대로 입은, 젊은 여성인데요……."

무라오카는 그저 고개를 갸웃거렸지만, 토라키는 곧장 사태를 파악하고 핏기가 싸악 가셨다.

쉬이링도 같은 결론에 이르렀는지 웃음을 참는 게 힘들다는 기색으로 입과 배를 누르고 있었다.

"또 새로운 여자……!"

아카리는 토라키와 쉬이링의 머릿속을 엿본 것처럼, 팬텀이 될 법한 기세로 검은 아우라를 뿜기 시작했다.

그리고 밖으로 나가자, 토라키와 쉬이링이 예상한 그대로의 인물이 예상을 넘어서는 모습으로 서 있었다.

"일하시는 중에 죄송합니다, 토라키 님. 예정이 정해지는 것이 늦어져서, 혹시나 휴대전화를 보지 못하시는 것 아닐까 생각하여 직접 찾아왔답니다."

평소보다도 고급스러워 보이는 기모노를 입은 미하루가 계산대 앞에 서 있었다.

게다가 오늘은 혼자가 아니라, 하얀 장갑을 끼고 연미복인가 싶은 세련된 양복을 입은 초로의 남성이 동반하고 있었다.

"카, 카라스마 씨……!"

"오랜만에 뵙습니다, 토라키 님."

토라키도 아는 얼굴이었다.

카라스마 타카시는 미하루를 공사 양면에서 지탱하는 집사 같은 존재이며, 도쿄의 히키 가문 활동에 커다란 역할을 맡고 있는 사람이라고 들었다.

미하루와 달리 토라키와 사적인 교류는 없지만, 토라키가 선샤인 60에 있는 미하루의 사무실을 찾아갔을 때 오며가며 인사를 하는 정도로는 아는 사이이다.

토라키보다 키가 크고, 한치의 빈틈도 없는 곧은 자세와 쓸어 넘긴 백은빛 머리칼에 은테 안경.

선샤인 60의 사무실에서 만났을 때는 전혀 신경 쓰지 않았지만, 백과사전에서 집사를 찾아보면 사진이 실려 있을 법한 복장과 분위기였다. 그런 사람이다 보니 길거리의 편의점에서는 기모노 차림의 미하루마저도 집어삼킬 정도의 존재감을 뿜고 있었다.

토라키와 함께 밖으로 나온 무라오카는 무슨 일이 일어났는지 몰라 멍하니 서 있었고, 쉬이링도 카라스마의 존재감에 어안이 벙벙했다. 덤으로 아카리까지 직원실의 문틈으로 몰래 밖을 살피고 있었다.

그 카라스마가 토라키와 무라오카를 향해 한 걸음 앞으로 나서더니, 근엄하게 인사를 했다.

"알리는 것이 늦어지면 토라키 님의 일을 조정하는 것에 지장이 생길까 하여, 폐가 되는 것을 알면서도 찾아왔습니다. ……오너인, 무라오카 님이시군요."

"헷, 앗, 네."

"업무 시간 중에 무례를 저지른 점 용서해 주십시오. 용건은 금방 끝나니, 토라키 님을 10분 정도 빌려도 되겠습니까?"

"아, 네. 그러세요."

카라스마의 물음에 대해 무라오카의 말은 대답이라기보다는 그냥 반응이었다.

"그러면 실례하겠습니다. 토라키 님, 잠시 밖으로 가시지요."

카라스마가 무라오카의 양해를 얻은 것을 보고, 미하루가 토라키를 동반하여 가게 밖으로 가버렸다.

무라오카도 낮 시간 직원도 멍하니 그것을 배웅하고, 쉬이링마저도 당황한 표정이었다.

아카리 혼자만, 미하루가 토라키의 손을 잡은 순간 귀신같은 표정으로 슬림폰을 꺼내 맹렬하게 뭔가를 탭하기 시작했다.

그리고 정확히 10분.

토라키가 미하루와 카라스마를 동반하여 가게 안으로 돌아왔을 때, 아카리만 빼고 모두 본래 있던 장소에서 움직이지 않고 있었다.

"저기~ 무라오카 씨, 죄송합니다. 아까 말한 일정, 확정됐어요. 내일 모레부터 나흘간, 조금 쉴게요."

"아, 그래."

공허하게 대답하는 무라오카 앞에, 미하루가 조용조용 나섰다.

"토라키 님을 빌리는 나흘 동안, 뭔가 영업상의 손실이나 불편한 점이 있으시다면 여기로 연락을 주세요. 성심성의껏 대응하겠습니다."

"아, 네."

미하루가 건넨 명함을 무라오카는 이번에도 반사적으로 받았다.

"응? 어라? 혹시 이 이름, 요전 강도 미수 사건 때……."

무라오카는 미하루의 이름을 보고, 쉬이링이 일하기 시작했을 무렵에 일어난 강도 미수 사건에서 강도를 억류한 인물과 같은 이름이라는 것을 깨달은 모양이다.

"어머나! 기억해주셨군요. 그 때는 소란을 피워 죄송합니다."

"그, 네에……."

그 강도 사건 때 강도를 맨손으로 억류한 것이 미하루였기 때문에, 무라오카는 미하루와 함께 경찰에서 조사를 받았다.

"그러면, 실례하겠습니다. 토라키 님, 만나는 시간과 장소는 다시 연락을 드리겠습니다. 그러면 여러분, 실례했습니다. 카라스마, 가죠."

"네, 아가씨. 그러면 실례하겠습니다."

무라오카나 아카리, 직원 앞에서는 완전히 대외적인 태도의 미하루와, 매너 교본에 실리는 모델 같은 인사를 보인 카라스마가 나란히 가게에서 떠났다.

그제서야 일동은 가게 앞에 장갑차에 뒤지지 않는 크기를 자랑하는 세단 차량이 서 있는 것을 깨달았다.

카라스마가 문을 열자 미하루가 올라탄다. 카라스마는 공손하게 문을 닫고, 자신은 운전석 쪽으로 갔다.

차가 완전히 보이지 않게 되고서도 가게 안에는 잠시 묵직한 침묵이 이어졌다.

"저, 저기 말야. 토라키."

"아아, 네."

"돌아오는 거지? 뭔가 돈 문제라고 했었는데. 나 토라키가 도쿄만에 떠오르는 뉴스 보기 싫거든?"

무라오카는 별천지 주민의 생태를 보고 완전히 겁을 먹었다.

"우와~. 위험한데요, 토라키 씨. 이거 완전히 포위망을 깔고 들어오는 느낌 아닌가요~? 돌아올 수 있어요~?"

사정을 확실하게 파악하고 있는 쉬이링은 무라오카와 다른 의미로 토라키가 미하루에게 잡아먹히지 않을까 걱정하면서도 재미있어했다.

"어디 가는지는 모르겠지만, 일본풍 미녀가 일부러 토라키 씨를…… 돌아오면 완전 지옥이야. ……수라장이야."

아카리는 뭘 어떻게 오해했는지, 눈빛으로 토라키를 저주해 죽일 것처럼 노려보았다.

토라키는 이제 아무 변명도 떠오르지 않았다.

"……일단, 무사히 돌아오기를, 기도해 주세요……."

이렇게 말하는 수밖에 없었다.

그날의 근무는 그야말로 가시방석이었다.

심장에 나무 말뚝을 박지 않으면 죽지 않는 흡혈귀도, 직장의 스트레스로 죽는 일이 있지 않을까 생각할 정도로 불편했다.

쉬이링은 재밌어 하고, 무라오카는 이상한 걸 신경 쓰고, 아카리는 돌아갈 때까지 어째선지 계속 토라키를 부모의 원수처럼 노려보고 있었다.

거기에 아이리스가 나타났다면 가시방석이 말뚝방석이 될

참이었지만, 이날 아이리스는 나타나지 않았다.

그러나 그건 그거대로 지금의 토라키에게는 불안의 씨앗이기도 했다.

이번에 교토에 가는 일로 가장 흐트러진 것은 아이리스다.

눈에 보이지 않는 곳에서 뭘 하고 있는지 알 수가 없으니, 자동문이 열릴 때마다 몸이 떨렸다.

"뭐 그렇게 어두운 표정 짓지 마세요. 미하루 씨 돈으로 교토에서 맛있는 거 잔뜩 먹고 오면 되잖아요."

일을 마치고 쉬이링의 농담에 반응할 기력조차 없었다. 토라키는 터벅터벅 걸어서 돌아오다가, 블루로즈 샤토 조우시가야 앞까지 와서 반지하 상태인 자기 집의 불빛이 들어와 있는 걸 깨닫고 전율했다.

"다, 다녀왔어……."

혼자 사는 자택에 돌아오는데 어째서 이렇게 조심조심 문을 열어야 하는 것일까?

안에 들어가자 부엌의 불이 흐릿하게 빛나고 있었다.

그리고 예상대로 수도복을 입고 성스러운 무기가 들어 있는 파우치를 허리에 찬 아이리스가 부엌에서 토라키의 아침식사 혹은 저녁 식사를 준비해두고 있었다.

"아아, 어서 와."

돌아본 아이리스는 평소와 다를 바 없는 낌새였다.

"오늘은 미안해. 편의점 못 가서."

딱히 평소부터 와주길 바란다고 생각하지도 않고, 오히려

오지 않는 편이 좋다는 생각마저 하고 있다. 그러나 그것을 말하면 안 되는 분위기가 터지기 직전의 빵빵한 풍선처럼 가득 차 있었다.

"곧장 먹을래? 그럴 거면 이제 곧 다 되는데, 지금 안 먹을 거면 냉장고에 넣어둘게."

"오, 오오. 그게, 고마워. 머, 먹지 뭐. 오늘 밥도 안 먹었거든."

"괜찮아. 늘 있는 일이잖아. 수프 데울 테니까, 그 틈에 잘 준비라도 해."

"그래, 그게. 그래."

토라키는 안쪽 방에서 에어매트를 꺼내 부풀리고, 목욕탕에 던져 넣었다.

"다 됐어. 자기 전이니까 양은 적게 했어."

"그, 그래."

밥과 절임, 잘게 썰어놓은 야채가 듬뿍 들어간 콩소메 수프. 소화가 잘 되는 상차림이다.

"잘 먹겠습니다."

일을 마치고 와서 공복인 것은 정말이니까, 고맙게 식탁에 앉았다.

"자 먹어. 그래서, 교토에는 언제 가?"

"응부후우우?!"

입에 머금은 수프가 죄다 코에 들어갔다.

황급히 티슈를 뽑아 코를 풀었다. 아이리스는 전혀 표정이 변하지 않는다.

"미하루가 가게에 알리러 왔었지? 스케줄, 정해진 거 아냐?"

무라오카와 쉬이링이 일부러 아이리스에게 알렸을 리 없으니까, 아마도 정보원은 아카리일 것이다.

출근했을 때 아이리스에 대해 뭐라면서 시비를 걸었으니까, 가게에 미하루가 왔던 걸 괜한 참견으로 아이리스한테 알린 게 틀림없었다.

게다가 아마도, 괜한 필터를 대량으로 거쳐서.

"아니, 뭐, 그게, 일단은, 내일 모레 금요일 밤부터."

"모······!! 그, 그래. 꽤 급하네."

"그, 그래."

"휴일은 얻었어? 그 날은 근무가······."

"리, 리앙 씨가, 대신 해준대."

"와라쿠 씨한테는 알렸어? 걱정하지 않을까?"

"물론 알릴 거지만, 그 녀석도 나랑 미하루의 관계는 잘 아니까, 이제 와서 예정을 바꿀 수도 없어. 뭐, 잔소리는 하겠지만······."

"흐~응. 그러면 뭐 좋아."

"······."

평소하고 전혀 다를 바 없는 태도라는 게, 단순하게 두렵다.

자신이 원인이 되어 여성의 기분이 틀어졌을 경우, 절대로 자연스럽게 기분이 나아지지 않는다.

그렇게 보이는 경우는 본래의 일 이상으로 손댈 수 없는 사태가 발생했거나, 그 일에 관련된 감정이 심층심리의 화약고에 저장되었다고 판단하는 게 옳다.

"괜찮아? 나, 교토에 가도. 뭔가 너희들의 파트너쉽 제도의 규칙에 저촉되지는 않나?"

"어째서 그런 걸 물어봐? 내가 유라에게 이거 하지 마라 저거 하지 마라 말할 권리는 없잖아?"

"너 잘도 그런 말을 하는구나."

아무리 그래도 이 말은 참을 수가 없었다. 어쨌거나 상상한 것 이상으로 아이리스의 내면에서 귀찮은 일이 일어났다고 확신한 토라키는 그 자리에서 무너지고 싶어졌다.

"미하루는 나랑 유라가 뭐라고 말하든 생각을 바꿀 사람이 아니잖아. 명가들 사이의 혼담을 파탄 내는 건 어떻게 하려는 건지는 모르지만, 귀찮은 일에 말려들지 않도록 조심해야 돼?"

"어, 어어. 응."

표면적인 말만 들어보면 지금의 토라키에게 이상적인, 최대한 이해를 해주는 반응이 돌아오고 있었다.

"저기, 아카리가 뭐라고……."

"그렇지. 쉬이링은 오늘 이제부터 근무가 없으니까, 집에 있겠지?"

아카리가 아이리스에게 뭐라고 했는지 엄청 신경 쓰여서 질문을 했는데, 아이리스는 냉장고에 붙여 놓은 근무표를 보고 이야기를 끊었다.

"응?! 그, 그래. 대강 나랑 비슷하게 근무를 하니까. 오늘은 집에 돌아갔을 거고, 오늘 밤에도 출근하지 않을……."

갑자기 힘차게 끼어든 질문에 당황하여 대답하자, 아이리스는 고개를 삭 들고 밝게 일어섰다.

"그러면 오늘은 쉬이링을 감시하러 갈 거야. 내 눈길이 없다고 너무 풀어지면 안 돼."

아이리스가 있든지 없든지 이제부터 아침이고, 애당초 일을 할 때는 한 번도 풀어진 적이 없지만, 이쯤 되니 드디어 완전히 의미불명이다.

"그러면, 뒷정리는 직접 해. 바이."

"……그래."

토라키의 심정적으로는 폭풍이 지나간 것 같은 기분이었다.

본심을 말하자면 조금 더 아이리스의 속내를 들어두고 싶었지만, 얼마 안 가서 해가 떠버릴 테니까 이 시간에 토라키가 할 수 있는 일은 아무것도 없었다.

"일단…… 일단은."

동이 트기 직전. 너무나 조용한 자택에 오히려 으스스함을 느낀 토라키는 슬림폰의 메시지 앱 『ROPE』를 기동했다.

『오늘 아이리스가 그쪽에 갈지도 몰라. 뭔가 이상한 점 있으면 알려줘.』

쉬이링에게 메시지를 보내고, 가슴을 불안으로 가득 채우며 잠옷으로 갈아입고 목욕탕에 누웠다.

몸과 마음이 완전히 지친 탓인지 토라키는 금방 잠에 빠졌다.

그리고 다음, 일몰.

눈을 뜨자 역시 집안에는 아이리스의 기척이 없었다. 아침 식사 따위가 준비되어 있는 기척도 없었다.

어쩐지 모르게 숨을 죽이고 옆집의 기척을 살폈지만 누가 있는 낌새가 없다. 아무래도 돌아오지 않은 모양이다.

슬림폰을 보자, 낮에 쉬이링이 답장을 보냈다.

조심조심 열어보았다.

『아이리스 씨, 안 왔어요. 이상한 일은 없었지만, 무슨 일인가요?』

의외의 내용이다. 아무리 그래도 쉬이링의 집까지 들어가는 무모한 짓은 안 한 걸까?

『고마워. 아무 일 없으면 됐어. 미안하지만 교토에 가는 동안, 근무 부탁해.』

『네~에. 교토 기념품, 기대하고 있을게요.』

극히 자연스러운 메시지와, 마지막 스탬프.

"생각이 지나쳤나?"

오늘 아침 아이리스의 태도는 토라키가 보기에는 엄청나게 부자연스럽게 보였다. 하지만 쉬이링은 쉬이링대로, 미하루 정도는 아니라도 특별히 아이리스와 사이가 좋은 것도 아니니까 토라키와 메시지를 나누면서 무의미한 거짓말은 안 할 것이다.

아이리스의 동향이 불안하지만, 토라키는 토라키대로 내일부터 떠나는 여행 준비를 해야 한다.

생리적인 사정 탓에 혼자 사는 흡혈귀는 여행 경험이 빈약하며, 토라키도 자발적인 여행을 한 경험은 손에 꼽을 정도밖에 없었다.

미하루가 모든 비용을 댄다고 했지만, 한 명의 어른으로서 그 말을 그대로 받아들일 수는 없다. 최소한의 준비는 해야 한다.

"양복을, 어제 시점에서 세탁소에 맡길 걸 그랬네⋯⋯. 내가 트렁크 같은 게 있었던가⋯⋯? 아니, 갈아입을 옷이라면 트렁크가 아니라도 되나?"

혼잣말을 중얼거리면서 여행 준비를 갖추고 있는데, 슬림폰이 떨렸다. 들여다보니 미하루가 ROPE 메시지를 보냈다.

『쉬고 계셨다면 죄송합니다. 저, 내일이 정말로 기대돼요. 내일 18시에, 선샤인 60의 평소 쓰던 입구까지 와주세요. 거기서부터 도쿄 역까지 차로 가겠습니다. 전에도 말씀 드렸지만, 짐은 최소한이라도 괜찮으니 마음 편한 차림으로 와주세요.』

"그래그래."

메시지 하나치고는 꽤 긴 문장에, 토라키는 쓴웃음을 지었다.

일단 스탬프만 보냈더니, 미하루가 이번에는 사진을 보냈다.

어떤 의미로는 익숙한 미하루의 기모노 차림이었다.

『괜찮으시다면 감상을 들려주실 수 있을까요?』

그러나 평소에 보는 것보다 화사한 색감의 기모노 차림.

"아⋯⋯."

한 명의 남성으로서, 오래 산 남성으로서, 사회인 남성으로서.

『잘 어울린다.』

이 대답은, 필요하며, 의무이며, 그리고 거짓 없는 본심이었다.

미하루가 기쁨을 나타내는 스탬프를 보내자, 자신의 대답이 틀리지 않았다는 것에 토라키는 가슴을 쓸어 내렸다.

토라키는 기본 설치된 정형 스탬프를 마지막으로 보내고, 새삼 여행 준비를 재개했다.

그 동안에도 아이리스에게서 뭔가 액션이 없는지 긴장하고 있었지만, 돌아올 기색도 없고 딱히 연락도 없다. 기어이 출근 시간이 되어도 전혀 소식이 없었다.

어제부터 묘하게 조심스러운 무라오카에게 지긋지긋한 심정을 느끼면서도, 출발하기 전까지 만나지 못할 경우 아이리스에게 쪽지 정도는 남기는 편이 좋을 거라고, 멍하니 생각하고 있었다.

※

"정말로 하는 거예요? 저 싫어요. 나중에 문제가 되는 거."

"괜찮아. 이것도 어떤 의미로 내 직무의 일환이니까."

아침놀이 가득한 좁은 방 안에서, 아이리스와 쉬이링이 무릎을 마주 대고 앉아 있었다.

"흐응. 직무요? 남의 야근 직후에, 게다가 이런 아침 일찍 쳐들어와서는, 용케 그런 말을 하시네요. 그러고 보니 시방의 기록이 틀린 게 아니라면, 분명히 교토는 암십자가 들어가면 안 되는 곳이죠?"

"교토라니 무슨 소리야? 나는 그저, 담당 팬텀에게서 강시에 대해 이것저것 깊이 알기 위한 조사를 하러 왔을 뿐이야."

"아이리스 씨."

쉬이링은 진심으로 기가 막힌 표정이었다.

"어지간히 재미가 없나 보네요. 미하루 씨가 토라키 씨를 데리고 가는 거. 이런 수작까지 생각할 정도로."

말하면서 쉬이링은 아이리스 앞에서 자잘하게 손가락을 움직였다.

"까놓고 말하면 그거죠. 아이리스 씨. 말은 이래저래 하지만 사실은 토라키 씨……."

"자 시간이 없어 쉬이링. 밤까지, 조금 더 이야기를 진행하자."

"네, 그래요. 필사적이네요. 조금 기겁했어요."

"이것도 수도기사로서 원활하게 직무를 수행하기 위한 학습이야. 자, 또 뭐 없어?"

"지금 준비하고 있으니까 조금만 기다리세요. 그런데 아이리스 씨, 이거 제가 아이리스 씨의 약점을 쥐게 되는 것이기도 한데요. 눈치채고 있어요?"

"당신이 그 약점이라는 걸로 뭔가 하려고 들면, 수도기사

권한이 가만있지 않아.”

“최악이네요. 아.”

그때 쉬이링의 슬림폰이 떨렸다.

움직이던 손을 멈추고 슬림폰을 집었다.

『오늘 아이리스가 그쪽에 갈지도 몰라. 뭔가 이상한 점 있으면 알려줘.』

토라키가 보낸 메시지였다.

“뭔데? 누구야?”

“무라오카 씨요. 토라키 씨랑 근무 교환하는 거 확인이네요. 자세한 답장은 나중에 하면 되니까 신경 쓰지 마세요.”

쉬이링은 아이리스를 힐끔 보면서 적당히 얼버무리는 말을 하고 토라키에게도 적당히 답장을 하더니, 아이리스가 보지 못하도록 슬림폰을 자기 몸 뒤로 감추고 작게 웃었다.

토라키는 꽤 오래 살아왔지만, 운전수가 딸린 리무진이라는 상황은 가공의 것이라고 생각했다.

교토에 가기 위해 미하루와 만난 선샤인 60의 코앞.

그저께 프론트 마트 이케부쿠로 동5쵸메점 앞에 있던 차가 빛 바래는 수준의, 차체가 길고 검은 리무진이 자리 잡고 있었다. 그 리무진의 존재감에 결코 지지 않는 미하루와 카라스마가 서 있는 모습을 보았을 때 토라키는 곧장 뒤로 돌아를 하고 싶어졌지만, 이미 도망칠 수는 없었다.

"아, 안녕? 미하루. ……그리고, 안녕하세요? 카라스마 씨. 혹시 조금 늦었나?"

"아뇨, 토라키 님. 시간 맞춰 오셨어요."

"토라키 님. 이번에 미하루 아가씨의 억지에 어울려 주시는 점, 히키 가문을 섬기는 자로서 진심으로 감사드립니다."

카라스마는 늘 그렇듯이, 토라키에게 자로 잰 듯 정확히 45도로 인사를 했다.

"카라스마. 억지라는 말은 넘어가줄 수 없어요."

그때 화사한 하오리[#6]를 걸친 미하루가 조금 토라진 표정으로 끼어들었다.

"이것은 토라키 님에게는 업무와 다름없답니다. 빌려드린

#6 하오리 일본의 전통적인 겉옷. 앞을 여미지 않고 걸치듯 입는 옷.

것을 돌려받는 것뿐이죠."

"그리 말씀하시지만, 딱히 교제를 하고 계신 것도 아닌 토라키 님을 억지로 교토 본가에 데리고 가시고, 하물며 무지나 가문과의 혼담을 막기 위해 인신공양을 하는 것이 억지가 아니라면 무엇인지, 이 카라스마에게 부디 알려주십시오. 빚이라고 말씀하시는 것들 또한, 아가씨께서 자진해서 하신 일이라고 기억합니다만."

카라스마가 온화한 미소와 태도를 유지하면서도 사양하지 않고 미하루에게 태클을 걸자, 그 미하루가 어색하게 입을 삐죽거렸다.

"토라키 님도 쾌히 승낙해주셨으니까 괜찮아요. 그보다도 신칸센 시간에 늦겠습니다! 카라스마! 됐으니까 운전하세요!"

바늘로 찌르듯 미하루를 괴롭히는 카라스마에게 미하루가 얼굴이 빨개져서 명령했다.

카라스마도 더 이상 괜한 말은 삼가고 공손하게 인사를 하더니, 리무진 뒷좌석의 문을 열고 미하루와 토라키를 재촉했다.

"그러면 아가씨, 안으로 드시지요. 토라키 님, 짐은 제가 맡겠습니다."

"그, 그래요."

가벼운 차림으로 와도 된다고 했지만, 토라키는 결국 일반적인 2박3일을 상정한 짐을 가지고 왔다.

그러나 그야말로 집사의 거울 같은 카라스마와, 존재하기만 해도 사람들 눈길을 끌지 않을 수 없는 고급 리무진이었다. 토라키가 어젯밤에 급하게 구입한 바퀴 달린 트렁크는 너무나도 어울리지 않았다.

"그러면 토라키 님도 안으로. 가벼운 음식과 음료를 준비했습니다. 잠시 동안이지만, 느긋하게 쉬십시오."

"그, 그래요."

카라스마의 안내로 조심조심 리무진에 타자, 차 안은 토라키가 상상했던 『차 안』과는 전혀 다른 공간이었다.

문을 닫는 것과 동시에 선샤인 60을 둘러싼 사람들이나 거리의 소란이 싹 사라졌다.

앉으면 적절하게 가라앉는 소파 앞에는 치즈와 과일, 크래커가 담긴 그릇이 올라간 테이블이 있었고, 운전석 쪽에는 와인 셀러와 냉장고가 있었다.

털이 긴 융단은 흙발로 밟기가 망설여진다. 그야말로 사치를 부려 안락함을 추구한 걸 알 수 있는 내장이었지만, 너무나도 자신의 일상과 생활수준이 다른 것들이라 토라키는 오히려 편히 쉴 수가 없었다.

한편으로 미하루는 역시 히키 가문의 아가씨라 불리는 만큼, 이런 이공간에도 익숙한 기색이었다.

"토라키 님. 부디 이리로 오세요. 안전벨트를 하셔야죠."

"아, 그건 그런 거였구나."

호텔 라운지 같은 내장 안에서 안전벨트라는 단어는 참으로 어울리지 않았다. 미하루의 손짓에 따라 그녀 옆에 앉아서 안전벨트를 착용하자마자, 어쩐지 이제 도망칠 수 없는 감옥에 구속된 기분이 들었다.

"······토라키 님."

"뭐, 뭔데?"

그대로 어깨에 기댈 법한 미하루는 눈빛을 반짝거리면서 토라키를 보았다.

"정말 고맙습니다. 저를 위해서, 양복을 입어주시다니······."

"아아, 그게, 뭐······."

가벼운 차림이라도 괜찮다고 들었지만, 평소 입는 옷자락이 해진 파카를 입을 수도 없었다. 그래서 토라키는 몇 년에 한 번 입을까 말까한 비즈니스 코트를 꺼내 입었다.

그래도 카라스마의 양복과 비교하면 문외한이 봐도 명백하게 싸구려라는 걸 알 수 있는 양복이다. 이것을 마지막으로 입은 것은 무라오카의 가게에 고용 면접을 봤을 때였다.

『그러면 출발하겠습니다.』

그때 차량 안의 스피커에서 카라스마의 목소리가 들리고, 리무진이 움직이기 시작했다.

"자, 토라키 님! 뭔가 마실 것 드릴까요? 좋은 해의 와인을 모아놨어요!"

곧장 토라키에게 술을 따라 주려고 하는 미하루를 토라키가 황급히 말렸다.

"잠깐잠깐잠깐! 너 아직 못 마시잖아!"

"저는 1급 샤토 와인의 원료가 되는 포도를 짠 주스를 마실 거랍니다. 자, 건배해요."

이미 완전히 들뜬 미하루는 토라키의 말도 듣지 않고, 무척 비싸 보이는 병을 재빨리 개봉해 버렸다.

키가 크고 얇게 만들어진 잔에 따른 것은 촉촉한 색의 레드 와인이었다.

미하루는 마치 황금 같은 빛깔의 향이 좋은 주스를 자기 잔에 따르더니, 그것을 들어서 내밀었다.

"와주셔서 정말 기뻐요. 고맙습니다."

"처음부터 이런 식이면, 앞으로 어떻게 될지 무서워서 못 참겠는데."

토라키는 포기하고서, 미하루와 잔을 마주쳤다.

"카라스마 씨도 교토까지 가는 거야?"

"네. 제 호위로서요."

고요 스트리고이나 리앙 시방의 강시들을 적으로 돌리고도 한 걸음도 물러서지 않는 전투력을 가진 미하루에게 호위가 필요한 것일까? 토라키는 이런 의문을 품지는 않았다.

"하긴 혼담을 이유로 집에 돌아가는데, 칼을 가지고 다닐 수도 없겠네."

"본가에도 몇 자루 있지만요. 하지만 기껏 토라키 님과 처음으로 외박 데이트를 하는 거니까, 너무 못난 물건을 가지고 다니면 싫잖아요?"

"말 좀 골라라. 이쪽의 대화는 카라스마 씨한테도 들리잖아."

운전석에서 카라스마가 어떤 표정을 짓고 있을지, 토라키는 상상만 해도 속이 쓰렸다.

"이 다음 스케줄은 언제?"

"오늘은 아무것도 없어요. 교토에 도착하면 준비한 호텔에서 쉬시면 됩니다. 본가에 인사를 하러 가는 건 내일 저녁이니까요."

"……뭐, 오늘이 아닌 것만 해도 다행이네."

"사실 그 다음에는 딱히 아무것도 없어요. 저에게 결혼할 생각이 없다는 걸 이야기하러 가는 것뿐이니까요. 그쪽이 뭐라고 하든 그 이상의 일정은 발생할 도리가 없어요."

"그쪽이 그걸로 납득을 해주면 좋은데 말이지."

이미 도쿄 역으로 가는 도중에마저 예상도 못한 탈 것을 타고 있으니, 앞으로 얼마든지 토라키의 상상을 넘어서는 사태가 발생할 예감밖에 안 들었다.

"그래서 본가와 무지나에 혼담을 거절한 다음에는, 저와 토라키 님 사이를 방해하는 자는 아무도……."

"본가라는 곳에서 나는 누구를 만나는데?!"

미하루가 멋대로 화제를 전환하고자 하는 낌새를 짐작하고, 토라키는 큰 소리로 질문을 거듭했다.

"……상대가 되는 무지나의 장남과 친족, 그리고 히키 가문의 현재 당주인, 저의 할머님이십니다."

미하루는 불만스럽게 입을 삐죽거리면서도 순순히 대답했다.

"할머님이 당주구나."

"야오비쿠니의 가계니까 당주는 대대로 여성입니다. 그래서 언젠가 저도 당주를 잇게 될 거예요. 그렇지만 저와 결혼을 해도, 귀찮은 일은 모두 제가 하게 되니까 안심해 주세요."

그래도 기죽지 않고 파고드는 것이 역시 대단하다.

"조모의 이름은 히키 텐도라고 합니다. 정확하게는 모르겠습니다만, 분명히 200세를 넘으셨을 거예요."

미하루는 분명히 18세였으니까, 할머니가 200세라면 너무 나이가 벌어져 있는 것 같기도 하다.

미하루의 부모님이 어느 정도 나이인지, 그 부모님의 형제자매 수는 얼마인지 궁금하지 않을 수 없었다. 하지만 이번 일에 직접 관계가 없는 히키 가문의 사정을 알려고 하는 것은 바닥없는 늪에 다이빙하는 것과 같은 뜻이라 토라키는 의문을 꾹 참았다.

"새삼스럽지만, 나 같은 녀석이 간다고 납득을 하는 거야?"

"괜찮습니다. 할머님은 대단히 상냥하고, 말이 통하는 분이니까요. 토라키 님이 저의 연인이라고 하면, 금방이라도 납득해주실 거예요."

여태까지의 경위를 생각해 보면 상냥하고 말이 통하는 조모가 손녀의 혼담을 멋대로 정하지는 않을 것이다. 그런 참에 토라키 같은 말 뼈다귀가 갑자기 난입을 한다고, 도저히 간단히 이야기가 진행될 것 같지 않았다.

그 불안이 표정에 드러났는지, 미하루가 묵직하게 말했다.

"자세한 것은 내일, 본가로 가기 전에 설명하겠습니다. 모처럼 여행을 가는 거니까, 좀 더 즐기면서 지내면 어떨까요? 이 치즈는 2년 숙성된 미몰렛이에요."

부탁이니까 먹는 것에도 뭐가 뭔지 모를 말을 쓰지 말아달라고 생각할 틈도 없이, 미하루가 작은 그릇에 크래커와 치즈를 나눠 담아서 내밀었다.

토라키는 눈앞에 다가온, 언뜻 보기에도 고급품이라는 걸 알 수 있는 치즈를 보고 생각했다.

너무 매정하게 거부해서 미하루의 기분이 틀어지게 만드는 것도, 이 여행에서 좋은 대처라고 할 수 없다.

미하루 개인은 물론이고, 미하루나 카라스마의 배경이 되는 히키 가문하고 어떤 관계를 맺게 되는가? 이것에 따라 앞으로 토라키가 아이카를 추적하는 데 있어 확실하게 영향이 생긴다.

토라키에게 히키 가문의 힘을 능동적으로 이용하겠다고 말할 정도로 거창한 능력이나 기개는 없지만, 이 환경에 놓인 사회인으로서 최대한 미하루와 히키 가문을 배려해야 할 것이다.

"고마워. 먹을게."

작은 그릇을 받자, 미하루는 그녀가 입은 기모노의 동백 무늬처럼 아리따운 미소를 지었다.

도쿄 역 야에스 방면 출입구에 멈춘 리무진에서 내리자, 그곳에 양복을 입은 남성이 기다리고 있었다. 그는 토라키와 미하루에게 인사를 하더니, 카라스마와 교대하여 리무진의 운전석에 타고 그대로 가버렸다.

"그러면 가시지요. 짐은 맡겨 주십시오. 이제 곧 신칸센이 도착합니다."

카라스마는 당연하게 토라키의 바퀴 달린 트렁크를 땅에 대지 않고 들었다.

"어, 아, 네."

토라키는 그의 말에 따라, 카라스마와 미하루 뒤를 따랐다.

인생에서 몇 번 써본 적이 없는 도쿄 역의 신칸센 개찰구를 통과하여 18번 홈에 도착하자, 이미 차내 청소는 끝나 있었고 승차할 수 있는 상황이었다.

카라스마는 당연하게 그린 차량의 승차구로 걸었다. 승차구에는 또 양복 차림의 남성이, 평소 토라키가 본 적도 없는 고급스러운 도시락이 들어 있을 종이 봉지를 든 채 기다리고 있었다.

그 역시 토라키 일행에게 공손히 인사를 했다. 카라스마는 딱히 그를 격려하지도 않고 종이 봉지를 받았다.

"자, 발치를 조심하세요. 이 차량입니다."

"……네."

토라키는 애매한 소리를 내고서, 인생에서 처음으로 신칸센 그린 차량에 발을 들였다.

"오오…….."

철도 좌석치고는 격이 다른 착석감과 넓은 공간에, 토라키는 나잇값도 못하고 마음이 들떴다.

"그러면 아가씨. 저는 뒤쪽 차량에 있겠습니다. 토라키 님, 트렁크는 이쪽에 두면 되겠습니까?"

"아, 네. 죄송합니다."

토라키와 미하루는 진행방향을 기준으로 그린 차량의 가장 뒤쪽 좌석으로 안내를 받았다.

뒤에 아무도 없으니 좌석을 젖히면서 조심할 필요가 없는데다가, 커다란 짐을 좌석 뒤에 넣을 수 있으니 인기가 높은 자리다.

"이것은 미리 준비해둔 저녁 식사입니다. 시판되는 도시락입니다만, 히키 가문이 애용하는 점포에서 정성을 들여 만들었습니다. 부디 맛있게 드십시오."

"어?!"

카라스마가 미하루에게 건넨 것은 신칸센 밖에서 기다리고 있던 남성이 카라스마에게 건넨 종이 봉지였다.

그 남성이 이것을 사왔다면, 인사도 안 하고 타버린 셈이니 후회스런 일이었다. 그러나 미하루는 아무렇지도 않은 표정으로 종이 봉지를 받아서 수고했다는 듯 고개를 끄덕였다.

"고마워요, 카라스마. 무슨 일 있으면 부를게요."

"네. 그러면 실례하겠습니다."

눈에 띄지 않을 정도로 인사를 한 카라스마는 미하루에게 도시락이 든 종이 봉지를 건네더니 뒤쪽 차량으로 사라졌다.

"자, 토라키 님. 코트는 이리 주세요. 조금 넥타이를 느슨하게 푸시는 게 어떨까요?"

"아아, 응."

미하루가 무척이나 자연스럽게 손을 내밀자, 토라키는 그 손길에 이끌리는 대로 벗은 코트를 내밀었다.

미하루는 토라키의 코트를 정성스레 접어서 창 위의 짐칸에 올렸다.

그 단계가 되어 처음으로 깨달았는데, 토라키는 어느샌가 창가 쪽에 앉아 있었다.

자연스럽게 토라키를 창가 쪽에 앉힌 미하루의 몸놀림도 놀랍지만, 이제 무슨 말을 하건 소용이 없다.

토라키가 단념하고서 앉자, 그게 신호라도 된 것처럼 신칸센이 움직이기 시작했다.

"오오."

이렇게 천천히 움직이는 철도였던가?

"후후, 기대되네요."

토라키는 차창 밖으로 흐르는 빛의 소용돌이를 바라보면서, 내키지 않는 목적이 있다는 걸 알고 있으면서도, 마지막이 언제였는지도 모를 『여행』을 나선 것에 마음이 들뜨는 것을 인정하지 않을 수 없었다.

"응. 뭐 그렇네."

　　　　　　　　　　　※

　설마 운전수가 딸린 리무진을 준비할 줄은 몰랐다.

　선샤인 60에서 달려가는 고급차의 테일 램프를 아이리스는 멍하니 보고 있었다. 니트 모자와 카키색 다운코트에 블루데님 팬츠, 하이컷 스니커에 배낭. 평소하고 전혀 다른 차림이었다.

　미하루의 경제력을 생각하면, 전철로 도쿄 역에 가지 않을 것은 알고 있었다.

　그러나 택시 이상의 것을 상정하지 못한 것은 아이리스의 실수였다.

　"제, 제법이잖아, 미하루. ……하지만, 내가 택시를 못 탈 줄 알았다면 큰 오산이야!"

　아이리스는 결심하고서, 바로 앞의 길로 달려가 택시를 향해 손을 들었다.

　이 시점에서 아이리스의 심박수는 이미 급상승하고 있었다.

　왜냐하면 일본의 택시 대부분은 운전자가 남성이다.

　남성과 대화가 성립되지 않는 아이리스에게, 밀실에서 장시간 남성과 단 둘이 있어야 하는 택시는 언뜻 이용이 불가능한 교통수단 같았다.

　그러나 아이리스도 짧은 시간이지만 이 나라에 머무르면서 이곳의 택시 시스템을 이해하고 있었다.

　이곳은 택시의 팁이 필요하지도 않고, 문은 자동으로 열린다. 계속 감시하지 않아도 미터기로 부정을 하지 않으며, 목적지만 말할 수 있으면 자잘한 대화 없이 목적지까지 태워준다.

신용카드나 교통계 IC카드 따위로 지불 방법도 충실하며, 그야말로 교통계 IC카드를 내밀기만 해도 지불 방법을 짐작해준다.

요즘에는 여성 택시 드라이버도 급증하고 있으니, 운이 좋으면 그런 택시를 잡을 수 있는 경우도 적지 않았다.

어쨌거나, 택시를 붙잡아서 「도쿄 역!」이라고 말만 하면 그 다음은 어떻게든 되는 법이다.

길옆에서 손을 드는 아이리스에게 밝은 색의 택시가 다가왔다.

유감스럽게도 운전자는 남성이었다.

그러나 지금 차를 고를 여유는 없었다.

아이리스는 결심하고 차에 올라탔다.

"도쿄 역!!"

이 날 최대의 용기를 총동원해서 절규했다.

"아, 네. 알겠습니다."

아이리스가 제대로 고개를 들었다면, 백미러에 비친 놀라는 운전수의 표정을 볼 수 있었을 것이다.

이제는 도착할 때까지 고개를 숙이고 있다가, 지불할 때 카드를 내밀기만 하면 아무 문제없을 것이다.

그러나 다음 순간, 또 아이리스가 예상 못한 일이 일어났다.

"어느 길로 가실 건가요?"

"…………으에?"

"자주 쓰는 길이 있으신가요? 아니면 도쿄 역 어느 출구가 좋을까요?"

"어, 아, 아."

귀는 말을 이해하고 있었다.

그러나 마음이 반응을 거부했다.

어째서 그런 걸 물어보는 거지? 당신은 택시 운전사고, 길이랑 운전의 프로 아니야?

"아, 그렇구나. 아, 저기, Which route should I take?(어느 길로 갈까요?)"

아이리스가 말문이 막혀 있자, 일본어 화자가 아니라고 판단했는지 영어로 물어보기까지 한다.

"어…… 아…… 어……!"

"Tokyo Station has many entrances. Where to?(도쿄 역에는 출구가 여러 개 있는데, 어디로 갈까요?)"

"그…… 아…… 우……!"

잉글랜드인인 아이리스가 일본인을 상대로, 영어회화로 말문이 막혀 무슨 말을 해야 할지 모르게 된 일본인처럼 되어 버렸다.

운전수가 친절하게 대응해주는 건 알고 있었다. 경로를 물어보는 것도 아마도 손님의 취향을 생각해주는 것이다.

그러나 지금 아이리스는 어쨌든지 도쿄 역까지 태워주기

만 하면 되기 때문에, 그 이상의 문답은 일절 준비하지 않았었다.

아이리스의 눈이 핑핑 돌기 시작했지만, 지금 이 택시에서 도망치면 미하루의 리무진을 따라잡지 못할지도 모른다.

그 생각이 그 한 마디를 짜냈다.

"교토!!"

"교토…… I got it! You want to take a Shinkansen. OK, I take you to Yaesu Chuo entrance.(알겠습니다. 신칸센에 타는 거군요. 그러면 야에스 중앙 출입구로 갈게요.)"

힘차게 짜낸 어설픈 발언을 운전수가 적절하게 이해해 주었다.

아이리스는 힘이 빠져서, 숨이 넘어갈 듯 택시의 낮은 천장을 올려다보았다.

본국에서 택시 캡에 탈 때는 자세하게 길을 지정할 필요가 있는 경우가 많았지만, 이곳에서 택시를 탈 때는 기본적으로 목적지를 말하기만 하면 괜찮을 거라고 생각했다.

그렇지 않더라도 아직 길거리에서 반사적으로 영어를 구사해 커뮤니케이션을 할 수 있는 사람이 많지 않으니까, 여차할 때는 일본어를 모르는 척하면 된다고 생각했다. 지금까지 그 수법으로 긴급사태를 극복한 경우도 헤아릴 수 없었다.

그러나 이 친절하고 성실한 청년 드라이버는 아이리스에게 불편이 없도록 한껏 영어로 대응해 주었다.

그리고 그에 대해 제대로 대꾸하지 못하는 자신이 어쩔 수 없지만, 한심했다.

아이리스는 대쉬보드 위에 붙어 있는 운전사 플레이트를 보았다.

거기에는 「마코토 사네나오 | SANENAO MAKOTO」라고 적혀 있었다.

사네나오 운전수는 교통 정체에 빠지지 않고 매끄럽게 도쿄 역의 야에스 중앙 출입구에 도착.

아이리스가 내민 교통계 IC카드를 보고, 곧장 단말을 준비하여 뭐라고 말을 하기도 전에 영수증을 건네주었다.

"Have a nice day."

언뜻 봐서 그저 말수도 적고 붙임성 없는 아이리스에게, 운전수는 마지막까지 웃으며 성실하게 대응해 주었다.

택시 승강장에는 리무진의 모습 따위 없었다.

아이리스는 떠나는 택시를 보면서 마음속으로 사네나오 운전수에게 감사를 표하고, 도쿄 역으로 걸어갔다.

금요일 밤이라서 나름대로 혼잡한 역 구내를 발 빠르게 달려가, 토카이도 신칸센의 개찰구 근처 발권기에 달라붙어 교토로 가는 티켓을 자유석으로 구입했다.

토라키가 어느 신칸센에 타는지는 모르지만, 운전수가 딸린 리무진을 타고 온 데다가 기모노를 입은 미하루가 있는 이상 상당히 시간에 여유를 두고 왔을 것이다.

아이리스가 도쿄 역에 도착한 것은 아무리 늦었어도 리무진과 10분 차이.

지금이라면 아직 도쿄 역 안에 있으면 토라키 일행을 발견할 수 있는 가능성이 높았다.

"신칸센의 홈은 이렇게 잔뜩 있고, 게다가 길구나. 발견할 수 있을까?"

무계획적으로 돌아다니다가 딱 마주치는 사태는 피하고 싶다. 그렇다고 너무 느긋하게 굴면 눈치 못 챈 사이에 가버릴 가능성도 있었다.

"내가 왜 이런 일을……."

고개를 숙이면서, 그래도 날카로운 시선으로 주위를 살피던 아이리스가 지긋지긋하단 기색으로 중얼거렸다.

그리고 토라키의 모습을 찾아 홈을 어슬렁거린 지 얼마 안 되어서, 아이리스는 토라키와 미하루의 모습을 발견했다.

리무진 운전수의 인도를 받아서 홈에 있는 남성에게서 종이백 같은 것을 받고 있었다.

"이거, 구나. 자유석 차량은…… 어, 앗!"

도쿄발 토카이도 신칸센의 자유석 차량은 선두의 1~3호차였다. 토라키가 탄 9호차 앞을 발 빠르게 지나갈 때, 창 너머로 미하루와 눈이 마주칠 것 같아서 아이리스는 황급히 등을 돌렸다.

"뭐야."

창가 자리에 앉은 토라키가 생각지 못하게 편안한 미소를 짓고 있어서, 아이리스는 재미없다는 듯 코를 찡그리고 무거운 발걸음으로 자유석 차량을 향해 걸어갔다.

"정말로, 내가, 왜, 이런 일을, 해야 하는, 거냔 말이야!"

한 걸음 걸을 때마다 홈의 바닥 타일을 부술 것처럼 거칠게 걸은 아이리스는, 자유석 차량을 발견하고 승차했다.

전체의 20퍼센트 정도 남아 있는 빈자리 중에서 오른쪽 줄의, 옆자리에 여성이 있는 자리를 골라 통로 쪽에 앉았다.

창가 자리에 앉아 있는 것은 아이리스보다 조금 연상인 어두운 색 양복 차림의 여성이었다.

직장인인지 학생인지는 모르겠지만, 익숙한 기색으로 시트를 뒤로 젖히고 있었다.

아이리스는 배낭을 끌어안고서 두리번거리며 자신의 주위를 살폈다. 그리고 팔걸이에 있는 버튼을 눌러 주저하면서 조금만 좌석을 눕혔다.

옆자리 여성과 비슷한 정도에서 멈추자, 무심코 손이 허리 뒤를 더듬었다.

그러나 거기엔 아무것도 없었다.

평소에는 그 자리에 성총 데우스크리스와 성망치 리베라시온이 들어 있는 가죽 파우치가 있다.

그러나 오늘 아이리스는 수도기사의 성구는 전혀 가지고 있지 않았다.

왜냐하면『완전한 프라이빗』상태였으니까.

"내가, 왜, 이런 일을……."

신칸센의 홈에 들어선 뒤로 세 번째, 같은 내용을 중얼거렸다.

괜한 짓을 하지 말라고 나카우라가 못을 박았고, 토라키도 환영하지 않으며, 미하루에게 발견되면 무슨 말을 들을지 모른다.

그래도, 오늘 이 행동을, 아이리스는 자연스럽게 고르고 있었다.

휴가를 신청하여, 데우스크리스와 리베라시온을 도쿄 주 둔지에 맡기고, 일개 여행자로서 교토에 간다.

파트너 팬텀인 토라키를 따라서.

"……아."

그때 아이리스의 감각으로는 아무 조짐도 없이 신칸센이 출발했다.

이국의 특별 급행 열차에 타고 있다는 긴장감은 모국에서 타는 철도와 비교가 안 되었다.

행선지나 내리는 역을 틀리지 않을까 하는 불안 탓에 아이 리스는 한 번 더 없는 파우치를 오른손으로 더듬었고, 왼손 은 단단히 배낭을 끌어안았다.

"왜……."

왜 토라키를 따라가려고 한 걸까?

애당초 따라가 봐야 아이리스가 할 수 있는 일도, 해도 되 는 일도 없다. 하카타행 신칸센을 타고 그런 생각을 하고 있 는 시점에서, 이 행동이 충동적이라는 것을 자각해야 한다.

사전 준비는 몇 가지 했지만, 그것도 토라키나 미하루에게 관여한다기보다 그 전단계인 교토에 들어서기 위한 준비였다.

교토 역에서 하차한 다음의 계획은 아무것도 없다.

고작해야 미하루 일행을 추적해서 토라키의 숙박처를 알아내거나, 혼담이 진행되는 회합 자리를 알아내는 게 고작이었다.

알아낸 다음에는…….

"어쩌려는 거지?"

미하루도 토라키를 혼약자로서 데리고 간다고 말했지만, 그것은 혼담을 깨기 위한 것이었다. 그 자리에서 토라키와 미하루가 새롭게 결혼을 약속하는 게 아니다.

일본 명가의 논리나 철학은 잘 모르지만, 본래 상대를 쫓아낸 끝에 어디서 튀어나왔는지 모를 말 뼈다귀가 갑자기 새로운 혼약자로 인정받을 리 없을 것 같았다.

현실적인 문제로, 토라키에게 미하루와 어찌어찌 할 의사가 없으니까.

미하루도 신이 나서 떠들어대지만, 토라키의 본심은 알고 있을 것이다.

그렇다면.

"뭐 하는 거지, 나…….

막상 교토에 가는 단계가 되어, 급격히 아이리스의 마음이 식었다.

아무것도 할 일이 없고 할 수 있는 일도 없는데, 자신은 토라키와 미하루를 따라 교토에 가고 있었다.

시나가와를 지나, 신요코하마에 곧 도착한다는 안내방송이 차 안에 흘렀다.

여기서 내리면, 꾸물꾸물함을 품은 채 교토에 도착하는 얼빠진 사태는 피할 수 있다.

어차피 아무 일 없다. 며칠 지나면 토라키와 미하루는 돌아온다.

"……익스큐즈미."

"읙!"

그때 옆 자리 여성이 통로에 나가려고 해서, 아이리스는 퍼뜩 정신을 차리고 일어서서 통로 쪽 길을 양보했다.

"가세요."

"아, 고마워요."

아이리스가 일본어로 대답을 한 것에 조금 놀라면서, 여성은 작게 인사를 하고 통로로 나섰다.

아마도 화장실이라도 가는 것이리라.

여성을 어쩐지 모르게 배웅하고서, 아이리스는 또 고민하기 시작했다.

신요코하마를 지나면 거기서부터 나고야까지 1시간 반 가까이 걸리고, 간단히 돌아갈 수 있는 거리가 아니게 된다.

아이리스는 머뭇거리면서 정하지 못했다. 듬뿍 시간을 들여 1분 동안 망설인 결과, 신칸센은 나고야를 향해 출발해버렸다.

신칸센이 출발해버리자 점점 더 기분이 침울해진 아이리

스는 배낭을 끌어안은 채 등을 힘없이 구부렸다.

그때, 드디어 돌아온 옆 자리 여성이 말을 걸었다.

"괜찮아요? 기분 안 좋아요?"

"아아, 아뇨. 아무것도 아니에요. 지나가세요."

아이리스는 싹 일어서서 여성을 안쪽으로 보냈다.

여성은 배려하듯 아이리스를 보았지만, 아이리스는 그녀와 눈을 마주치지 않았다.

창밖으로 신요코하마가 지나가자 갑자기 불빛의 수가 적어졌다. 기껏 오른쪽 좌석이지만 밤이라서 후지산을 볼 수가 없다.

혼자서 배낭을 안은 채, 생각하면 생각할수록 지금 자기 꼴이 우스꽝스러워서 지긋지긋해진다.

역시 나고야에서 내려버리자.

나고야까지라면 수도기사가 발을 들여도 문제없었다.

나고야에서 내려서, 1박을 하든 도쿄로 돌아가든 해버리자.

"죄송합니다. 커피 주세요. 레귤러로."

그때 옆 자리 여성이 말했다.

문득 고개를 들자, 어느샌가 통로에 차내 판매 카트가 와 있었다.

아이리스는 가볍게 몸을 물렸다.

"고마워요."

여성은 살짝 웃더니 뜻밖의 말을 꺼냈다.

"당신도, 어때요?"

"어?"

"안색도 안 좋은데, 뭐 따뜻한 거라도 마시는 게 좋지 않을까 해서."

"아…… 죄송합니다. 저기."

"신칸센 처음이에요? 계속 긴장하고 있는 것 같은데."

여성이 말하면서 아주 자연스런 동작으로 레귤러 브랜드 커피를 둘 주문하고, 테이블을 펴서 하나를 아이리스 앞에 놓았다.

"돈 낸다고 하지 마요."

하려던 말을 막아버리자, 아이리스는 작게 인사를 하는 수밖에 없었다.

"저기, 이건……?"

테이블 위에 커피와 함께 뭔가 길쭉한 비닐봉지가 놓여 있었다.

"쓰레기봉투. 다 마시고 거기 넣으면 돼요. 머들러 포장지 같은 걸로 어질러지니까요."

"그, 그런 거였군요."

그런 것은 손님이 개인적으로 한꺼번에 잘 처리하면 된다고 생각하지만, 그것까지 포함한 가격일 거라고 억지로 납득했다.

"죄송해요. 잘 먹겠습니다."

"천만에요."

양복 차림의 여성은 건배를 하는 것처럼 컵을 가볍게 들고

한 모금 마셨다.

"앗뜨!"

그리고 커피의 열에 놀라면서 미소를 지었다.

"······일, 인가요?"

처음 만난 사람이 외국인인 자신을 보고 이렇게 배려를 해줄 정도였다.

자신이 상당히 우중충한 표정으로 걱정을 끼치고 있을 거란 생각에 아이리스는 반쯤 예의에 도움을 받아 말을 걸었다.

"응, 뭐 그런 셈. 언니는?"

"저는 그게, 여행, 이 되는 걸까요? 교토에······."

아이리스의 애매한 대답을 여성은 웃으면서 받아주었다.

"아, 교토? 나도 교토."

"그랬었군요. 저기, 사는 곳이 교토, 인가요?"

"맞아. 도쿄·출장에서 돌아가는 거야."

나이는 아이리스와 별 차이 없는 느낌이 들지만, 혼자서 출장을 다닌다면 우수한 비즈니스맨일까?

"교토의 어디 가는데?"

"어디라고 해야 할지. 저기, 결과적으로 정처 없이 돌아다니게 됐다고 할까요······."

아이리스는 컵에서 전해지는 커피의 온도를 양손으로 느끼면서, 대답을 하는 건지 중얼거리는 건지 애매한 목소리를 냈다.

"그렇구나아. 언니야는 꽤 교토 상급자가?"

"어? 어째서인가요?"

여성의 분위기가 한순간 부드러워졌다 싶더니, 아이리스가 아는 일본어하고 조금 다른 인토네이션으로 말했다.

"다른 데서 교토에 오는 사람은, 제대로 된 목적을 가지고 계획을 세워 오는 사람이 많다. 정처 없이 돌아다닌다 카믄, 어지간히 교토에 익숙지 않으면 몬하지 않나?"

"저기, 네. 아뇨. 그런 건 아니, 고요."

한순간 대답이 늦어진 것은 여성의 말에 들어본 적이 없는 액센트나 인토네이션이 섞였기 때문이었다.

토라키나 미하루, 아카리는 물론, 토라키의 동생인 와라쿠도 아이리스가 배운 스탠다드 랭귀지로만 말을 했었다. 이것이 소문으로 들은 『칸사이 사투리』라는 것일까?

"언니야는 일본어도 잘 하고, 일본 생활 긴 거 아니가?"

"아뇨. 아직 온지 2개월쯤밖에 안 됐어요. 그러니까 저기, 교토도 처음이라서……."

"2개월?! 굉장하대이!"

여성이 눈을 동그랗게 뜨면서 커피를 한 모금 마시자, 아이리스도 적당히 식은 커피를 한 모금 마셨다.

평소에는 홍차를 마시는 아이리스지만, 신칸센이라는 위치와 낯선 사람과 만나 대화한다는 상황이 어우러져서 조금이나마 깊이를 느끼고 있었다.

"카믄, 이래 생판 남이 이거저거 캐물어도 되는 사정이 아닌갑다. 케도 기껏 이라니까 맛있는 가게 얘기라도 하면 안 되긋나."

"조금 들어보고 싶어요. 조금은, 기대되는 게 있어야 되니까."

방금 전까지 나고야에서 내릴까 생각했지만, 기껏 휴가를 받았으니까 토라키도 미하루도 신경 쓰지 않고, 교토를 홀로 여행하는 것도 나쁘지 않을 것 같다고 생각하기 시작했다.

"아, 근데 지역 주민이 말하는 좋은 데니까 외부인이 생각하는『참 교토 같다』하는 가게는 아니래이. 지역 주민이 보기에는 프론트 마트도 맥로날드도 죄다 우리 동네 교토라 안카나."

프론트 마트라는 단어가 따끔하게 아이리스의 가슴을 찌르지만, 지역 주민 여성의 갖가지 교토 정보는 가라앉고 있던 아이리스의 기분을 어느 정도 가볍게 해주었다.

"……그러니까 역이라 카는 건 그 지역 대표 같은 기 모여 있으니까 얕볼 수 없대이. 테넌트 값이 비싸니까 거기서 오래 가는 곳은 인기가 있다는 기고, 역 지하의 상점가에 있는 닭국물 라멘 가게는 딴 데서 오는 사람들한테는 꼭 추천한다 아니가. 글고 처음에 잘 아는 체 하던 녀석들도 일하러 오거나 그럴 때는 결국 매번 그 가게 쓰게 되는 기라."

"이해가 되네요. 결국 리즈너블한 게 제일이란 거죠."

"그야 뭐 가끔은 비싼 가게나 숨겨진 맛집 같은 것도 나쁘지야 않다. 케도 그기는 어느 정도 자기가 정해진 데를 만든 다음에 가야 딱 여기 좋다 하는 걸 아는 거 아니가."

여성과 나눈 대화는 즐거웠다.

남성공포증을 별개로 치더라도 딱히 사교적인 성격이 아닌 아이리스지만, 그 여성과 나눈 대화는 중요한 정보를 주면서 아이리스가 반응하기에 참 좋은 템포로 이어지고 있었다.

 두 사람은 진작에 커피를 다 마셨고, 시간이 지나 깨닫고 보니 나고야역도 지나고 있었다.

 다음 정차역이 교토라는 안내방송이 나왔을 때 아이리스는 화장실에 있었다.

 아주 조금이지만, 기분전환이 된 것 같았다.

 처음 타는 신칸센의 화장실에 조금 고생하면서도 자리로 돌아오자, 여성이 슬림폰을 만지고 있었다.

 아이리스가 온 걸 깨닫더니, 어서 오라며 슬림폰을 넣었다.

 "그러고 보니, 오늘 어데 묵을지는 정했나?"

 "앗."

 토라키와 미하루를 따라가는 것밖에 생각 못했기 때문에, 숙박을 한다는 발상을 못했던 아이리스는 한심한 표정을 지었다.

 "안 정했는갑네."

 "아, 네, 그게……."

 "기세가 좋다 않나. 근데 선술집이나 인터넷 카페 같은 데도 주말에는 꽤 빈 자리 없는디?"

 "뭐, 저기 그게, 최악의 경우엔 돌아가는 방법도……."

 여성은 놀라서 고개를 옆으로 저었다.

 "아니아니 그건 아무리 그래도 의미를 모를 일 아니가?"

"그렇겠, 죠. 나 대체 뭘 하는 거지……. 하하."

이래서는 무계획을 넘어 아무 생각이 없는 지경이었다.

"너무 파고들 생각 없었는데, 가만 보니 불안해지지 않나."

"그렇게 보여요?"

"그래 보인대이. 이래저래 안 맞아가, 내일 언니야 얼굴을 뉴스에서 볼 것 같다."

"그건. 딱히 사고 같은 건 안 당해요."

"그라믄, 뭐 괜찮은디…….."

아이리스는 자리에 앉더니, 무심코 발치의 배낭을 끌어안았다.

그녀는 잠시 그런 아이리스를 보더니, 조용히 중얼거렸다.

"실연 여행?"

"그런 거 아니에요!!"

여성이 빙글빙글 웃는 걸 보고, 아이리스는 자기가 거의 반사적으로 반론했다는 걸 깨달았다.

이래서는 긍정한 거나 마찬가지가 아닌가?

"아, 그렇나. 미안타."

"그러니까 아니에요!"

이래서는 아무리 부정해도 그저 그녀의 확신을 더해주기만 하는 게 아닐까?

"케도 남자가 얽힌 일이란 느낌 든대이? 이래봬도 거짓말 구분하는 건 잘한다."

"거짓말 안 했어요!"

실연 같은 게 아니다. 실연은.

이 여행은, 이 여행에 이르게 된 이 감정의 이름은…….

"글고, 이름도 말을 안 했었다. 내는 나구모다."

"아이리스, 입니다."

"괜한 참견일지도 모르지만서도, 역에서 내릿따꼬 그걸로 바이바이도 그렇다 안카나. 여행지에서 창피한 건 버리고 오면 된다. 기왕지사 훌훌 다 털어봐보믄 어떻나?"

아이리스는 잠시 신음하는 것처럼, 숨을 내쉬었다.

"……같이 일을 하는 사람이, 교토에 가거든요."

"헤에. 그 사람이 혹시나, 이 신칸센 탄 기가?"

"어떻게 알았어요?!"

나구모라고 말한 그녀는 여태까지도 아이리스가 하고 싶은 말을 먼저 맞추곤 했지만, 아무리 그래도 그 얘기는 털끝만큼도 한 적이 없었다.

"아까 화장실 갔을 때, 어째 주변을 두리번거리며 경계했다 아니가. 혹시나 누구한테 들키면 안 되나 싶었다."

"저, 그랬었어요?"

자기가 한 일이지만 기가 막혔다.

"그 사람은, 혼자고?"

"……아뇨."

"여자도 있는기네."

나구모는 아마도 일부러 이런 식으로 말했을 것이다.

그러나 그것은 아이리스의 정곡을 찌르고 있었다.

볼이 홍조되고 혈압이 오른다.

"알기 참 쉽대이."

"저, 저는……."

"어쩔 기가? 교토에서 붙잡아가, 남친 돌려내라고 한 방 멕이나?"

"남친 아니에요!"

"그럼 뭐고?"

자신의 마음속에서 맴돌고 있는 물음과, 남이 던진 물음으로 어째서 이렇게 사고의 흐름이 바뀌는 것일까?

신요코하마에서 나구모가 말을 걸기 전에는 하염없이 빙빙 맴돌고 있던 사고가, 흐트러지기는 했지만 한 방향으로 정리되어 흐름이 진정되고 있었다.

"저와, 그는, 저기, 일을 하는 파트너거든요. 제가 일본에 온 뒤로 계속, 신세를 졌는데……."

"응."

"그 사람이 저기, 뭐라고 해야 할지, 아는 여자애네, 본가의 행사에 동원돼서…… 그녀도, 저랑 비슷한 일을 하는데요."

"응."

"저랑 그녀는 그렇게, 저기, 사이가 좋질 않아서, 근데 그랑 그녀는, 꽤 오래 알고 지냈고……."

"아이리스 씨가 모르는 기도, 잔뜩 있고?"

아이리스가 고개를 끄덕였다.

"이런 흐름에서 그렇게 나쁘게 말하기는 싫지만요. 그녀는 꽤 그를, 자기 좋을 대로 이용하는 구석도 있고, 그래서……."

"걱정되고?"

"걱정……하고는, 좀 달라요. 그도 그런 건 알고 있으니까. 다만 이번에는 좀 도가 지나치다는 생각이 들어서, 그래서…… 그래도, 막을 수는 없고……."

"응."

"신세를 지고 있다고 말을 했지만, 결국 저는 그에게 폐만 끼치고 있어요. 하지만 그녀는 이래저래 불평을 하면서도, 그에게 도움이 된 일이 잔뜩 있고……."

"응."

"……."

아이리스는 말문이 막히고 말았다.

나구모는 재촉하지 않았다.

지금이라면 알 수 있다. 오늘까지 사흘 동안 자신의 마음이 헛돌면서, 신요코하마까지 자신의 마음을 애태우고 있던 것의 정체.

"저, 질투하고 있어요……."

"귀여운 단어 쓴다 않나."

나구모가 쓴웃음을 짓고 있는 얼굴을, 볼 수가 없었다.

얼버무리고 싶어도 머리끝까지 피가 몰려서, 얼굴이 빨개진 것을 알 수 있었으니까.

아이리스가 둥글게 말고 있는 등을 나구모가 가볍게 두드렸다.

"그 남자, 좋아하는 기네."

"…………."

긍정할 수 없다.

이것만큼은 긍정해선 안 된다.

그녀의 인생을 걸고, 그것만큼은 긍정하면 안 된다.

그런데도.

"…………아직, 알게 된 지, 2개월 정도밖에, 안 됐는데요."

숨겨도 소용이 없었지만, 그래도 뜨거워진 얼굴을 감추고 싶었다.

"사람이 사람한테 반하는데 시간은 상관없다 아이가. 첫눈에 반한다는 말도 안 있나."

사람도 아닌데요. 이 말은 아무래도 할 수 없었다.

그러나 얼굴에서 불을 뿜을 것처럼 괴롭고 고통스런 그 결론이, 가슴 속에 척 자리를 잡았다.

그런 일이, 있어서는 안 되는데.

팬텀과 싸우는 숙명을 진 암십자 기사단의 수도기사로서.

무엇보다도.

"마마……."

유니스 예레이의 마지막을 아는 딸로서.

"기라치고, 이런 미인이 좋아하는 남자가 이 신칸센의 같은 차 안에 타고 있을지도 모른다카니, 가슴이 뛴대이."

"아니에요, 나구모 씨. 저는, 그런 게……."

수치와 질투로 눈물마저 지은 아이리스는 『좋아한다』라는

말을 부정하고자 결사적인 마음으로 고개를 들었다. 나구모는 아이리스를 등지고, 아무것도 안 보이는 새까만 창밖을 보고 있었다.

차 안의 조명이 반사되고 있을 차창 너머에서, 나구모가 어떤 표정을 짓고 있는지 알 수 없었다.

추태를 드러낸 자신을 보며 웃고 있을까?

아니면 진지한 표정을 짓고 있을까?

"아이리스 씨. 혹시 그 남자."

그리고 다음 순간, 나구모는 확 몸을 돌렸다.

"이런 얼굴이야?"

그 순간을, 어떻게 표현해야 좋을까?

눈앞에서 일어난 일의 처리를, 뇌가 거부한다고 말을 하면 좋을까?

머리끝부터 발끝까지, 한순간에 벼락처럼 동요가 흐르고, 온몸이 경직되었다.

그곳에, 토라키가 있었다.

방금 전까지 나구모라고 했던 어두운 색의 양복을 입고 있던 여성이 앉아 있던 곳. 그곳에 평상복 차림의 토라키 유라가 앉아 있고, 장난스런 미소를 지으며 아이리스를 보고 있었다.

"············어."

복장도, 체격도, 머리 모양도, 소지품도.

모든 것이 아이리스가 아는 평소 토라키의 모습이며, 도쿄

출장에서 돌아간다고 말했던 또래의 여성 나구모가 흔적도 없이 사라져 있었다.

소리를 지를 뻔한 입을, 토라키의 모습을 한 누군가의 손이 강하게 덮었다.

"……윽! 읍?!"

"이런 데서 큰 소리 내지 마, 아이리스. 다른 손님한테 폐가 되잖아."

목소리와 어조까지 토라키 그 자체다.

눈동자 색도, 손의 낮은 체온도, 다가왔을 때 느껴지는 희미한 옷과 피부의 냄새도, 모든 것이 토라키 그 자체다.

그러나 토라키는 지금 그린 차량에서 미하루와 나란히 앉아 있을 것이다.

"생각한 그대로의 반응이라서 기쁘구만. 손, 놓는다. 소리치지 마."

아이리스는 눈을 부릅뜨고 볼을 홍조 시킨 채, 눈앞의 토라키를 응시했다.

"대체……."

"아이리스가 좋아하는 남자는, 이런 얼굴이냐고 물었는데?"

"장난…… 치지 마……!"

아이리스는 반사적으로 허리춤에 손을 옮겼지만 그곳에 리베라시온은 없었고, 또 입이 막혀 버렸다.

"수도기사치고는 회복이 늦네. 큰 소리 내지 말라니까. 주변 사람들이 본다고."

방금 전까지 나구모였던 토라키는, 토라키가 가진 것과 같은 기종의 슬림폰을 꺼내더니 카메라를 기동하여 자기 얼굴을 화면에 비추었다.

　"오~ 그렇구만. 젊은 것치고는 좀 패기가 부족하지만, 나쁘지는 않은 남자야. 방금 전의 여자 얼굴은 귀엽지 않다고 하진 않겠지만, 참 무난한 얼굴이었으니까."

　"……정체가 뭐야? 경우에 따라서는……!"

　"리베라시온도 데우스크리스도 없는 수도기사 따위 안 무서워. 이제 이 열차는 나고야를 지났거든. 나고야보다 서쪽에서 수도기사가 팬텀에게 손을 대면 암십자와 히키 가문의 협정에 위반된다고. 뭐, 그래서 아이리스도 무기를 안 가지고 온 거겠지만……."

　"유라의 목소리로 내 이름을 가볍게 부르지 마!"

　"우와. 방금 전까지 반했다 뭐다 하면서 꾸물거리고 있었는데 살기가 풀풀 풍기네."

　토라키의 얼굴로 능구렁이 같은 표정을 짓는 팬텀을, 아이리스는 진심으로 혐오했다.

　"아 미안해. 너무 놀렸네. 하지만 당신도 당신이야. 아무리 성구를 안 가지고 왔어도 수도기사, 거기다 그 고명한 『예레이의 기사』가 교토에 들어오면 안 되지."

　토라키의 얼굴을 한 팬텀이 소리를 죽였다.

　동시에 아이리스도, 분노와 당황을 느끼고는 있으면서도 예레이의 기사라는 말에 냉정함을 되찾았다.

자신의 가문 이름이 가진 영향력이 일본의 팬텀 사회에까지 이르고 있는 것을 실감하고, 새삼스럽지만 자신의 경솔한 행동에 이를 갈았다.

　"나랑 같이 있지 않았으면, 교토 역에 한 걸음 디디자마자 공격을 받아도 불평 못하거든. 일본의 요괴는 융통성 없는 녀석이 많아. 당신, 짧은 생각으로 행동한 건 틀림없지만, 미하루의 입장을 악화시키고 싶은 건 아니지?"

　"미하……루?"

　생각 못한 이름이 튀어나오자, 아이리스는 눈을 깜빡였다.

　"응? 미하루 말하는 거 아냐? 아까 엄청 에둘러서 말한, 토라키란 남자를 데리고 왔던 건이라는 거."

　"그, 그렇긴 한데, 어떻게. 정말로 당신 정체가 뭐야? 미하루를 알고 있는…… ."

　"뭔데? 아직 내 정체를 모르겠어? 공부가 부족하네. 내가 분명히, 정해진 대사를 했잖아?『그 녀석은 이런 얼굴이냐』라는 거."

　토라키의 얼굴을 한 팬텀은 주위를 경계하면서, 자신의 이마에 손을 댔다.

　그리고 손을 턱까지 삭 내린 순간.

　"어."

　방금 전까지 있던 토라키의 눈, 코, 입 모두가 사라지고, 그곳에 평평한 피부만 남았다.

　아이리스가 동요한 한순간에 손을 턱에서 이마까지 올리

자, 다시 토라키의 얼굴이 나타났다.

"나는 무지나 나구모. 특기는 그러니까…… 일단 상대가 바라는 형태로 한순간에 변신할 수 있다는 거라고 해둘까?"

아이리스는 한 번 사라졌다가 다시 나타난 토라키의 얼굴을 가리키며 말을 잃었다.

"당신 운이 좋아. 우연이라도 내 옆자리에 앉다니."

우연. 이건 정말로 우연일까?

"히키 미하루의 혼담 상대가 나거든."

무지나 나구모라고 말한, 아마도 남성인 팬텀에 대해 어떻게 행동하면 좋을지 모르고 있던 아이리스의 귀에 특징적인 안내방송 멜로디가 들렸다.

"승차해주셔서 감사합니다. 잠시 뒤에 교토, 교토에 도착합니다……."

곧장 실내가 술렁거리기 시작했다.

많은 승객이 교토에서 하차하는 것이다.

"애기를 들어보니까, 어차피 갈 곳도 없지? 나랑 같이 안 갈래? 나는 히키 가문과 무지나 가문이 어디서 어떤 이야기를 하는지 알고 있어. 누가 뭐래도, 당사자니까."

"목적이 뭐야? 수도기사는, 교토에서 환영 받지 못하잖아."

"당신은 미하루에 대해서 잘 아는 모양이거든. 어차피 미하루는 나랑 혼담을 파기할 셈이지?"

나구모가 거기까지 사전 정보를 이해하고 있다는 것에 아이리스는 놀랐지만, 그러자마자 나구모는 상처 받은 표정을 지었다.

"알고 있었어. 알고는 있었는데, 이렇게 확실해지면 상처 받거든."

"어? 당신 설마 내 마음 읽었어?!"

생각해보면 묘한 점이 잔뜩 있었다.

아이리스와 대화하면서 묘할 정도로 눈치가 좋았던 점은, 어쩌면 이 정도로 정확하게 토라키의 겉모습을 재현할 수 있는 능력과 어떤 관계가 있는 것일까?

"혼담에 불려가면서 남자를 데리고 가는 게 있을 수 없잖아."

"앗!"

아이리스가 여기까지 온 이유 중에, 미하루가 어쩔 셈인가에 대한 해설이 의도치 않게 포함된 것뿐이었다.

"그렇나…… 역시, 내는 미하루한테 미움 받는 기가…….."

진심으로 침울해 보이는 나구모를 보고 아이리스가 물었다.

"혹시, 미하루 좋아해?"

"어렸을 때부터 쭉."

쥐어 짜내는 기색이었다. 그러나 확실한 표명이었다.

아이리스는 어안이 벙벙해지는 것과 동시에, 미하루가 혼담 상대에 대해 악담을 퍼부었다는 건 말하지 말자고 결심했다.

"지금 무슨 어수선한 생각 안 했나?"

"아무것도 안 했어."

"……지금 귀찮은 녀석이라 생각했제?"

"생각했어! 진짜! 대체 뭔데!"

명백하게 신칸센이 감속하는 것을 느낀 아이리스가 초조한 기색으로 물어보자, 나구모는 아이리스의 눈을 슥 보았다.

"당신, 토라키 좋다 했제?"

"그…… 그러니까 그건!"

"내는 미하루가 좋다! 그러니까 부탁한대이! 이 토라키란 녀석을 다시 끌고 가, 혼담을 예정대로 진행하는 거 도와주래이! 부탁한다!"

"……에엑."

아이리스는 표정이 파르르 떨렸다.

이번 교토행이 토라키에 대한 마음과 미하루에 대한 질투에서 비롯된 무계획 여행이었다는 건 틀림없다.

그렇다고, 구체적으로 그렇게까지 하는 건 좀…….

"협력 안 해주믄, 무지나 가문을 통해서 나고야의 암십자 기사단에 밀고할 기다. 기사가 협정 어기고 교토 들어왔다꼬."

"아, 알았어. 알았다니까!"

아이리스는 자신의 경솔한 행동을 후회하는 것과 동시에, 미하루가 나구모에 대해 신랄한 말을 하는 건 이런 부분 때문이 아닐까 생각하지 않을 수 없었다.

"일단 내리자. 다시 출발하겄다."

"자, 잠깐 기다려! 그 모습 좀 어떻게 해봐! 유라랑 마주치면……."

"어이쿠. 근데 우짜지. 당신이 안심할 수 있는 인간이란 설정으로 변신해가 지금은 이 모습밖에 못하는데…….”

이때 아이리스는 다시 얼굴이 빨개졌다.

“아까 그 여자 모습이면 되잖아!”

“그래 말해도 지금은 당신 마음이 토라키 유라로 한가득이라 않나…….”

“알았으니까 얼른 내리자! 진짜!”

더 이상 나구모가 말하게 놔두면 수치심에 불이 붙어버릴지도 모른다.

“…….”

아이리스는 나구모의 등을 밀면서 신칸센에서 내리려다가, 나구모가 입은 토라키의 파카 냄새를 맡고 표정을 찌푸렸다.

그러자 다음 순간, 결코 눈을 뗀 것이 아닌데도 의식의 허를 찌른 것처럼 처음 옆자리에 앉아 있던 양복 차림의 여성 모습이 되더니, 목소리와 어조도 『본래대로 돌아왔다』.

“고약한 능력이네. 쓰고 있는 세제 냄새까지 같다니.”

나구모는 쓴웃음을 지었다.

“내한테서 토라키 씨 냄새가 나는 거 싫드나?”

있을 수 없는 장소에서 토라키의 기척이 난다.

그것을 참을 수 없이 싫다고 느낀 그 순간, 나구모의 모습이 변했다.

“……내리자. 지금 그 변신, 누가 본 거 아니지?”

“괜찮데이. 그런 실수 안 한다.”

발차 벨이 울리는 교토 역 홈의 추위에, 아이리스는 몸을 움츠렸다.

나구모가 그 뒤에서 기가 막힌 기색으로, 칭찬하는 것처럼 복잡한 색으로 말했다.

"참말로 토라키 씨 좋아하네."

"시끄러워."

아이리스는 멈춰 서더니, 발차하는 신칸센을 배웅하듯 홈의 끝을 보았다.

자신들보다 홈의 중앙 가까운 장소에 내린 토라키 일행에게 발견되지 않도록.

그리고 『토라키를 좋아한다』고 지적을 받고 그것을 부정하지 못하는 자기 마음 탓에, 표정을 찌푸리는 건지 미소를 짓고 있는 건지 모를 빨개진 한심한 표정이 남에게 보이지 않도록.

※

교토 역 앞의 택시 승강장에는 리무진은 아니지만 명백하게 보통 사람이 탈 기회도 운전할 기회도 없어 보이는, 묘하게 여러 부분이 두껍게 만들어진 세단형 고급차가 운전수와 함께 자리잡고 있었다.

"아~. ……이거 뭐냐. 해외 뉴스에서 본 적 있는데……."

"미국 대통령의 전용차와 같은 수준의 방탄 성능을 갖춘 일본 사양의 요인 호위 차량입니다."

"그거 얼마 전에도 들어봤었어."

앞으로 평생 이런 차를 탈 기회가 찾아오지 않을 테니까, 이 여행을 하는 동안에 일어나는 모든 일을 운명이라고 생각하며 받아들일 각오를 다졌다.

"토라키 님. 긴 여행 수고하셨습니다. 저는 오늘 이만 실례하겠습니다."

토라키와 미하루가 뒷좌석에 타자, 카라스마가 밖에서 말을 걸었다.

"아, 그런가요?"

"아가씨. 수고로우시겠지만, 숙박의 수속을 맡겨도 괜찮겠습니까?"

"상관없지만, 무슨 일이죠?"

"정말로 지금 막, 긴급하게 제가 대처해야 하는 안건의 연락이 들어왔습니다. 토라키 님, 짐은 트렁크에 넣어두었습니다. 내일 일몰 시간에 숙박처로 마중을 갈 테니, 그때까지는 잠시 실례하겠습니다."

카라스마가 인사를 하고 문을 닫자, 리무진하고는 또 다른 승차감의 차가 묵직하게 교토의 거리로 출발했다.

"미하루, 왜 그래?"

미하루는 차가 보이지 않을 때까지 고개를 숙이고 있는 카라스마를 돌아보았다.

그 옆모습이 평소 보기 힘들 정도로 진지하기에 물어봤다.

"카라스마가 저렇게 말하는 건 드문 일이에요. 본가나 제 인생 방침에 연관되는 일보다 우선해야 할 일이 카라스마에게 있다니. 흔치 않은 일입니다."

"중요한 얘기는 내일이잖아?"

"그래도, 그렇습니다. 카라스마는 대대로 히키 가문 당주 일족의 호위 역할을 맡은 일족입니다. 그런데 저를 배웅하는 것을 부하에게 맡기고, 자신이 그 자리에 남다니……."

미하루의 어조가 진지했다.

얼굴을 앞으로 되돌리고 잠시 조용히 생각한 다음, 미하루는 토라키를 보았다.

"어쩌면, 혼담에서 한바탕 일어날지도 몰라요."

"어?"

애당초 한바탕 일으키려고 온 미하루가 무슨 말을 하는 걸까?

"저에게는 히키 가문과 무지나 가문의 결속을 강화하여 국내 팬텀의 결속을 굳히기 위해서라는 소식만 왔습니다만, 카라스마의 모습을 보니 이 혼담을 환영하지 않는 자가 있을지도 몰라요."

"뭐, 네가 그 필두잖아."

"반대로 제가 토라키 님을 데리고 가는 것을 좋지 않게 생각하는 자가, 당주나 본가 사람들 말고도 있을지 몰라요. 히키 가문의 친척들도, 연관된 귀요도 많으니까요."

"귀요?"

갑자기 낯선 단어가 튀어나오자, 토라키가 무심코 되물었다.

"귀한 요괴, 그래서 귀요(貴妖)라고 부릅니다. 서양에서도 역사가 오랜 흡혈귀를 귀족이라고 부르기도 하잖아요? 그것과 마찬가지로, 역사가 긴 요괴의 명가를 지금은 귀요 가문이라고 부릅니다. 히키 가문과 무지나 가문 아래로, 카라스마 가문을 비롯하여 수많은 귀요 가문이 남아 있습니다."

"처음 들어보는 이야기들이지만 역시 카라스마 씨도 팬텀이구나. 무슨 팬텀이야?"

"성으로 짐작이 안 가시나요? 히키 가문과 함께 외견적인 특징이 약한 팬텀이지만, 야오비쿠니보다도 유명하다고 생각하는걸요?"

"성…… 설마, 텐구[7]냐?"

"정확하게는 카라스텐구[8], 예요. 하지만 정답이라고 해드릴게요."

미하루는 이때, 드디어 미소를 지었다.

"요술이나 이능이라는 점에서, 카라스마 가문 정도로 인간과 깊게 연관되면서 그 힘을 숙성시킨 귀요 가문은 없어요. 카라스마는 올해로 예순입니다만, 1대 1로 겨룬다면 저 혼자서는 절대로 이길 수 없어요."

미하루는 자신의 능력에 겸손을 떠는 타입이 아니니까 그

#7 텐구 일본의 요괴. 일본 수험도의 수험자 같은 차림을 하고, 붉은 얼굴에 크고 기다란 코를 가졌다. 워낙 유명한 요괴라 상당히 종류가 많다.
#8 카라스텐구 텐구의 일종. 크고 기다란 코 대신 이름 그대로 까마귀(카라스)와 같은 머리에 부리와 날개를 가진 텐구다.

감상은 진실이겠지만, 그녀의 검술과 이능을 몇 번이나 본 토라키는 좀처럼 믿기 어려운 이야기였다.

"나는 너랑 싸운 적이 없으니까 네 전투능력을 정확하게 모른단 말이지. 카라스마 씨가 얼마나 굉장한지, 좀처럼 감이 안 잡히네."

"어머나, 토라키 님. 대담하시네요. 혹시 저와 한 수 겨루고 싶으신가요?"

붉은 볼, 괜히 들뜬 목소리와 흘겨보는 눈길.

토라키는 갑자기 피로가 몰려와서, 고개를 옆으로 저었다.

"팬텀 사회라는 건, 아이카가 그런 것처럼 가장 싸움이 강한 녀석이 정점에 있는 거라고 생각했는데, 아니구나."

"그런 측면도 없지는 않아요. 저나 히키 가문 사람들이 약하지는 않잖아요? 다만 특기 분야가 달라서, 1대 1의 전투능력이라면 카라스마가 위지만, 그것 말고 다른 힘은 히키 가문 사람이 위라서, 결과적으로 히키 가문이 가장 고귀한 지위를 손에 넣었다, 그겁니다."

"그렇구만."

"하지만, 그렇게 피비린내 나는 이야기는 됐어요. 에잇."

미하루가 토라키의 팔을 잡고서, 자기 쪽으로 끌어당겼다.

"안심하세요. 교토에 머무르시는 동안 한껏 편안하게 쉬실 수 있도록, 마음을 담아서 대접해드릴게요! 토라키 님은 누가 강하다느니 약하다느니 하는 못난 이야기는 신경 쓰지 마세요."

"······그래, 부탁한다."

마음을 담았다는 건 이해할 수 있지만, 역시 몸에 스며들어 있는 여태까지의 인생과 생활 습관 덕분에 도저히 편안하게 쉴 수 없을 것 같았다.

생각해 보면, 지금부터 가는 곳은 일본 팬텀의 총본산이다.

마에 속한 자, 어둠에 속한 자, 몬스터, 요괴.

전세계에서 온갖 말을 듣는 생물들의 소굴이다.

그런 장소에 뛰어드는 것인데, 위험이 없을 리 없지 않은가?

"토라키 님. 저것이 머무르시게 될 호텔입니다."

"야, 농담이지?"

도시부에 있는 호텔의 격을 판단하는 재료로, 호텔 본관의 건물에서 가장 가까운 건물까지의 거리가 하나의 기준이 된다는 이야기를 어디선가 들어본 적이 있었다.

그런데 눈앞의 호텔은 토지의 이용 제한이 도쿄보다 한층 엄격한 교토 시내에서 광대한 부지를 갖추고 있는 데다가, 시야를 가로막는 것이 하나도 없었다. 아예 근처에 건물이 전혀 없다. 그 기준으로 생각하면 이 호텔은 초일류라고 잘라 말할 수 있었다.

이 로케이션을 만드는데 어느 정도 자본이 필요할 것인지, 70년 숙성된 서민의 뇌로는 생각해 봐야 소용없었다.

"스위트 플로어에 완전 암실 베드룸을 준비했으니, 부디 오늘 밤은 편히 쉬세요."

"야. 나는 분명히 너한테 빚진 것 대신에 온 거지? 완전 암실

베드룸 같은 괴상망측한 시설이 스위트 플로어에 상설되어 있는 호텔 따위가 존재하겠냐? 설마 나를 위해서 만든 건…….."

거기까지 말하고, 미하루가 기뻐하면서도 웃음을 참는 재주 좋은 표정을 짓는 걸 깨달았다.

"토라키 님은 제가 토라키 님을 위해 그 정도까지 할 거라고 생각하시는 거군요. 제 사랑을, 그 정도로 커다랗게 받아들여주시는 거군요?"

"어, 아, 아니, 그게, 지금까지 겪은 게 있어서, 무심코, 그런 게 아닐까 싶어서."

이케부쿠로에서 도쿄 역까지 거의 수십 분의 이동 하나를 위해서 리무진과 고급 와인.

그린 차량에 고급 도시락.

기어이 미국 대통령이 탈 법한 차량이 준비되어 있었으니 그렇게 생각해도 어쩔 수 없지 않은가?

"후후후, 물론 토라키 님을 위해서 준비한 방입니다만, 만든 건 아닙니다. 이 호텔에는 해외의 팬텀 손님들도 자주 숙박을 하거든요."

"해외의 팬텀…… 손님들?"

"귀요 가문은 겉으로는 인간의 경제활동에 파고들어 있습니다만, 팬텀 사회나 뒷사회에도 적지 않은 연결고리가 있습니다. 저 호텔은 히키 가문과 관계가 있는 태양의 빛이 어려운 종족 분이 일본에 오셨을 때 숙박하는 호텔입니다. 물론, 리앙 시방의 방주 정도의 격으로는 스위트 따위에는 숙박할 수 없습니다만."

대륙계 팬텀 조직의 방주와 편의점 근무 프리터 흡혈귀라면, 아무리 그래도 시방의 방주가 격이 높지 않을까?

"토라키 님이 바라신다면, 저희들의 새로운 집에도 부디, 암실의 침실을 만들까요?"

무슨 말을 하든 무덤을 파는 말밖에 안 된다.

서민 흡혈귀는 무덤도 셀프로 파게 되는 것이다.

근거가 없는 것은 아니었지만, 자신의 자만이 부끄러워진 토라키에게 더욱 추가 공격이 들어왔다.

"어서 오십시오. 바푸나또(Vapunaatto) 호텔에 잘 오셨습니다."

토라키의 인생에서, 기다리고 있던 도어맨과 포터와 컨시어지에게 동시에 나란히 인사를 받는 기회 따위 앞으로 두 번 다시 없을 것이다.

미하루는 익숙하게 컨시어지 남성에게 생긋 웃으면서 이야기를 하고 있는데, 토라키는 차에서 싸구려 트렁크를 정중한 손놀림으로 꺼내는 포터에게 무심코 고개를 몇 번이나 숙이고 말았다.

"그러면 히키 님, 토라키 님, 방으로 안내하겠습니다. 발치를 주의해 주십시오."

이 컨시어지나 도어맨이나 포터도, 어쩌면 무슨 팬텀인 것일까?

따뜻하지만 건조하지 않은 호텔 로비의 프론트를 지나, 클래식한 내장의 널찍한 엘리베이터를 타고서 최상층으로 이동했다.

"히키 님께는 『아침의 방』을. 토라키 님께는 『밤의 방』을 준비했습니다. 오른쪽 문이 아침, 왼쪽이 밤입니다."

엘리베이터를 나서자 나타난 긴 복도에, 비상구를 제외하면 컨시어지가 가리킨 문 두 개밖에 없었다.

"저기, 다른 숙박객은……."

"오늘 스위트 플로어에 숙박하시는 것은 히키 님과 토라키 님 두 분뿐이십니다. 부디 거리낌 없이 보내 주십시오."

"어?"

"먼저 토라키 님의 짐을 방에 넣어 주세요."

"알겠습니다, 히키 님."

미하루의 재촉을 받아서 분위기에 끌려가듯 들어간 『밤의 방』의 내장을 한 번 보고, 토라키는 그 자리에 우두커니 서 버렸다.

비교해봐야 의미가 없지만, 밤의 방 현관에 해당하는 공간만 해도 블루로즈 샤토 조우시가야 104호실의 두 배는 된다.

실내 구조에 대한 설명을 쭉 받았지만, 한 가지 확실한 것이 있었다. 아무리 체류 기간이 늘어나도, 토라키는 이 방의 공간 절반도 이용하지 않을 거라는 예상뿐이었다.

※

"하이고마, 역시 주말이래이. 호텔이 죄다 만실이라 방을 못 잡았다."

밤 9시.

시린 하늘 아래 교토 역 앞에서, 아이리스와 나구모는 숙박처를 찾지 못해 어쩔 줄 모르고 있었다.

"아직 도쿄로 돌아가는 신칸센 있겠지."

"쫌 잠깐잠깐 기다려 보래이! 어떻게든 할 테이까!"

"교토 역을 나서면 언제 공격을 받을지도 모른다고 했잖아. 안전하게 숙박할 수 있는 장소도 없는 상황에서는 도울 수 있는 일이 없어. 내가 이대로 여기 있으면 당신한테도 폐만 되는 거 아냐?"

"아이다. 여기서는 말 몬하지만, 아이리스 씨랑 만난 기는 내한테 천재일우의 찬스라 안하나. 무지나도 그렇고, 히키도⋯⋯ 뭣보담도 미하루를 지키기 위해서도⋯⋯."

"미하루를 지켜? 대체⋯⋯ 읏?!"

그때 나구모와 아이리스는 같은 방향을 돌아보면서 반사적으로 경계했다.

늦은 시간이지만 아직 통근객이나 관광객들이 많은 교토의 역 앞.

그 안에 명백하게 보통 사람하고는 다른 기척을 가진 자가 있었고, 똑바로 두 사람에게 다가오고 있었다.

"아이리스 씨, 도쿄에서 온 거, 미하루랑 토라키란 녀석 뿐이드나?"

"아니야. 어쩐지 버틀러^{집사}처럼 생긴 미하루의 부하 같은 할 아버지가 한 명……."

"우에, 최악이대이."

나구모의 얼굴에 식은땀이 흘렀다.

이윽고 그 기척이 반듯하게 각이 잡힌 은색 사람 모양으로 응축되어, 두 사람 앞에 나타났다.

"오랜만에 뵙습니다. 나구모 도련님."

어두운 색 양복을 입은 젊은 여성을 향해서, 그 집사 같은 남성은 망설임 없이 『도련님』이라고 불렀다.

올백으로 쓸어 넘긴 은발과, 연미복이 연상되는 상질의 양복.

틀림없이, 미하루와 토라키를 리무진에 태웠던 남자였다.

"아, 오랜만이래이, 카라스마 씨. 이런 데서 만나다니 우연 아니가."

"참으로 우연이로군요. 실례됩니다만, 옆에 있는 아가씨는 나구모 도련님의 친구분이신지요?"

"헤, 헤헤……."

나구모는 긴장을 얼버무리기 위해서인지, 혀로 입술을 핥았다.

"카라스마 씨 그래 짓궂은 말 하지 마이소. 내 이런 모습 인데 도련님이라케놓고선."

양복 차림의 여성을 아이리스의 눈앞에서 당당히 『도련님』

이라고 불렀다. 그 시점에서 이 카라스마란 남자는 아이리스가 나구모의 정체를 알고 있으리라 짐작하고 있는 것이다.

"만에 하나의 경우가 있지 않습니까."

"그 만에 하나래이. 이 아가씨는 내랑 친구인데, 대학에서 알게 된 유학생…….."

"그렇습니까? 공부가 부족해서 몰랐습니다만, 최근 대학은 암십자 기사단의 수도기사를 유학생으로 받고 있군요."

"……어떻게."

아이리스는 경계심을 더욱 높였다.

명가 출신의 놋페라보인 나구모 옆에 어울리지 않으니까 수상하게 생각하는 건 이해를 한다.

그러나 어째서 수도기사라는 것까지 간파를 당한 걸까?

"우리들 교토의 요괴, 그 중에서도 우리들 카라스마 가문은 세계에서도 수위를 다툴 정도로 『성스러움』에 대한 후각이 날카롭다고 자부하고 있습니다. 그러나 이번 문제는 그런 것보다도 먼저…….."

카라스마는 찌릿 아이리스를 노려보았다.

"아이리스 예레이 님. 당신은 선샤인 60에 있는 미하루 님의 사무실에서 몇 번 저와 스쳐 지나간 적이 있습니다. 요전에 프론트 마트로 미하루 아가씨를 마중 나갔을 때도 뵈었는데, 어떻게라고 하시는군요."

"어? 앗!"

"아이리스 씨?!"

생각해 보면 이 카라스마 씨는 이케부쿠로에서부터 계속 미하루와 토라키 옆에 있었다.

지난 약 2개월동안 아이리스는 꽤 여러 번 선샤인 60에 있는 미하루의 사무실을 찾아갔으니까, 그러던 중에 얼굴을 기억했을 것이다.

"어쩐지 나, 이번 여행에서 어랑 앗만 외치는 것 같아!"

"수도기사라 카는 기 그래 얼빠진 거였드나?!"

"미하루 아가씨는 아이리스 님을 『암십자 희대의 얼뜨기』라고 하셨습니다."

"『다음에 때려준다』라고 생각하는 기분이 이런 거구나!"

"농담은 이쯤 하지요."

카라스마는 가볍게 헛기침을 하고서, 양팔을 허리 뒤로 돌렸다.

"『협정』은 알고 계시겠지요? 아이리스 님."

표정도 자세도 변함없지만 카라스마의 분위기가 바뀌었다.

그렇잖아도 얼어붙을 것 같은 겨울의 공기에 피까지 얼어버릴 듯한 살기가 생겼다.

"도쿄행 신칸센은 아직 있습니다. 순순히 돌아가 주시는 것이, 서로를 위한 일이라 생각합니다."

"네, 돌아갈게요. 죄송합니다."

"아이리스 씨?!"

"조금 더 어떻게 될 것 같은 분위기였잖아. 근데 갑자기 이런 굉장한 사람이 나타나면 아무것도 못해."

아이리스는 방심하지 않고 카라스마의 무덤덤한 얼굴을 보았다.

"나중에 사과 편지라도 보내는 게 좋을까?"

"서로 귀찮은 일은 생략하도록 하지요. 물러나 주신다면, 미하루 아가씨의 친구를 상대로 이쪽도 일을 키우지는 않습니다."

"고마워. 나는 미하루의 친구는 아니지만, 그래 주면 좋겠어."

아이리스와 카라스마의 대화가 긴장을 띠면서도 차분해질 기색을 보인 그때, 나구모가 끼어들었다.

"기다리바라!"

목소리는 여성 그대로였지만, 어조가 명확하게 변화했다.

"좀 기다리라, 카라스마 씨! 카라스마 씨는 미하루의 혼담으찌 생각하나?!"

"어떻게, 라고 하시는 뜻은?"

"내는…… 내는 진심으로 미하루랑 결혼하고 싶다 생각하고 있대이?!"

"그러하십니까."

"이 아이리스 씨는 미하루가 데리고 온 토라키란 녀석의 관계자라카이! 그녀의 협력을 얻으면 그 토라키란 녀석을 끌어내리가, 히키 가문과 무지나 가문은 원만하게 맺어지고, 일본의 팬텀 사회도 안심 아니겄나?"

"그렇지만, 아가씨는 그럴 생각이 없으신지라."

"당신한테 물어보는 기다, 카라스마 씨. 설마, 요전에 우리 아버지 일, 모른다고는 안 하긌제?"

아버지라는 말에 카라스마의 어깨가 움찔 움직이고, 갑작스럽게 나온 인물의 화제에 아이리스도 의문스런 표정을 지었다.

"카라스마 씨는 으찌 생각하나! 무지나가 그런 상황이 되가, 어데 말 뼉다구인지 모를 흡혈귀랑 미하루가 사귄다카믄 어떻나!"

"아가씨께서 판단하신 일이니까요."

"잠깐, 나구모. 그건 흘려들을 수 없어. 유라는 말 뼈다귀 같은 거 아냐!"

"아이리스 씨는 쪼매 입 다물고 있어 바라! 응? 집안끼리 정한 약혼자 같은 거 낡아빠졌다카는 미하루의 마음도 이해는 한다. 케도 내는, 반드시 미하루랑 결혼할 기다! 지금 당장은 몰라도, 양가도 그러면 안심 아니가? 그걸 위해가 아이리스 씨의 협력이……."

"필요 없습니다. 수도기사가 나설 자리가 아니지요. 하물며 그것이 아이리스 씨라면."

카라스마의 대답은 아이리스도 이해할 수 있었다.

역시 자신은 지금 교토에 있는 어느 세력이 봐도 초대하지 않은 손님이다.

신요코하마에서 돌아갔어야 했다. 교토에 와서는 안 되었다.

"나구모. 포기하자. 역시 나는 협력할 수 없어. 아무리 생각해도 상황이……."

"그럴 수도 없는기라."

그러나 나구모는 괜히 낮은 목소리로 잘라 말했다.

"지금 내 아군은 아이리스 씨 혼자뿐이다. 카라스마 씨, 당신은 미하루의 적이가? 아군이가?"

다음 순간, 나구모는 입고 있던 코트를 화려하게 벗어서 카라스마의 얼굴에 던졌다.

시야를 가로막는 유치한 수에도 카라스마는 끄떡도 안하고, 얼굴에 던진 코트를 떨쳐냈다.

"이거야 원."

시간을 따지면 시야가 막힌 것은 1초도 안 된다.

그 미약한 1초 사이에, 나구모와 아이리스의 모습이 카라스마 앞에서 사라졌다.

"너무 느긋하게 이야기를 했군요. 실력을 키우셨습니다, 나구모 도련님."

카라스마는 전혀 웃지 않으면서 자세를 풀었다.

"들리고 계실 테니까 말하겠습니다. 협정을 깬 것은 깬 것. 도련님이 아이리스 님과 동행하시는 이상, 히키 가문도 교토의 팬텀도, 나름대로 대응을 하지 않을 수 없습니다. 부디 각오하시길."

카라스마 주위에는 교토 역으로 가는 사람과 나오는 사람의 파도가 밀려들고 있었다.

혼잣말을 중얼거리는 카라스마를 의문스런 눈으로 보는 사람도 있었지만, 태반은 신경 쓰지 않았다.

"아가씨의 친구라고 생각하여 조금 주저하고 말았군요. 이래선 안 되지요."

카라스마는 눈을 깔고 고개를 옆으로 흔들더니, 몸을 돌려 교토 역을 등지고 걷기 시작했다.

"교토의 무지나 가문에 계셔야 할 나구모 도련님이 어째서, 도쿄에서 오는 신칸센으로 오늘, 돌아오신 것인지. 게다가, 예레이의 기사와 함께."

카라스마는 걸으면서 혼잣말을 이었다.

"암십자 기사단의 동향은 계속 파악하고 있다고 생각했습니다만, 무지나의 능력을 생각하면, 조직적인 협정 위반의 가능성도 부정할 수 없어요……. 경계할 필요가 있겠군요."

"진정이 안 되네."

이 방에 들어와서 몇 번째 같은 말을 했을까?

토라키는 킹사이즈 침대 끝에 앉아서, 무릎을 끌어안은 채 TV를 바라보고 있었다.

"진정이 안 되네."

일단 그랜드 피아노가 있다. 일단 이것부터 이해가 안 된다.

더욱이, 의자로 분류되는 가구가 얼추 세보기만 해도 30 자리 분량은 있었다.

카운터 바의 좌석이 다섯 개에, 누워서 잠들 수 있을 법한 소파가 둘.

IT 벤처 기업의 회의실에 있을 법한 테이블 주위에 의자가 여섯 자리 있고, 그것과 별개로 다이닝 테이블과 체어가 여덟 자리 분량 있다.

그 밖에도 교토의 야경을 내려다볼 수 있는 창가에도 정성 들인 디자인의 의자가 늘어서 있었다.

그런데도, 침대는 최대 8인분밖에 없다.

그 8인분도 킹사이즈의 더블베드가 트윈으로 놓여 있는 방이 두 개 있었다. 의미를 알 수 없는 사양이었다. 토라키 는 이제 이 방의 퍼포먼스를 최대한 발휘할 수 있는 건 대체 어떤 사람인지 도무지 상상할 수 없었다.

"세계적인 피아니스트가 된, 분신술을 쓸 수 있는 팬텀."

스스로도 무슨 소린지 알 수 없었다.

분명히 이런 방에 수많은 친구나 가족이나 동료를 불러들여서 그 중에 피아노를 칠 수 있는 사람이 있거나, 피아니스트를 불러서 직접 치는 BGM을 들으며 일이나 돈벌이 이야기를 하는 인종이 이 세계 어딘가에 있는 것이리라.

이 상상도 분신 피아니스트 팬텀만큼이나 빈곤한 발상이었다.

"나 정도의 흡혈귀한테는 보통 싱글룸도 황송한데 말이지."

처음에 그랜드 피아노의 의미를 너무 알 수가 없어서 무심코 건반의 뚜껑을 만져버렸다가, 윤기가 흐르는 검은 표면에 토라키의 하얀 지문이 딱 묻어 버렸다.

그 때문에 토라키는 70여년의 인생에서 처음으로, 지문을 닦아 지운다는 행위에 전력을 다하게 되어 버렸다. 일단은 손님인데.

토라키가 있는 침실은 미하루가 준비한 데다가 『밤의 방』이라고 이름이 붙은 곳이라서 일절 창문이 없고, 문을 닫으면 완전한 어둠을 만들 수 있었다.

과학적인 원리는 알 수 없지만 흡혈귀의 온몸에 빛을 감지하는 기능이 있다는 것을 토라키는 체감으로 알고 있었다.

그 기능은 야간에도 작동하며, 태양광이 가로막힌 환경이 만들어지면 정신적으로 안정을 얻을 수 있다.

미하루는 이 방에 묵은 자가 모두 이름 높은 팬텀이라고 했었다.

분명히 흡혈귀도 수없이 이 방에 숙박했을 것이다.

인간이라면 유명인이나 위인이 숙박한 방에 숙박하고 싶다는 마음도 있을 것이다. 그러나 토라키의 경우 세계의 이름 높은 흡혈귀가 여기 묵었다는 것을 상상해보고, 그게 뭐어쨌다는 건가 싶었다.

"뭐 몇 년 만에 제대로 된 침상이네. 확실하게 즐겨야겠어."

밤에 목욕을 하고서, 다리를 뻗고 부드러운 이불 위에서 잠든다. 대체 얼마만일까?

"그렇지, 목욕."

아직 욕실이나 화장실을 확인하지 않았다.

"넓구만!!"

세면화장대 두 개가 나란히 있는 탈의장 겸 세면장. 안쪽 문을 열자 커다란 창이 하나 있어서 교토 시가지를 내려다볼 수 있었고, 어른이 네다섯 명은 거뜬하게 들어갈 수 있는 히노키 욕탕이 기다리고 있었다.

수도꼭지나 샤워헤드는 토라키가 생각하는 『수도』의 개념에는 없는 세련된 형상이라, 어디를 어떻게 조작하고 뭐가 어디에서 나오는지 한 눈에 파악할 수 없었다.

토라키는 어슬렁거리며 침실로 돌아왔다.

대체 이 방의 숙박요금이 얼마인지 상상도 안 되고, 섣불리 조사할 수도 없었다.

정말로 아무 일 없이 도쿄에 돌아갈 수 있는 걸까? 불안해졌을 때 갑자기 인터폰의 소리가 울렸다.

　너무나 예상 밖인 소리라서 발생원을 찾느라 조금 시간이 걸렸고, 그 사이에 또 한 번 울렸다.

　"이, 이건가? 아, 미하루."

　거실 같은 공간에 응답 모니터가 있었고, 그 화면에 미하루가 비치고 있었다.

　"여, 여보세요?"

　『토라키 님. 어떠신가요? 밤의 방은?』

　"아~ 그게, 굉장한 방이네. 너무 굉장해서 솔직히 주체 못하고 있어."

　『냉장고 안이나 홈바에 있는 것은 모두 드셔도 괜찮습니다. 그리고, 제 방을 찾아오실 때는 이렇게 인터폰이 있어요.』

　"그래, 알았어."

　솔직히 이제 방에서 나갈 생각이 전혀 없었지만, 일단은 고개를 끄덕였다.

　『그리고, 토라키 님.』

　"응?"

　『들어갈 수 있을까요? 조금 이야기를 하고 싶어서요.』

　"아…… 아아. 미, 미안해. 지금 갈게."

　토라키는 황급히 방의 현관으로 갔다.

　문을 열자, 미하루가 올려다보며 서 있었다.

　"토라키 님."

　"그, 그래."

인터폰 모니터 너머로는 눈치 못 챘지만, 미하루는 평소의 완성도 높은 기모노가 아니라 호텔 비품으로 보이는 심플한 유카타 차림이었다.

평소의 기모노는 색이나 무늬가 밝은 것이 많고, 본인의 성격이나 존재감도 어우러져서 체격 이상으로 크다는 인상을 품게 된다. 하지만 지금은 호텔의 비품으로 보이는 얇은 유카타를 입어서 가녀리며 작은 체격이 확실히 드러나는 데다가, 평소 하고 있는 옅은 화장도 지우고 있었다.

얼굴의 피부에 윤기가 흐르고 살짝 붉은 것은, 혹시 목욕을 한 다음이라 그런 걸까?

"들어가도 될까요?"

"그래, 미안. 드, 들어와."

"실례합니다."

미하루가 통통 튀듯 토라키 옆을 지나 방으로 들어서자 희미하게 비누 향이 났다.

토라키는 문을 닫으면서 최근에도 향기 관련으로 이런 일이 있었던 것 같다고 생각했다.

"짐을 아직 풀지 않으셨군요. 혹시 아직 쉬고 계셨나요?"

방의 구석에 하릴없이 서 있는 바퀴 달린 트렁크를 보면서 미하루가 물었다.

"쉬기는커녕, 이런 호화로운 방에서는 대체 뭘 하면 좋을지 알 수가 없어서 말이지."

"크기만 크지, 보통 호텔과 이용 방법은 다를 바 없습니다. 어디, 일단 양복이나 셔츠의 세탁을 맡기는 건 어떨까요? 구두도 닦아주는 서비스가 있는데요?"

"그런 건 유료 아냐?"

"사양하지 마시라고 말씀을 드렸어요. 일단 본가에 가기 위한 의복도 내일 낮에 도착할 겁니다만. 토라키 님의 마음에 드는 옷이 지금 그 양복이라면, 잘 다려서 가는 것이 좋을 거라 생각합니다."

"그런가?"

토라키를 데리고 오기 위한 방편이었다는 걸 알고는 있어도, 새삼스럽게 그 구체적인 금액의 빚은 뭐였는가 싶어 고개를 갸웃거리게 된다.

"자, 그렇게 됐으니 토라키 님. 입은 옷을 벗어주세요. 런드리 서비스에 연락을 해두겠습니다."

"그래, 그렇네. 알았어. 갈아입어야겠네. 그러니까……."

양복 재킷은 벗고 있었지만, 워크인 형식의 옷장이 너무 멀어서 실내의 코트 걸이에 적당히 걸어두고 있었다.

토라키는 오른손으로 넥타이를 풀고, 왼손으로 와이셔츠의 단추를 풀다가 문득 깨달았다.

"후후, 후후후……."

미하루가 조금 호흡이 흐트러지면서, 토라키의 모습을 가만히 보고 있었다.

"전화를 해주는 거 아니었냐?"

"실례했습니다. 토라키 님이 목덜미를 느슨히 푸는 모습에 아찔해져서."

"그런 건 생각만 하고 말은 하지 마. 어떻게 반응해야 되는데?"

"쇄골 서비스를 해주시면 되죠."

"부탁이니까 옷 갈아입을 때는 안 보이는 곳에 있어줄래?"

"부디 신경 쓰지 마세요."

"됐으니까 나가 있어!"

"앙, 정말!"

토라키가 억지로 침실에서 밀어내자, 이상한 소리를 내면서도 얌전히 나가는 미하루.

일단 침실의 문을 닫자, 밖에서 타박타박 멀어지는 슬리퍼의 발소리가 들리고 전화를 거는 기척이 났다.

토라키는 한숨 돌리고, 셔츠와 바지도 벗어서 정돈했다. 미하루가 입고 있었던 것과 같은 호텔의 유카타는 어디 있나 싶었는데, 침실의 서랍장에서 목적하던 것을 발견했다.

유카타를 다 입었을 때 인터폰이 다시 울리고, 미하루가 응답하는 소리.

"토라키 님. 런드리 서비스가 왔어요. 다 갈아입으셨나요?"

"그래. 이거, 이대로 건네도 돼?"

어설프게 접어둔 양복 한 벌을 가지고 침실을 나서자, 미하루가 현관에서 호텔 직원을 상대하고 있었다.

"내일 저녁까지면 되니까, 좋은 코스로 부탁할게요."

미하루가 토라키의 양복을 맡기면서 주문을 덧붙이자, 직원이 공손하게 인사를 하더니 물러갔다.

"이러고 있으니, 정말로 부부 같네요. 저희들."

묘령의 여성과 같은 유카타를 잠옷으로 입고 호텔의 같은 방에 있다는 상황에서는 분명히 그 감상도 이상하지 않았다.

그야말로 누구에게 보여줄 수 있는 꼴이 아니다. 그런 데다가 미하루는 평소부터 토라키에 대한 호의를 감추려고 하지도 않는다.

"노인을 놀리지 마."

그래서 토라키도, 낯간지러워지고 말았다.

그리고 이런 경우, 낯간지러운 쪽이 지는 것이다.

"부끄러워하지 않으셔도 되지 않나요? 오늘은 카라스마도 이제 나타나지 않아요. 저희들, 둘뿐이랍니다."

겁을 먹고 주춤거리는 토라키를 반쯤 몰아세우는 것처럼, 미하루는 토라키와의 거리를 슬금슬금 좁혔다.

"야, 미하루."

"토라키 님. 저희들은 내일, 가장이라고는 해도, 연인으로서 친척들 앞에 나서야 한답니다."

"그, 그렇네. 그런 사정이었지."

토라키는 슬금슬금 거리를 벌리고자 했지만, 미하루는 당연히 놓치지 않고 거리를 좁혔다.

"그렇다면."

"우왓!"

깨닫고 보니 침대 끄트머리까지 몰려 있었다. 어깨를 떠밀린 토라키는 한심하게 침대에 뒤로 쓰러져 버렸다.

미하루는 곧장 쓰러진 토라키 위를 뒤덮어서, 온몸으로 토라키의 사지를 붙잡아 억눌렀다.

"기정사실 조금 정도는, 만들어두는 편이 좋지 않을까요?"

"기, 기정사실은 뭔데!"

"나이도 충분히 드셨으면서, 풋풋한 말씀을 하지 말아주세요. 아주 조금이면 된답니다."

"기정사실에 조금이고 나발이고 있겠냐! 기다려, 미하루! 그건 안 된다! 진짜 약혼자라도 기정사실을 만들어야 한다는 룰은 없어! 오히려 결혼할 때까지는 건전하게……!"

"어머나 기뻐라. 토라키 님은 저와의 장래를 그 정도로 진지하게 생각해 주시는 거군요?"

"그, 그런 게 아니고. 아니 그런 게 아닌 건 또 아니지만, 하지만 이런 건 좋지 않다고!"

미하루는 몸집이 작고, 체중도 무겁지 않다.

그러나 팬텀의 핏줄에 이어진 힘을 가졌고, 이름 높은 팬텀을 베기 위해 무술을 단련하고 익히며 인체구조를 적절하게 이해하고 있었다. 그것을 구사하여 미묘하게 조정된 힘으로 토라키를 억눌러 놓치지 않는다.

"저희들은, 사실은, 그렇지 않잖아요? 그렇다면, 단시간에 인연의 깊이를 더하기 위해서, 필요한 일이, 있다고 생각지 않으세요?"

미하루의 상기된 얼굴이 다가온다.

대체 어느샌가 그렇게 됐는지, 미하루는 유카타의 띠를 풀어서 옷자락 앞부분이 흐트러져 있었다.

흡혈귀의 후각이 피부에 살짝 베어 나온 땀 냄새를 감지했다.

"생각 안 해! 자신을 소중히 여겨라!"

"소중히 여기고 있는걸요? 그러니까 지금이 바로 『그때』라고 생각하는 거예요. 토라키 님."

미하루의 입김이 얼굴에 닿는다.

"거짓말에서 진실을 만들어 볼까요?"

"미, 미하……."

촉촉한 눈동자와 홍조된 볼과 입술에서 새어 나오는 숨결이, 눈과 코앞까지 다가온 그 순간이었다.

"꺄악?!"

미하루의 손과 몸 아래서, 억눌려 있던 토라키의 육체가 갑자기 질량을 잃었다.

밸런스를 잃은 미하루가 침대 위로 넘어졌다. 시야 끄트머리에 검은 안개가 휘몰아치더니 침대 바로 옆의 바닥에 힘없이 응어리지고, 이윽고 안면이 창백한 토라키의 모습을 만들었다.

"오해가, 없도, 록…… 말을 하는, 데!"

숨을 가쁘게 쉬며 주저앉아서, 토라키는 미하루를 가리켰다.

"네가, 싫다는 게, 아니야! 그래도…… 일에는, 역시, 순……서, 가…… 책임, 이, 우엑…… 결혼…… 전에는…… 안…… 좋……."

그리고 토라키는 뒤로 넘어가서, 부드러운 융단이 깔린 바닥에 쓰러져 의식을 잃었다.

"토라키 님……."

미하루는 흐트러진 유카타를 정돈하면서, 천천히 침대에서 내려왔다.

그리고 얕은 숨을 쉬면서도 정신을 잃은 토라키 곁에 무릎을 꿇었다.

미하루는 입을 삐죽거리면서도, 사랑스럽게 토라키의 앞머리를 손가락으로 만지작거렸다.

"이번만큼은, 정말로 나이 드셨다는 사실을 너무 무르게 봤네요."

정신을 잃기 전에 한 말은 틀림없이 토라키의 본심일 것이다.

그렇기에 피를 빨지도 않은 상태에서, 검은 안개로 변신하면서까지 미하루의 구속에서 벗어난 것이다.

피를 마시지 않으면, 토라키의 힘이나 능력은 일반적인 성인 남성보다도 조금 강한 정도.

그런 상태에서 흡혈귀 본래의 능력을 사용하면 당연히 체력과 기력을 잃게 된다.

그리고 그렇게까지 해서라도, 토라키는 미혼 남녀가 어떤 형태로든 일선을 넘어선 안 된다는 생각으로 미하루의 구속에서 벗어난 것이다.

"하지만."

미하루는 정신을 잃은 토라키를 자신의 가녀린 팔로 안아들더니 침대 위에 눕혔다.

"역시 저는, 그런 토라키 님을 사모하고 있으니까, 참 곤란하답니다."

그리고 토라키의 앞머리를 옆으로 치우고, 이마를 드러냈다.

"짓궂으신 분."

"……으."

그 이마를 가볍게 때리고, 이불을 덮어준 뒤, 미하루는 몸을 돌렸다.

"느긋하게 쉬세요, 토라키 님. 내일 저녁에 맞이하러 오겠습니다."

조명을 끄고 미하루가 문을 닫자, 침실은 완전한 어둠이 되었다.

토라키는 그대로 이튿날 저녁까지, 몇 년 만에 침대에서 다리를 뻗은 채 잠들었다.

※

떠도는 안개를 비추는 아침 해를 쬐고서, 아이리스는 눈을 떴다.

"응……으."

희미하게 남은 어슴푸레함 속에서 아이리스는 추위에 몸을 움츠렸다.

"우으~."

그때 바로 옆에서 희미한 숨소리가 들렸다.

아이리스는 자신의 바로 옆에 잠들어 있는 자가 있다는 것에 한순간 흠칫했지만, 서서히 어젯밤의 기억이 돌아오면서 격렬한 두통과 후회를 느꼈다.

어째서, 그런 짓을 해버린 걸까?

어째서, 이런 일이 되어 버린 걸까?

"다리 아래서 노숙이라니."

눈앞에 흐르는 하천 탓에 명백하게 길거리보다 낮은 기온에 몸을 떨면서, 아이리스는 원망의 숨결을 내뱉었다.

갈아입을 옷까지 껴입고서 그 위에 코트를 걸쳤는데도 몸이 심지까지 식었다. 근처 편의점에서 받아온 종이박스 위에 앉아 있어도 온몸의 관절이 삐걱댄다.

옆에서 온몸에 종이박스를 두르고 잠든 나구모도, 귀를 기울이지 않으면 숨소리가 들리지 않을 정도로 생명반응이 빈약하다.

"깨우는 편이 좋을까?"

아무리 암십자 기사단의 수도기사라도, 팬텀이 겨울의 강변에서 노숙하다가 동사하는 걸 가만 보고 있을 정도로 인정이 없지는 않다.

"안 일어나면 죽을걸."

"아…… 우으……."

아이리스가 그의 어깨를 흔들자, 나구모는 몸을 꿈틀거리면서 녹슨 깡통인형처럼 어색하게 일어났다.

"잘 잤대이……."

"진심으로 하는 말이야?"

목 안쪽이 얼어붙은 것처럼 메마른 목소리로 나구모가 웅얼거리자, 아이리스가 표정을 찌푸렸다.

일어난 나구모의 모습은 어제 본 여성의 모습이 아니었다.

콧대가 쭉 뻗었고 묘하게 눈썹이 두껍다. 목소리도 그에 맞게 낮아졌으며, 옷은 양복에 체격은 근육질로 변했다.

길쭉하고 가는 눈동자가 특징적인 단정한 얼굴은 토라키가 무비스타라면서 소란을 피웠던 미하루의 슬림폰에 찍혀 있던 것과 같은 얼굴이었다.

"만약 그 모습으로 동사하면, 경찰이 당신 신원조회를 하기도 어려울 거야. 옛날 무비스타의 모습이라고 들었어."

"뭐고? 아나? 뭐 신원조회를 할 수 있어야 하는 게 아니겄나? 후아아……."

나구모는 커다랗게 하품을 했다. 본래 입이 없을 텐데 어떻게 하품을 하는 것인가라는 의문은 일단 품지 않는다.

"그리고 놋페라보한테 강변은 홈그라운드라카이. 모르나? 『오이테케보리』[#9]라는 옛날이야기. 뭐 그건 도쿄에다가, 에도 시대 이야기라카는데."

"상황에서 소외됐다는 뜻도 있는 단어지. 지금 내 상황이 딱 그런데."

#9 오이테케보리 일본의 괴담 중 하나. 도쿄 혼죠 지역에 있던 해자(호리)를 무대로 한다. 그곳에 흐르는 물은 낚시가 잘 되지만 어디선가 「두고 가라(오이테케, 오이테케)」라는 귀곡성이 들린다.

"아이리스 씨 일본어 잘 안다 아이가. 잘 한다!"

얼어붙은 쓴웃음을 지은 나구모가 크게 기지개를 켰다.

"왜 이런 곳에서 하룻밤을 보내야 하는 건데. 대체 뭘 경계한 거야?"

"응~? 아이리스 씨, 어데 한 지붕 아래서 나랑 같이 하룻밤을 지새는 편이 좋미안타미안타거짓말이다부탁이래이목조르지말고정말로경찰사건……."

아이리스에게 얼어붙은 표정으로 제재를 받은 나구모는 진지하게 사과를 하더니, 기침을 하면서 주위를 둘러보았다.

새삼스럽지만, 아이리스는 상대가 팬텀이라는 걸 알면 남자 모습이라도 전혀 무섭지 않다는 것을 자각했다. 그리고 팬텀에 대해 진심으로 살의를 품는 것이 꽤 오랜만이라는 것 또한 자각했다.

"뭐 우리 쪽 사람들이든 카라스마 씨든, 설마 무지나의 장남인 내가 다리 아래서 하룻밤 보낼 거라 생각 못한다 않나."

"요컨대 교토의 팬텀들한테서 몸을 숨기고 있었단 거야?"

"맞다. 카라스마 씨한테 발견된 시점에서 인자 시내에서는 섣불리 움직일 수 없는기다."

그 말에 아이리스는 더욱 표정이 굳어졌다.

"나 이제, 첫차 타고 도쿄에 돌아갈 셈인데."

"부탁이래이! 지금 내한테는 아이리스 씨밖에 없다! 아이리스 씨도 막고 싶지 않나! 미하루랑 토라키의 결혼!"

"그건 막고 싶지만, 여기서 우리가 섣불리 참견하면 오히려 히키 패밀리에게 주는 인상이 나빠지지 않을까?"

"인상이나 그런 문제 아이다!"

나구모는 커다란 소리를 지르고서, 퍼뜩 정신을 차리더니 다시 주위를 경계했다.

"내랑 미하루랑 결혼하믄 일본 팬텀의 미래를 위해서 좋은 기라!"

"이대로 여기 있으면 둘이 나란히 동사해서 미래고 뭐고 없을 것 같은데."

"아이리스 씨 드라이하대이…… 우웻치!"

나구모는 쓴웃음을 지으면서도 크게 한 번 재채기를 하고, 다리 밖을 가리켰다.

"분명히 이대로는 참말로 동사하겄다. 뭐라도 무우러 가자."

"히키 패밀리의 손길이 닿는다고 하지 않았어?"

"여기는 교토 아이가. 영화에 나올 법한 마피아가 지배하는 시골 도시 같은 거랑은 다르니까 안전한 장소도 얼마든지 있는기라. 어제오늘이고 말이제. 아 어여 가자."

"알았어. 배도 고프고……."

극히 자연스럽게, 나구모가 아이리스의 손을 잡았다.

아이리스는 퍼뜩 고개를 들고서, 난폭한 기세로 손을 떨쳐냈다.

"어쿠야……? 괜한 참견이드나?"

떨쳐낸 것이 뜻밖이었는지 나구모가 눈을 깜빡였다.

"누구에게든지 그런 짓을 하니까 미하루한테 미움 받는 거 아냐?"

자신의 남성 공포증은 팬텀 상대로는 적용되지 않는다. 안 되지만, 그래도 마치 친한 사이처럼 손을 잡는 것에 아이리 스는 격렬한 혐오감을 느끼고 말았다.

나구모가 익숙한 기색이었다는 것도, 겉모습이 옛날의 유 명인이라는 사전 지식과 어우러져서 인간 남성에 대한 감각 을 상기시켜 버린 걸지도 모른다.

"미안하다 않나."

나구모도 아이리스의 심정을 짐작했는지, 보기 드물게 딱 히 놀리지 않고 다시 사과했다.

"신칸센 안에서 얘기한 것만큼 맛있는 건 아이니까 그건 기대 말그래이."

아이리스와 나구모가 숨어 있던 곳은 교토 역에서 그리 떨 어지지 않은 시치죠 대교 아래였다.

카와바타도리 옆이라 아침 이른 시간인데도 차량 통행이 많 고, 케이한 전차 시치죠 역도 있어서 그럭저럭 사람이 많다.

또한 하천부지에도 보도가 있어서, 약간 있는 사람들도 아 이리스와 나구모를 주목하지 않는다.

"일단은, 저 들어가자."

카와바타도리에 올라서 금방 나구모가 가리킨 곳은 아이 리스도 일본에 오기 전부터 익숙한 가게였다.

"분명히, 교토답지는 않네."

"신칸센에서도 얘기 안 했나. 우리가 보기엔 다 동네 교토의 가게라카이."

그 가게의 로고는 성십자 교도의 상징보다도 전세계 사람들에게 알려져 있다고, 어디선가 들어본 적이 있었다.

"하지만, 여기라면 어젯밤에도 들어올 수 있지 않았어? 24시간 영업이잖아."

"이런 곳은 그런 시간대에 감시할지도 모른다 안하나. 지금이라면 손님이 평범하게 들어오는 아침 시간이래이."

맞는 말이다. 분명히 출근 도중에 아침 식사를 하는 손님이 객석에 드문드문 보였다.

"하지만, 우리들의 지금 옷차림은 나름대로 위화감이 있지 않아?"

"……기도 기다. 이 얼굴이랑 몸일 때는, 양복이 편한디."

나구모가 중얼거린 순간에, 어느샌가 세미캐주얼한 팬츠와 재킷 위에 다운 코트 복장으로 바뀌어 있었다.

아이리스가 놀라 눈을 깜빡이자, 나구모는 조금 자신 있게 웃었다.

"놋페라보의 변신능력은 여러모로 이래가 바꿀 수 있다 아이가. 그보다도 가자. 참말로, 춥고 배고파서 죽겄다."

카와바타도리와 다리를 잇는 십자로에는 이른 시간부터 아침 식사 메뉴를 판매하고 있는 맥로날드가 있었다.

"으응…… 크으으…… ."

아침 메뉴에 더해서, L사이즈 핫티를 두 개 주문한 아이리스는 싸늘하게 식은 몸을 중심부터 태우는 것 같은 열에 몸을 떨었다.

"우리들, 정말로 동사 직전이었던 거 아냐?"

가게 안의 난방과 마시고 있는 핫티의 뜨거움, 그리고 수면부족 탓에, 감고 있던 눈꺼풀 안쪽에서 찌잉, 눈물이 스며나왔다.

"이야, 참말이다. 장난이 아니래이."

나구모도 몸을 떨면서 계속 한숨을 쉬고 있었다.

"이런 데서 습격이라도 받으면 그거야말로 장난이 아닌데, 괜찮은 거겠지?"

"카라스마 씨나 히키 가문도, 이래 사람 많은 데서 바보 같은 짓은 안 한다. 아아~."

나구모는 L사이즈 커피컵을 양손으로 감싸며 신음했다.

"그라고, 협정 위반을 이유로 갑자기 암습을 받는 기는 아이리스 씨가 혼자 다닐 때뿐이다. 카라스마 씨는 내가 아이리스 씨를 끌어들였다고 아이까, 좀 더 이쪽을 경계해줄 기다."

"무슨 소리야?"

"무지나의 적자인 내가, 암십자하고 나눈 협정을 이쪽에서 깨믄서까지 아이리스 씨를 끌어들인다. 미하루랑 아는 사이고, 미하루랑 같이 리앙 시방의 방주를 붙잡은, 암십자 기사단 희대의 명가 출신인 아이리스 예레이를 말이대이. 카라스마 씨, 고민 많을 기다~. 분명히 암십자가 협정 위반을 하면서까지 교토에 개입하려고 하는 긴가 의혹을 품었을 기라. 이쪽이 그냥 우연히 만난 무계획 2인조라는 것도 몰르고, 분명히 이래저래 괜한 생각을 하고 있을 기래이."

아직 떨리는 입술로, 나구모는 사나운 웃음을 지었다.

"그렇게 돼버리는 거겠지. 하아……."

나카우라가 못을 박았었는데, 막상 이렇게 될 때까지 그것을 스스로 깨닫지 못한 것이 분해서 어쩔 수가 없다.

그러나 그건 그거대로 납득이 안 되는 부분도 있었다.

"나랑 당신이 만난 거, 정말로 우연이야?"

"헤?"

"아무리 그래도 너무 편의적이잖아. 무지나인 당신과, 저기, 예레이의 기사가……."

"아~ 그에 대해서는 우연이랄 수도 있고, 어떤 의미로는 필연이제. 그 신칸센에서 내 옆에 앉는 건, 절대로 보통 사람 아이니까."

"뭐?"

"이것도, 오이테케보리 같은 긴데…… 사실은 내 옆자리, 누가 앉아 있었대이."

"어? 아무도 없었잖아."

"기다. 사실은 아무도 읎다. 하지만, 보통 인간한테는 그때 나랑 비슷한 느낌의 여자애가 앉아 있는 걸로 보였을 기다. 내는 창가 자리 좋아하는데, 화장실 같은 데 갈 때 통로쪽에 사람 있으면 신경 안 쓰이나?"

"설마 환술 같은 걸로 그 자리에 사람이 앉아 있는 것처럼 해둔 거야?"

"JR에 들키믄 벌금이제. 케도 안 들킨다. 그리고 아이리스 씨처럼 소질 있는 인간이나 팬텀한테는 안 통하는 술법이고, 자유석에서만 쓸 수 있는 기술이고, 회색지대라 안 카나?"

놋페라보가 가진 대표적인 괴담 중에는, 놋페라보가 소바 가게의 매대를 요술로 만들어서 남자를 놀라게 한다는 것이 있었다.

이것은 놋페라보가 가진 변신능력의 연장선상에 있는 것이었다. 자신의 육체뿐 아니라 자신의 주위 환경까지 속이는 것이 가능하다.

"케서 아이리스 씨가 거기 앉은 건 내한테는 운 좋은 우연 이래이. 애당초 지금 나는 계~속 외줄타기 하는 상태라, 아무도 안 앉았으면 혼자서 나서는 수밖에 없었던 기다."

혼담 자체는 토라키라는 이레귤러만 없으면 원만하게 진행될 테니, 그것을 외줄타기로 표현하지 않을 것이다. 그렇다면, 나구모에겐 미하루와 결혼하는 것 말고 목적이 있다는 것이다.

"당신은 미하루랑 결혼하는 것 말고도 움직이는 목적이 있는 거구나?"

"첫째는 그기다."

장난스런 나구모에게, 아이리스는 진지하게 물었다.

"나는 미하루의 힘을 잘 알아. 그 카라스마란 사람이 당신을 미하루의 혼담 상대라고 인정했으니까, 당신도 미하루와 맞먹는 힘을 가졌다고 생각해."

"응~. 장래 결혼을 하든, 미하루한테 잡혀 살기라 생각하는데."

"그런 당신이 협정을 깨면서까지, 결혼하고 싶은 히키 패밀리와 한식구인 카라스마 씨의 기분을 거스르면서까지, 대체 뭘 하려는 거야?"

나구모의 농담을 무시하고 아이리스는 말을 이었다.

L사이즈의 커피를 마신 나구모는 손가락으로 감자튀김을 집어서 창밖을 가리켰다.

아이리스도 눈만 움직여 그쪽을 보자 카모가와 너머에 교토의 중심가가 보였다.

"복수, 라카이."

갑자기 튀어나온 뒤숭숭한 단어에, 아이리스는 당황했다.

"그 전에 하나 확인하자. 리앙 시방의 방주, 리앙 슈에셴을 미하루가 잡았다카는 거, 아이리스 씨도 관계 있제?"

"어? 어어, 일단은."

아이리스는 그 리앙 슈에셴에게 붙잡혀 있던 쪽이지만, 그건 말하지 않았다.

"이상하다 생각 않나? 리앙 시방은 몇 년도 전부터 일본에 침입해 있었제? 거기다 도시부에 잠복해서 제멋대로 군 기간도 상당히 길다. 그런 데다가 방주까지 들어왔제. 진지하게 말해가, 지금 무지나나 히키 가문 당주가 대륙에 아무 예고도 없이 건너가믄, 현지 팬텀 조직들이 몰려가 뚜드릴게 상상되지 않나?"

"분명히, 그렇네."

"그카고 말이다."

손님이 늘어난 가게 안을 경계하듯, 나구모는 목소리를 낮추었다.

"아이리스 씨, 스트리고이하고도 싸웠제?"

"히키 패밀리랑 이어져 있는 당신이 그걸 알고 있는 것에는 놀라지 않아. 그래서 뭐?"

"거가, 애당초 뭐할라꼬 일본 왔나?"

"어? 그건……."

토라키를 만나러 왔다.

스트리고이 본인에게 들은 그 대답을 말하려다가, 아이리스는 문득 멈추었다.

토라키를 만나러 왔다. 정말로 그것뿐이라는 일이 있을 수 있을까?

나구모가 말하는 고요 스트리고이 무로이 아이카는, 흡혈귀로서 토라키의 『부모』이며 토라키가 인간으로 돌아가기 위해서 피할 수 없는 관문이었다.

그렇기에 토라키와 아이리스와 미하루는 아이카가 나타나는 요코하마에서 사투를 펼쳤다.

그러나, 한편으로 아이카는 수많은 팬텀 조직을 거느린, 세계 팬텀계의 픽서 같은 존재이기도 하다.

그런 아이카가 일본에서 한 일이라고는, 정말로 왔다가 도 망친 것뿐이다.

따져보면 큰 부상을 입은 데다가 휘하 조직 하나가 붕괴되어 가면서 도망쳤다.

아이카가 일본에 와서 도망칠 때까지 손해밖에 없었다.

그 바닥을 모를 흡혈귀가, 그런 여행을 과연 할까?

종잡을 수 없는 성격 뒤에 바닥을 모를 악의와 힘을 숨기고 있는 아이카의 일본 입국 정보를, 토라키에게 건네준 것은 미하루였다.

그러나, 미하루는 어디서 그 정보를 입수했을까?

『지금 무지나나 히키 가문 당주가 대륙에 아무 예고도 없이 건너가믄, 현지 팬텀 조직들이 몰려가 뚜드릴게 상상되지 않나?』

직전에 나구모가 한 말이, 아이리스의 머릿속을 내달렸다.

"아이카가, 일본에 오는 것을 미리 히키 패밀리에 알렸다? 대체 뭘 위해서······."

그 정보를 미하루가 어떤 계기로 포착했다.

"고약한 일을 위해서 아니겄나? 하지만 그 내용을 몰랐던 미하루가 내쫓은 기다. 그라고 얼마 안 있어 이 혼담이래이."

나구모는 혈색이 완전히 돌아오지 못한 엄격한 표정으로 말했다.

"미하루가 열여덟, 내가 스물 아이가? 본래 장래에는 결혼을 할 기고 내도 그럴 생각은 있었지만, 케도 너무 급하지 않나? 연말까지는 아~무도 그런 얘기를 안 했그든? 그기해가 넘어가자마자 이거래이. 뭔가 이면에 있다고 생각하는게 당연하제."

"그럴지도 모르겠네."

"그래가, 내가 도쿄에 조사를 하러 간 기다. 아~무래도 히키 가문의 동향이 제각각이라, 스트리고이가 뭐 하러 일본에 왔는지. 누가 스트리고이랑 연락을 했나 알고 싶었제."

나구모는 한층 더 목소리를 낮추었다.

그리고 이 맥도날드에 들어와서 가장 진지한 표정을 지었다.

"스트리고이랑 연락을 한 기는 카라스마 씨래이. 거기다, 한두 번이 아닌기라."

"어?"

큰 소리를 내지 않는 게 고작이었다.

"거기다가 스트리고이랑 접촉이 있었을 때는, 교토의 히키 본가랑 연락을 하거나, 카라스마 씨 자신이 교토에 가기도 안 했나. 이거는 히키 가문에서 외우를 유치하는 냄새가 삭 안 나나?"

미하루와 가깝고 토라키도 아는 사람이라는 그 카라스마가 아이카와 내통하고 있었다는 걸까?

그러나 거기까지 생각하고, 아이리스는 고개를 옆으로 저었다.

"나랑 유라에게, 스트리고이…… 아이카는 적이야. 하지만, 적대세력의 정상이 회담을 하는 건 평범하게 있을 수 있는 일이지. 그런 자리를 마련하는 경우, 카라스마 씨처럼 정상보다 약간 아래의, 입장이 있는 사람이나 실무를 지휘하는 사람이 교섭을 하는 건 흔히 있는 일 아냐?"

"자연스럽게 나랑 유라라 했제."

"괜한 말은 하지 마. 어떤데?"

"하기사 분명히 아이리스 씨가 말하는 건 내도 생각을 해봤다. 내가 알아낸 정보도 그기 끝이다. 카라스마 씨가 접촉한 건 알고 있어도, 그걸 교토에 돌아가 누구에게 판단을 구했는지 알 수가 없다. 미하루가 카라스마 씨한테 들었는지 아닌지도 모른대이. 다만, 이거 하나는 확실하다."

나구모는 트레이 위에 있는 냅킨을 집어서, 자신의 이마에 댔다.

"카라스마 씨랑 히키 본가는, 도쿄에서 강시가 제멋대로 구는 걸 눈감아줬다카는 기다. 요전의 리앙 시방 사건도 그렇제. 이건 교토에 뿌리를 가진 요괴에게는 있어서는 안 되는 일인 기라. 히키 가문의 체면이 걸려 있대이. 해외 팬텀이 제멋대로 굴게 두면 일본에 사는 팬텀의 안전이 위협을 받으니까, 암십자 기사단이 개입할 틈도 된다 안하나."

"그것만 가지고는 카라스마 씨를 수상하다고 생각하기엔 좀 약하단 생각도 들어. 밖에서는 알 수 없는 이유가 있을지도 모르고, 첫째로 당신이 어떻게 그 정도로 도쿄의 히키 패밀리 내정을 조사한 거야?"

"내 어떤 능력 가지는지 벌써 잊었나?"

"아, 그렇구나."

놋페라보의 능력이라면 잠입 따위 식은 죽 먹기라는 것이다.

"어쨌거나, 내는 이 혼담에 뒷사정이 있다고 생각하는 기다. 어쩌면 미하루가 교토에 불려온 것 자체에 무슨 뒷사정이 있을 기다…… 아이리스 씨."

"……뭔데?"

"미하루한테 무슨 위험이 다가가고 있다믄, 내는 미하루를 지키고 싶대이. 지금은 누가 적인지 아군인지도 모른다. 아이리스 씨. 부탁한대이! 미하루를 지킬 수 있는 건 최종적으로는 토라키를 지키는 걸로 이어질 기다! 내한테 협력해 주라!"

즉시 답할 수 없는 부탁이었다.

단순하게 나구모가 신용해도 되는 상대인지 아닌지 아직 판단이 안 된다. 신용을 한다 쳐도 미하루를 지나치게 걱정하는 것 같기도 하고, 미하루가 어중간한 모략으로 당할 것 같지도 않았다.

다만 생각지 못한 곳에서 무로이 아이카나 리앙 시방의 잔향이 나타났다. 그 두 가지가, 미하루와 토라키의 바로 근처에 있는 그 카라스마라는 남자와 이어져 있었다.

분명히, 이 상황은 기분이 나쁘다.

만약 이 상황을 방치하여 미하루는 물론이고 토라키에게 무슨 일이 있으믄, 뒷맛이 씁쓸한 정도가 아니다.

"……알았어. 뭘 하면 되지?"

"아짐찮다! 참말로 아짐찮대이!"

나구모는 얼굴이 확 밝아져서 아이리스의 손을 잡으려다가, 퍼뜩 생각을 고치고 테이블 너머에서 여러 번 고개를 숙였다.

그 거창한 모습에, 아이리스는 쓴웃음을 지어 버렸다.

"아짐찮다는 건 뭐야?"

"땡큐라는 뜻이래이!"

쾌재를 올리는 나구모의 미소를 보고, 아이리스는 조금 생각했다.

만약 나구모가 말 그대로의 팬텀이 아니라, 그야말로 미하루의 적일 가능성을.

나구모가 무지나의 실력자라는 것은 현재 의심할 여지가 없지만, 그의 행동을 히키 가문도 미하루도 카라스마도 파악하지 못했으며, 그 자신은 그 희귀한 변신능력으로 얼마든지 다른 사람을 속일 수 있다.

신칸센에서도 하천에서도, 눈앞에서 말을 나누고 있었지만 아이리스는 변신하는 순간을 지각할 수 없었다.

육체나 용모뿐 아니라 복장이나 소지품을 자유롭게 변화시키고, 더욱이 그것을 지각할 수 없다. 물리법칙을 무시하는 게 아닌가 싶은 변신능력은, 악용하려고 하면 어떤 일이든 가능하다.

이만큼 복잡한 사정을 품고 있는 그와, 미하루와 토라키가 탄 신칸센에서 우연히 만나는 일이 있을 수 있는 걸까?

의문은 끊이지 않는다. 만약 나구모가 말 그대로의 인물이 아니라 무언가 악의를 가지고 움직일 경우, 성구를 모두 도쿄에 두고 와버린 아이리스의 현재 상황에서는 아무래도 불안하다.

물론 아이리스도 일본 팬텀의 본거지에 온 이상, 전혀 대책을 세우지 않은 건 아니었다.

그러나 말려들 것 같은 이 상황이 생각지 못하게 심각함을 띠고 있었다. 교토에 오기 전까지 불과 하루 반 정도에 익힌 벼락치기가, 어느 정도 이 상황에 대해 비장의 수가 될 수 있을지 도무지 불안을 씻어낼 수 없다.

아이리스는 나구모에게 안 보이는 테이블 아래서 다운코트의 주머니에 손을 넣고, 그 안에 있는 손바닥 사이즈의 원반형 물건을 기도하듯 움켜쥐었다.

"그래서, 이 다음에는 어쩔 거야? 당신도 꽤 계획이 없다고 했잖아."

"내는 혼담의 당사자 아니가. 미하루가 토라키를 데리고 오든 안 오든, 나도 히키 가문에 불린 상태인기다. 아이리스 씨는 그때 이것저것 좀 도와줄 일이 있는 기라."

"성구가 없다는 걸 잊지 마."

"싸움을 바라는 기가 아니다. 그칼라믄 준비할 게 있으니까, 일단 나가자."

"어? 아직 다 못 먹었……."

차로 몸을 데우고 잠시 이야기를 하고 있어서, 아이리스는 아직 버거나 감자튀김에 손을 대지 못했다. 하지만 나구모는 자기 버거와 감자튀김을 트레이 위에 올린 채 자리에서 일어섰다.

"잠깐 나구모!"

"지금부터 테이크 아웃으로 변경이래이!"

"어?"

"도망가야긋다."

나구모가 일어선 순간, 가게 안의 조금 떨어진 곳에서 마찬가지로 일어서는 샐러리맨 차림의 남자가 두 명 있었다.

그걸 보고 아이리스도 짐작했다.

발치의 배낭을 손에 들고, 트레이를 안은 채 이미 달리기 시작한 나구모를 따라 가게 안에서 뛰쳐나갔다.

"손님?! 트레이는 돌려주세요!"

맥로날드 직원의 비통한 외침을 들어줄 수가 없었다.

"추적자는 없을 거라고 안 했어?!"

"설마 맥로날드에도 잠복을 했을 줄 몰랐제! 역시나 빠르대이!"

나구모는 모델로 삼은 인간의 얼굴 탓인지, 이런 상황인데도 표정은 웃는 것처럼 보여서 아이리스는 짜증이 났다.

카와바타도리를 따라서 북쪽으로 달리지만, 카모가와를 따라 달려도 언젠가는 따라 잡힌다.

"어떡할 거야!"

"어, 어디서 따돌리는 수밖에 없제! 우우, 방금 일어난 몸으로는 힘들다!"

그렇잖아도 달리기 어려운 가죽 구두에, 손에는 맥도날드의 트레이를 끌어안은 채 뭘 실실 웃고 있는 것인지.

"따돌릴 수 있어?! 나 교토의 지리는 전혀 모르는데!"

"모르겄다! 카라스마 씨 부하들이믄, 저 사람들 눈이 다른 팬텀보다 억수로 좋다. 좀 어렵겠제……."

"눈?!"

돌아보자, 2인조는 슬림폰을 한 손에 들고 아이리스 뒤에 딱 붙어 달려오고 있었다.

이미 미행이 들킨 이상, 모습을 감출 생각이 없는 것이리라.

눈이 특수하다고 했지만 눈동자 색 따위를 볼 수 있을 만큼 거리가 가까운 게 아니다. 어떤 종류의 팬텀인지 판별할 수가 없었다.

"나구모! 당신, 연막 같은 거 못 쳐! 한순간이라도 좋으니까, 뒤에 있는 녀석들 눈가림을 할 수 없어?!"

"의, 의외로 특기래이! 케도 어쩔 기가!"

"됐으니까 할 수 있으면 해봐!"

"아, 알았대이."

나구모는 고개를 끄덕이고, 강을 따라 서 있는 낮은 상록수에서 재주 좋게 나뭇잎 한 장을 따더니, 손가락으로 머리 위에 올렸다.

"연기 좀 매울 기다!"

다음 순간 두 사람 주변에 작은 파열음과 함께 연기가 분출되지만, 겨울 교토의 찬바람에 휩쓸려 금방 흩어져 버렸다.

등 뒤의 남자들도 한순간 동요하기는 했지만, 금방 걷힌 연기 너머에 있는 나구모와 아이리스를 따라서 속도를 높였다.

나구모와 아이리스는 연기가 걷힌 것을 금방 깨달은 움직임으로 강가의 주택가 골목길로 들어섰고, 추적자들도 그 뒤를 따랐다.

그리고 그런 추적자의 등을, 아이리스와 나구모는 연기가 일어난 곳 조금 앞의 골목에서 숨죽인 채 지켜보고 있었다.

"……방금 그거 뭐가? 암십자에 환술 같은 거 있나?"

작은 소리로 물어보는 나구모에게, 아이리스는 고개를 옆으로 저었다.

추적자들은, 나구모의 능력으로 출현시킨 것이 아닌 아이리스와 나구모의 모습을 따라서 어딘가로 가버렸다.

아이리스의 손은 한쪽만 주머니 안에 들어가 있고, 본인은 어째선지 말하기 어려운 기색으로 표정을 찌푸렸다.

"정말로 쓰게 될 줄이야……."

"어?"

"그래, 내 술법. 내 술법이야. 그런 걸로 해둬."

"이야아, 대단하다 아이가. 카라스마 씨 부하들을 속일 수 있는 환술이라카믄 꽤 대단한기다."

나구모는 감탄했지만, 아이리스는 그 칭찬의 말을 순순히 받아들일 수 없었다.

"……스트리고이한테도 통했으니까, 대부분의 상대한테는 통할 거야."

아이리스는 나구모에게 안 들리도록 말했다.

"그보다도, 이 다음엔 어쩔 거야?"

아직 추적자가 주위에 있을 가능성을 생각하여, 주위를 최대한 경계하면서 말했다.

"지금은 얼버무렸지만, 아무리 낮에 사람이 늘어났다고 해도 더 이상 길거리를 걸을 수는 없거든? 당신은 얼마든지 모습을 바꿀 수 있지만, 나는 얼굴이 알려져 있어."

아이리스의 물음에, 나구모는 씨익 웃었다.

"안심하그라. 내 힘으로, 아이리스 씨가 눈에 안 띄게, 교토에 딱 녹아들 수 있도록 해줄기라!"

그 자신만만한 표정에, 아이리스는 일말의 불안을 느꼈다.

※

공기까지 부드러운 따스한 침상은 과장이 아니라 연단위만에 맛보는 것이었다.

그런 만큼, 잠들기 직전의 일이 어수선했다는 기억에 토라키는 풀이 죽었다.

확실히 『밤의 방』이라는 이름이 붙은 방의 침실이라서, 깨어났을 때 흡혈귀의 눈이 아니라면 볼 수 없을 정도의 진정한 어둠 속이었다.

"다음에 이런 방에서 잠드는 건 언제가 될까 모르겠네."

설령 인간으로 돌아가더라도 이런 방에 숙박하는 날은 두 번 다시 오지 않을 것이다.

토라키는 아쉬운 기색으로 손을 더듬어 침대의 부드러움을 느낀 다음에 침실을 나섰다.

베드사이드의 내선 전화에 부재중 전화 램프가 들어와 있기에 재생하자, 호텔의 런드리 서비스에서 메시지가 들어와 있었다.

어쩐지 모르게 미하루의 기척을 신경 쓰면서 방 밖으로 나서자, 세탁소에 맡겼을 때와 마찬가지 마감으로 양복 한 벌이 걸려 있었다.

그 옆에는 미하루가 준비했다고 했던 것일까? 명백하게 완성도가 다른 고급스러운 양복 한 벌도 준비되어 있었지만, 토라키는 고개를 옆으로 저었다.

"뭐, 내 옷이 낫겠지."

혼담을 거절하기 위한 가짜 연인이라지만, 미하루가 준비해준 옷을 입어도 소화 못할 것 같았다.

아무리 겉모습을 꾸며도, 평소의 생활에서 나오는 분위기는 감출 수 없다.

그리고 미하루가 어떤 변명을 하더라도, 히키 가문이 토라키 유라의 신변에 대해서 조사를 하지 않았을 리 없다.

카라스마도 만난 지 꽤 오래 됐다. 토라키의 기본적인 정보는 스트리고이 무로이 아이카의 자식이라는 것도 포함하여 다 알 거라 생각할 수 있었다.

탈의장의 세면대에서 세수를 하고, 머리카락을 체면치레

가 될 정도로 정돈했다. 익숙지 않은 양복을 입고서 토라키는 문득 슬림폰을 손에 집었지만, 착신이나 알림은 없었다.

그 탓에 아이리스가 지금쯤 뭘 하고 있을지 신경 쓰여 버렸다.

아무래도 교토행에 여러모로 하고픈 말이 많은 분위기였지만, 최종적으로는 딱히 막으려는 말은 없었다. 출발할 때도 평소의 저녁시간처럼 말을 나누고 헤어졌다.

그렇지만, 완전히 납득했는가 하면 그도 아닐 것이다.

토라키가 미하루 편을 드는 것처럼 말했을 때는 기분 틀어진 표정을 지었다. 이랬는데 신경 안 쓰고 귀가했다가 나중에 암십자 기사단의 압박이 심해지면 참을 수 없다.

새삼스럽지만, ROPE로 아이리스에게 메시지를 보내두기로 했다.

『지금은 아직 무사함. 이제부터 히키 본가에 간다. 기념품 뭐가 좋아?』

화면을 잠시 바라보았지만, 금방 읽음 표시가 되지는 않았다.

안심되기도 하고, 조금 유감스럽기도 하고. 그런 자신의 마음을 깨달은 토라키가 불안한 마음을 전환하고자 슬림폰을 주머니에 넣었을 때 인터폰이 울렸다.

『토라키 님, 깨어나셨나요?』

모니터를 통해, 어젯밤하고는 딴판으로 외출에 걸맞은 화사한 이미지의 기모노를 단단히 차려 입은 미하루의 모습이 보였다.

"그래, 이제 나가는 거야?"

『토라키 님의 아침 식사를 준비했습니다. 준비가 되셨다면 그걸 드신 다음에 가도록 해요. 커다란 짐은 방에 두고 가셔도 됩니다. 다시 돌아올 테니까요.』

히키 가문에 가는 건 오늘뿐일 텐데, 대체 며칠 숙박할 셈일까?

토라키는 어젯밤 일을 떠올리고 약간 표정이 창백해졌지만, 모니터 속의 미하루는 평소와 같은 미하루였다.

『밖에서 기다리겠습니다.』

그러더니 모니터에서 떨어졌다.

"정말이지, 꼬맹이도 아니고……."

미하루가 달라붙은 정도로 동요하는 자신이 한심하다.

그러나 지금 미하루가 아무 말도 안 한 것은 『덮어두자』라는 메시지로 포착해야 한다.

토라키는 자신에게 기합을 넣기 위해 넥타이를 단단히 메고 방을 나섰다.

"토라키 님. 어젯밤에는 토라키 님이 매정하게 대하신 탓에, 저는 쓸쓸한 밤을 보냈답니다."

"야."

덮어두자고 생각한 순간에 이런다.

"일생일대의 용기를 거절하셨잖아요. 이 정도 심술은 부려도 괜찮지 않을까요?"

미하루는 요염한 미소를 지으면서 토라키를 엘리베이터로

인도했다.

내려가는 건 바로 아래층의 레스토랑.

"오늘 밤을 위해서, 든든히 식사를 하고 힘을 붙여 주세요."

"야 미하루……."

"그런 뜻이 아니랍니다. 그런 뜻이라도 좋지만요."

미소를 지으면서도, 테이블에 앉은 미하루의 어조는 진지했다.

"저희들이 이제부터 가는 곳은 일본 팬텀의 중심지. 히키 본가입니다."

"네 집이잖아? 그 정도로 거창하게 말하지 않아도 되지 않아?"

미하루는 고개를 끄덕였다.

"저의 집이기 때문에, 성가신 거랍니다. 어제도 말씀 드렸지만 이 혼담에 대해 다른 귀요 가문이 어떻게 생각하는지를 알 수가 없어요. 개중에 토라키 님에게 노골적인 적의를 보이는 자가 없다고 장담할 수 없어요."

말이 통하는 조모와 대면하고 인사를 하면 된다. 그렇게 말했었는데, 갑자기 전개가 수상쩍어지자 토라키는 침을 삼켰다.

그러자 미하루는 기모노 소매 자락에서, 영양드링크 사이즈의 작은 병을 꺼냈다.

"미하루, 너 그거……."

토라키의 후각은 병의 내용물을 정확하게 느끼고 표정을

찌푸렸다.

"사람 것은 아닙니다. 쓰지 않으신다면 나중에 버리셔도 돼요. 부적이라고 생각하세요."

미하루는 강하게 병을 내밀었다.

"야, 우리는 어디에 뭘 하러 가는 거였지?"

"저의 본가에, 결혼의 인사를 하러 가는 거죠."

"혼담을 거절하러 가는 것뿐이잖아. 피비린내는 사양하고 싶은데."

"저도 그래요. 그렇게 되지 않기 위한 부적입니다."

샐러드와 수프가 나오자, 미하루는 병을 토라키에게 밀어내고 손을 무릎 위에 올렸다.

"든든하게 드세요."

"그래. 하지만 본가에 돌아가는 건데 저녁 식사를 내주진 않는 거야?"

"혼담을 깨러 온 사람에게 뭔가 먹여줄 거라고 생각하시나요? 요즘에는 부부즈케#10를 내주는 비아냥도 안 한답니다. 어젯밤 카라스마의 모습도 신경 쓰여요. 아무것도 아니라고 말하긴 했습니다만, 이 혼담의 성패를 수많은 팬텀이 주시하고 있습니다. 말이 통하는 할머님이라도, 체면은 어느 정도 신경 쓰시니까요. 형태적으로는 강하게 말씀을 해서, 다른 귀요 가문에 본보기를 보이려 하실 것도 충분히 생각할

#10 부부즈케 오차즈케의 다른 말. 일본 교토 지방의 관습으로 찻물에 밥을 말아주는 것이 있다. 교토에서 이것은 얼른 먹고 나가라는 뜻을 에둘러 표현하는 것이다.

수 있어요."

"……그건 그렇네."

토라키는 병을 힐끔 보면서, 포기하여 어깨를 떨구었다.

"알았어. 부적이란 말이지."

병을 회수하여, 양복 안주머니에 아무렇게나 넣었다.

가능하면 이런 것은 쓰지 않고 넘어가기를 바라면서.

※

토라키의 눈에는 마치 팬텀의 요술로 시공이 뒤틀린 것처럼 보이기도 했다.

바푸나또 호텔도 그랬지만, 분지에 있는 이 한정된 교토라는 도시 안에서 어떡하면 이 정도로 광대한 부지를 확보할 수 있는 것일까?

"해자도 있어?"

히키 본가의 주위는 마치 성처럼 해자가 둘러싸고 있었다.

카라스마가 운전하는 차를 타고 해자를 넘어가는 다리를 건널 때, 토라키는 몸속에 뭐라 말하기 어려운 불쾌감이 흘렀다.

그 감각으로, 히키 가문 주위의 해자가 그냥 물웅덩이가 아니라 흐르는 물이라는 게 판명됐다.

그것만 해도 히키 가문의 재력이 상식을 벗어났다는 걸 알 수 있으며, 역사적으로 수많은 팬텀과 여러 가지 의미로 교류한 것도 엿볼 수 있었다.

"역시 너네들이 그림자의 존재라는 건 무리 아냐?"

카라스마가 열어준 문으로 나와 차에서 내린 토라키는 토지 안에 조성된 일본정원에 하천까지 흐르는 것을 보고 반쯤 기가 막혀서 말했다.

올려다보는 2층 저택은 예상대로 순 일본풍.

그러나 토라키가 아는 일식 건물은 고향이었던 가난한 마을의 그것이었다. 눈앞에 있는 건물은 일식 건축이라는 것 말고는 전혀 공통점이 없는 수준의, 다이묘 저택이나 성으로 착각할 정도의 위용이었다.

"언젠가는 토라키 님도 히키 가문의 일원이 될 테니까, 이 정도는 익숙해 지셔야죠."

"어수선한 틈에 뭔 말을 하냐."

차 안에 있던 미하루가 평소처럼 장난스럽게 하는 말이라고 생각하여 토라키는 적당히 대답했다.

"토라키 님."

그런데 의외로 진지한 표정으로, 낮은 목소리가 토라키를 타일렀다.

"뭘 하러 왔는지 떠올려 주세요. 카라스마 말고는 모두 사정을 모르고 있습니다. 토라키 님은, 저와 결혼을 전제로 사귀고 있는 남성분이라고 소개를 하게 됩니다."

"……아."

어제부터 이상한 일의 연속이라서 잊고 있었다. 애당초 미하루에게 들어온 혼담을 깨기 위해 온 것이었으니, 여기서 토라키는 미하루의 연인으로서 행동해야 하는 것이다.

"자, 토라키 님."

미하루가 말하더니 손을 내밀었다.

"……그, 그래."

토라키가 어색한 손놀림으로 미하루의 손을 잡자, 미하루는 희미하게 미소를 지으면서 그 손을 잡고 차에서 내렸다.

"그러면 갈까요?"

카라스마의 인도를 받아서 저택으로 가자,

『돌아오셨습니까!』

수많은 사람이 일렬로 나란히 서서, 일제히 토라키 일행을 향해 고개를 숙였다.

"다들 마중 고마워요. 할머님은 어디 계시죠?"

토라키는 그 기척과 목소리의 압력에 동요했지만, 미하루는 익숙한 기색으로 가볍게 넘겼다.

"안내하겠습니다. 토라키 님, 이 맞으시지요?"

카라스마보다는 젊지만, 카라스마와 같은 기척을 풍기는 양복 차림의 남성이 앞으로 나와 인사를 했다.

"당주인 히키 텐도께서 기다리십니다. 부디 이쪽으로."

"자, 잘 부탁드립니다."

그렇게 말하고 선도하기 시작한 그 남성의 눈에, 희미한 적의가 보였다.

바푸나또 호텔의 스위트룸마저 빛 바랠 정도로 광대한 현관에서 천연가죽 슬리퍼를 신고, 겉모습을 배신하지 않는 넓고 긴 복도를 지난다.

생각해 보면 토라키는, 일본 팬텀의 장래를 좌우할 수 있는 혼담을 깨러 온 장본인이다.

히키 가문은 예로부터 명가였으며, 정략결혼을 생각하는 걸 보면 인간과 사고방식도 다를 바 없다.

그렇다면, 일본 팬텀 사회를 안정시키기 위한 정략결혼을 방해하는 인자인 토라키가 환영 받지 못해도 어쩔 수 없다.

만약 혈기 왕성한 타입의 팬텀이 있을 경우, 별다른 배경이 없는 토라키는 말살 당할 가능성마저 있었다.

"안심하세요. 그런 일은 일어나지 않아요."

그러자 미하루가 마치 토라키의 마음을 읽은 것처럼 작은 목소리로 그렇게 말하며 미소를 지었다.

"그러면 좋겠는데, 단순하게 긴장되네."

토라키는 억지로 미소를 지었다.

어쨌거나 이제부터 만나는 상대에 대해서는 미하루의 연인으로서 행동해야 한다.

"이쪽입니다."

미하루는 닫힌 장지문을 마주보고, 그녀답지 않게 커다란 심호흡을 했다.

"미하루입니다. 지금 돌아왔습니다."

"들어오세요."

곧 여성의 목소리로 엄격한 음색의 대답이 들리고, 미하루는 토라키를 재촉하며 장지문을 열었다.

"실례하겠습니다."

여관의 연회장 같은 광대한 공간.

그 가장 안쪽에 자그마한 여성이 한 명.

그 여성의 신하라도 되는 것처럼, 방의 양 옆에 일렬로 늘어선 수많은 정장의 남녀.

토라키는 미하루의 반걸음 뒤에서, 수많은 남녀가 지켜보는 가운데 정면의 여성 앞으로 걸어갔다.

그러나 다가감에 따라 이상한 걸 깨달았다.

미하루의 조모로 보이는 인물이 아무도 없다.

이 방의 가장 안쪽에서 사방침에 팔꿈치를 대고 미하루와 토라키를 맞이하는 이 자리의 주인 같은 인물은 아무리 봐도 미하루의 언니 같았다.

언뜻 봐도 미하루와 피가 이어진 것을 알 수 있는, 어른스럽고 예리한 생김새.

가녀린 체구도 많이 닮았다. 미하루하고 다른 점은 머리칼 모두가 비단실 같은 백발이라는 점 정도였다.

미하루는 그 백발 여성 앞에서 아름다운 동작으로 정좌하고, 양손을 바닥에 대며 고개를 숙였다.

"지금 돌아왔습니다. 할머님."

토라키는 숨을 삼켰다. 미하루의 자매라고 해도 순순히 믿을 수 있을 정도의 이 백발 여성이, 미하루의 조모란 것인가?

"토라키 님, 인사하세요."

놀라서 우두커니 서버린 토라키에게, 미하루가 살짝 돌아보며 주의를 주었다.

한순간의 놀라움에서 회복한 토라키는 퍼뜩 제정신을 차리고 그 자리에 정좌하여 백발 여성에게 고개를 숙였다.

"처, 처음 뵙겠습니다. 저는……."

"토라키 유라 씨, 가 맞으시지예. 소문은 여러모로 들었심더. 미하루가 신세를 지고 있다 하대요."

"아뇨, 그게, 언제나 제가 미하루 씨에게 폐를 끼치고 있습니다."

"겸손하지 않으셔도 됩니더. 미하루가 언제나 괜한 참견을 하고 있다고 들었어예. 참말로 죄송하임더. 해자를 넘을 때 귀찮으셨지예?"

"아뇨. 승차감 좋은 차를 준비해주셔서 괜찮았습니다."

해자를 넘을 때, 라는 것은 요컨대 흐르는 물을 넘을 때라는 것이리라.

토라키가 흡혈귀라는 것이나, 그렇게 된 배경도 모두 알고 있음을 시사하는 것일까?

"그래서, 미하루. 니는 대체 무신 일로, 그 토라키 씨를 데려왔니?"

"할머님. 토라키 님은, 할머님과 초면이세요."

"케서?"

"히키 가문의 당주가 너무 오래 살다 보니 자기 이름도 잊었다고 생각하시는 건, 손녀로서 바라는 바가 아니니까요."

숙인 자세에서 고개를 든 미하루는 얼굴은 웃고 있지만 눈은 웃지 않았다.

그리고, 그 말을 들은 토라키는 백발 여성이 토라키에게 자기소개를 하지 않았다는 걸 깨달았다.

그녀에게 토라키는 진지하게 상대할 사람이 아니다, 라고 말하는 거나 마찬가지였다.

"미안타. 일본에 사는 팬텀이, 히키 당주의 얼굴과 이름을 모를 기라 생각 못했다. 토라키 씨."

"……네."

"히키 텐도. 미하루의 할미임니더. 잘 부탁드려예."

"송구합니다. 팬텀이 된지 오래지 않은 미숙한 자입니다. 공부가 부족한 걸 용서해 주세요."

"공부가 부족한 것도, 용서가 될 때와 안 될 때가 있는 법이긴 하지예."

토라키는 어른의 태도로 고개를 숙였지만, 그런 것으로 미하루의 조모인 텐도는 요만큼도 흔들리지 않았다.

"미하루. 일단 다시 한 번 물어본다. 무신 얘기를 할라꼬 토라키 씨를 데리고 왔니?"

나른하게 반쯤 감은 눈이지만, 텐도의 눈초리 안쪽에 있는 빛의 정체를 알 수가 없어서 토라키는 몸이 움츠러들었다.

이것이, 일본의 팬텀을 다스리는 히키 가문의 당주인가.

미하루도 가끔 바닥을 모를 힘이 느껴지는 눈초리를 하지만, 거듭된 역사는 비교가 안 된다.

들은 이야기랑 여러모로 다르다. 토라키는 당혹했다.

미하루가 하는 말을 순순히 다 믿은 것은 아니다. 그래도 손녀와 조모의 관계는 양호하며, 미하루의 이야기를 매끄럽게 들어줄 거라고 했었다.

그러나 지금 토라키 눈앞에 있는 사람은 달랐다. 일반서민하고는 전혀 다른 가치관을 가진 존재. 오랜 집안, 명가의 당주라는 표현에서 연상되는, 사보다는 공을 존중하는 타입의 인종이었다.

적어도 지금 여기서 자신이 미하루의 연인이라고 말을 해도 코웃음 치는 미래밖에 보이지 않았다.

그러나 미하루는 전혀 물러서지 않고, 조모의 눈을 확실하게 들여다보면서 말했다.

"무지나 가문의 적남, 나구모 님과의 혼담을 거절하기 위해서, 찾아왔습니다."

자리가 술렁거렸다. 그 중에서 몇 사람이, 비유가 아니라 『안색을 잃은』 것을 보고 토라키는 또 한 차례 동요했다.

알고는 있었지만, 혼담 상대인 무지나 가문은 놋페라보 일족.

어떤 이유로 인간의 얼굴을 현현시키고 있었는데, 미하루의 한 마디에 동요가 흘러서 정체를 드러내버린 것이리라.

"무슨 바보 같은 소리인가!"

"텐도 공! 어찌된 겁니까!"

"미하루 아가씨! 대체 무슨 말씀을!"

히키 가문 측과 무지나 가문 측.

제각각 속셈을 가진 자들이 술렁거리는 가운데, 텐도만은 꼼짝도 안하고 손녀딸을 똑바로 보고 있었다.

그리고 텐도가 슥 오른손을 움직인 순간, 그렇게 소란을 피우던 사람들이 한순간에 조용해졌다.

"다들, 지금이 어떤 시대인지 잘 모르는 모양이라예."

"뭐라고요?"

"무슨 뜻이신지!"

무지나 측의 실력자로 보이는 놋페라보 노인의 외침에, 텐도가 눈을 흘겼다.

"무지나의 노공. 댁이야 남자니까 좋다 않소. 하지만 여자의 몸으로서는, 장래의 서방님을 부모나 조부모가 붙여주는 기가 참 싫은 일이라예."

"붙여주다니! 이것은 집안을 위한……!"

"서로 좋아하는 상대라면 모를까, 일족의 사정으로 물건처럼 모르는 넘의 집으로 떠밀려가 이름이 바뀌는 여자한테, 집안의 중요한 일을 묻는 기만큼 우스운 일도 없어예. 그렇제? 미하루."

"네……. 그렇게, 생각합니다."

태도에 비해서 의외로 미하루의 마음을 헤아려주는 건가 싶어 토라키는 눈썹을 올렸지만, 텐도는 음색을 하나도 안 바꾸고 코웃음쳤다.

"케도 미하루. 니는 안 되제."

"네?"

뜻밖이란 소리를 낸 것은 토라키였고, 미하루는 그 말을 예상한 것처럼 입을 꾹 다물기만 했다.

"니는 안 되제. 니는 계속『당주』의 태도를 안 보였나."

텐도는, 보다 깊이 사방침에 기댔다.

"야오비쿠니의『힘』과 히키 가문의『힘』. 니는 쬐만했을 때부터 둘 다 잘 쓰지 않았나?"

"……."

"니는 누가 가르쳐줄 것도 없이, 니 자신의 힘으로 히키 가문과 일본 팬텀 사회에서 차근차근 니 자신의 인맥과 영향력을 만들어 왔제. 니가 가진『사회』에 대한 영향력은, 제법 대단하지 않나?"

"……맞는 말씀입니다."

"다시 한 번 묻는대이. 니 뭐할라꼬 토라키 씨를 데리가 왔나?"

"저……는……."

토라키는 믿을 수 없는 것을 보았다.

미하루가 말문이 막힌 데다가, 눈길을 피해버린 것이다.

언제나 자신이 넘치고, 자신의 길을 가는 것 말고는 모르는 것 같은 미하루가.

미하루니까, 어떤 상대든지 평소처럼 오만하게 자신을 내세울 거라 생각했는데. 지금은 완전히 뱀 앞의 개구리 꼴이다.

이 상황에서 자신이 미하루의 연인이라고 주장을 해봐야, 도저히 분위기가 바뀔 것 같지 않았다.

숨 막히는 긴장 속에서, 침묵을 깬 것은 기가 막힌 기색으로 텐도가 내쉰 한숨이었다.

"방금 무지나의 노공한테는 그래 말을 했는디, 혼담 상대가 무지나의 도령인 것은 내가 최대한 온정을 베푼 기다. 니랑 무지나의 도령은 모르는 사이도 아이고, 어릴 때부터 사이좋게 놀던 사이 아이가."

"하지만 미하루…… 미하루 씨는, 애당초 혼담에 긍정적이지 않은…….'

"미하루의 의사는 상관 읎다."

손녀딸의 미래와 연관된 일에 코웃음을 친 텐도에게, 토라키는 참지 못하고 거칠게 외쳤다.

"무슨 말을 하는 겁니까! 결혼은 본인들의 의사가 제일……!"

"잠꼬대 그만 하소."

하지만 텐도의 그 조용한 목소리에 심장을 붙잡힌 것처럼 움츠리고 말았다.

그런 토라키를 보고, 텐도가 차갑게 웃었다.

"미안타. 고작해야 70년 살아온 흡혈귀가 다 안다카는 기처럼 말해가, 무심코 어른스럽지 못했다."

텐도는 그제서야 처음으로, 사방침에서 몸을 일으켰다.

"히키 가문이 이 땅에 뿌리를 내린 지 700년이제. 교토 어소(御所)의 귀문을 수호해가, 사람과 요괴의 균형을 유지하는 숙명을 지는 히키의 당주는 『자기』이기 이전에 『히키 가문 당주』라 안카나."

텐도가 일어서서, 정좌한 두 사람 앞에 한 걸음 나아갔다.

토라키는 깨달았다.

지금 눈앞에 있는 것은 미하루의 조모 따위가 아니라, 일본 팬텀 사회의 정점에 군림하는 고요 야오비쿠니의 직계.

『히키 가문 당주』란 이름의 괴물이다.

"……."

그렇기에 위화감이 있었다.

경우에 따라 아이카마저도 능가할 수 있는 요기와 위용.

그녀는 700년의 역사를 가진 히키 가문 당주다. 그런데 혼담 상대인 무지나 가문도 있는 이 자리에서, 직계 손녀의 상대가 되는 무지나의 후계자를 내세우지 않고 있었다. 게다가 토라키에 대한 감정을 직접 드러내는 것은, 당주로서 명백하게 냉정함이 부족한 태도가 아닐까?

토라키가 보잘것없는 팬텀이라면, 이 정도 힘을 가진 가문이니 폭력적인 수단을 포함하여 얼마든지 손을 쓸 수 있었으리라.

텐도는 토라키와 미하루가 만났을 때부터, 토라키에 대해 모조리 파악하고 있었으리라 생각해야 한다.

일본 팬텀의 미래를 좌우하는 영향력을 가진 히키 가문의 장자에게 다가가는 팬텀을 조사하지 않았을 리 없다.

하물며 그 장자가 어디서 굴러온 말 뼈다귀인지도 모를 흡혈귀를 사모한다고 하면…….

"납득할 수 없네요."

토라키가 중얼거리자 자리가 다시 얼어붙고, 텐도의 눈동자가 한층 더 엄격해졌다. 미하루가 의표를 찔린 기색으로 토라키를 돌아보았다.

"저는 미하루의 연인입니다."

"토라키 님!!"

평정을 꾸미라고 한 게 누구냐고 머릿속에 태클이 스치지만, 무시했다.

"에둘러서 헤어지라고 하시는 거라면, 납득이 되는 이유를 가르쳐 주세요."

"토라키 님…… 저, 저는……!"

토라키의 반격에 놀란 것도 아닐 테지만, 텐도가 침묵하고 있는 옆에서 미하루가 눈물을 뚝뚝 흘렸다.

이대로 방치하면 미하루가 꼬리를 밟힐 것 같으니까 얼른 텐도가 말을 해주면 좋겠는데, 뜻밖에도 텐도의 눈동자에 망설임이 떠오른 것을 보았다.

"어째서 갑자기 혼담을 추진하는 겁니까? 할머님이시라면 미하루가 순순히 말을 따르는 성격이 아니라는 걸 모를 리 없으실 텐데요."

"호오?"

"뭔가 미하루의 혼담을 갑자기 진행시켜야 하는 이유라도 있는 건가요?"

"흡혈귀 따위가 괜한 말 말거라! 애당초 무지나와 히키 사이에 서양의 요괴가 끼어들다니. 주제를 알아라!"

거칠게 외친 것은 텐도가 아니라, 텐도가『무지나의 노공』이라고 부른 노인이었다.

신기한 일이다. 놋페라보의 얼굴이라도 얼굴에 새겨진 주름으로 그가 노인이라는 걸 알 수는 있었지만, 이렇게 마주 보고 매도를 해대는데도 대체 어떤 원리로 목소리를 내는 건지 전혀 알 수 없었다.

"댁이 그래가 소리를 질러대믄 숨기고 싶은 속내가 있다고 말하는 기나 마찬가지 아니가."

그러나 뜻밖에도 무지나의 노공을 타이른 것은 텐도였다.

"됐다. 고작해야 흡혈귀 한 명한테 알려져 봐야 변하는 것도 없다 않나? 그라제? 노공."

"기다려라 텐도! 그것은……!"

다음 벼락은 노공에게 떨어졌다.

"입 다무소. 노공, 나구모는 왜 오늘 여기 읎는 기가?"

"음, 그, 그것은……."

나구모란 것은 미하루의 혼담 상대 이름이었을 것이다.

"변명 안 해도 된다. 교토에 없는 기제? 이 중요한 때에?"

"에?"

그 말에 뜻밖이란 기색으로 눈을 부릅뜬 것은 미하루였다.

토라키도 이 자리에 미하루와 비슷한 나이의 남성이 없다는 것은 신경 쓰였지만, 설마 교토에 없을 거라 생각지는 못했다.

"후계자 교육도 만족스레 몬하는 집안이라, 일이 이래 된 거 아니가?"

무지나의 노공은 놋페라보의 얼굴을 새빨갛게 물들이고 부들부들 떨었다.

"히키 가문이 일본의 요괴, 팬텀을 통솔하는 것은 아시제?"

반사적으로 노공을 보았기 때문에 지금 텐도가 자신에게 말했다는 걸 깨닫는데 조금 걸린 토라키는, 한 박자 뒤에 고개를 끄덕였다.

"앗, 네."

"카믄 무지나의 『격』이 히키와 같은 건 어째서라 생각하나?"

그러고 보니 무지나 가문은 히키 가문에 걸맞은 격을 가졌다고 들었는데, 일본 팬텀의 정점에 선 히키 가문과 격이 같은 이유는 무엇일까?

"미하루."

"네, 할머님."

"장래의 서방님에 대한 교육이 부족하다 않나. 대체 평소에 으찌 사귀고 있는 기가? 다음에 내 직접 선샤인 60에 가주까?"

"……죄송합니다."

교육이란 말이지.

뭔가 에둘러서 빈정거리는 소리를 들은 토라키였지만, 여기서 화를 내봐야 어쩔 수 없으니 꾹 참았다.

"노공. 설명해 드리그라."

토라키와 마찬가지로 깔보인 무지나의 노공은 몸을 떨면서도 그 분노를 토라키에게 던지듯 괜히 드높이 말했다.

"무지나의 사명은, 사람과 다른 모양인 자들을 통솔하는 것이다! 그러한 것도 모르면서 잘도 일본에서 팬텀이라고 할 수 있구나! 이러니 도쿄의 요괴는 신용할 수가 없는 것이야!"

여기서 도쿄 운운하는 게 무슨 상관인지는 제쳐두고, 노공의 단적인 해설로 토라키는 크게 납득했다.

"그러니까, 인간으로 의태 못하는 팬텀들을 통솔하고 있다, 는 거군요."

"맞습니다. 고위의 능력자라면 놋페라보 본인뿐 아니라, 주위의 환경마저 의태할 수 있는 무지나 가문의 힘이 있기에, 살아갈 수 있는 팬텀 종이 수없이 많습니다."

미하루가 토라키의 말을 보충하듯 입을 열었다.

흡혈귀나 강시처럼, 호모사피엔스와 겉모습의 차이가 거의 없는 팬텀은 예로부터 그 특성을 살려 인간 사회에 잠복하여 세력을 뻗었다.

그러나 팬텀 세계에는 높은 지성과 능력을 가졌으면서도, 호모사피엔스와 전혀 다른 모습을 가진 자도 많다.

"일본에 예로부터 전해지는 카라카사나 제등 요괴, 잇탄모멘 같은, 물품의 모습으로 의태하는 츠쿠모[11]의 일족. 물가에 널리 서식하는 캇파[12] 일족. 옛날이야기에 나오는 오니[13] 일

#11 츠쿠모 츠쿠모가미라고도 한다. 오래 사용되거나 방치된 물건에 자아가 생긴 요괴. 가장 대표적인 것이 우산에 팔다리가 돋아난 카라카사, 혼자서 떠 다니는 제등, 날아다니는 오명천인 잇탄모멘이다.
#12 캇파 일본 수생 요괴의 대표라고 할 수 있는 요괴. 녹색 피부에 거북이 등껍질, 새의 부리에, 정수리 부분만 동그랗게 삭발된 모습이다.
#13 오니 일본의 대표적인 요괴. 한국에서는 도깨비와 혼동되기도 하지만 기원부터 여러모로 다르다. 우락부락한 근육질에 뿔이 돋았고, 주로 쇠몽둥이를 무기로 쓰는 것으로 묘사된다.

족은, 모두들 무지나 가문을 두령으로 모시고 있습니다."

"일족, 이라고 할 정도로 그런 요괴들이 살아남……."

토라키는 일상 대화의 흐름으로 대답하려다가…….

"……요괴 일족이, 많이 있는 건가."

지금 현재 사회에 뿌리를 내리고 생활하는 이상, 그들을 희귀동물처럼 표현하는 것은 단순하게 실례가 된다는 걸 깨달았다. 토라키는 주의하여 말을 골랐다.

"흥, 세상을 모르는 놈!"

노공은 또 독설을 뱉었지만, 분명히 이것은 토라키도 팬텀의 일원인 이상 알고 있어도 이상하지 않은 일이었다.

그렇지만 모르는 것을 여기서 적당히 말해도 역정을 살뿐이라고 생각하는데, 옆에서 미하루가 조용히 해설해주었다.

"무지나의 선조는, 무지#14라는 이름이 가리키는 것처럼 여우나 너구리 일족에서 나왔습니다. 요호(妖狐)나 너구리 선인으로 불리던 분들이, 긴 역사를 거쳐 놋페라보가 된 것입니다."

"미안, 그 진화론은 좀 나한테 이해가 어려워."

여우나 너구리 팬텀이 예로부터 고도의 능력과 사회성을 가졌다는 것은 알겠지만, 그것이 어떻게 하면 얼굴 없는 사람 모양으로 진화하는 걸까? 토라키의 빈곤한 상상력으로는 전혀 이해할 수 없었다.

#14 무지나 기본적으로 오소리를 가리키는 단어지만, 시대와 지방에 따라서 너구리나 여우, 사향 고양이를 가리키기도 했다.

"무지나가 지닌 변신이나 의태의 힘은, 여우 일족이나 너구리 일족의 변신능력이 진화한 것이라고 합니다. 어쨌든, 무지나는 그러한 사람의 모양을 취할 수 없는 분들을 다스리고 있습니다."

그렇군. 그런 집안의 장남과 떠돌이에 본래 인간인 흡혈귀라면, 가문의 격이 비교가 안 될 것이다.

그러나 그건 그렇다 쳐도, 역시 그런 집안 사이의 혼담이 이 정도로 성급하게 진행될 리가 없다는 새로운 의문이 솟았다.

더욱이, 정작 미하루의 상대인 무지나 나구모라는 남자가 없는 것은 대체 어떻게 된 것인가?

"그래가, 어째서 혼담을 서두르게 됐는가 하는 긴데."

갑자기 자리의 분위기에 긴장이 가득 찼다.

"무지나의 당주이고 나구모의 아비, 무지나 쿄슌이, 살해당한 기라. 지난 달이래이."

"……어? 살……해!"

텐도가 중대한 사실을 너무나도 평범하게 말해서, 또 다시 토라키의 반응이 늦었다.

그것은 다시 말해서, 일본 팬텀을 다스리는 두 기둥 중 하나가 무너졌다는 것이 아닌가?

"무지나 일족은 히키 정도로 수명이 길지는 않은 기라. 인간과 크게 다를 바 없는 시간에 대를 이을 필요가 있는디……"

텐도는, 이번에는 완전히 의기소침하여 바람 빠진 풍선 같은 모습의 노공을 보았다.

"선대인 노공은 인자 나이를 먹었고, 후계자인 나구모는 너무 젊다 아이가. 요컨대, 아래쪽의 통제가 안 되는 사태인 기다. 그기다 당주가 살해당했다 안하나……."

히키와 비견되는 무지나의 당주라면, 그에 걸맞은 실력자였을 것이다.

그야말로 텐도와 맞설 수 있을 정도의 실력이 없으면, 일본 팬텀의 절반을 다스릴 수 있을 리 없다.

개중에는 무지나에 반기를 들려는 자도 있을지 모른다. 그러면 일단 세상이 흐트러지게 된다. 정점의 가문들끼리 결속하여 일본 팬텀 사회의 정치적 안정을 꾀하려는 움직임은 이해할 수 있었다.

그러나, 그렇다면…….

"그렇다면, 무지나의 당주를 살해한 범인은, 이미 밝혀진 거군요?"

당연히 이 의문이 생기게 된다.

그 의문이 자신 안에 생긴 시점에서 토라키는 그에 대한 대답을 반쯤 예상하고 있었다.

대답은, 텐도와 노공의 무언.

"밝혀지지 않은 건가요?!"

일본 팬텀의 절반을 다스리는 남자를, 이 히키 텐도와 나란히 설 수 있는 팬텀을 살해할 수 있는 누군가가 있으며, 그것의 고삐가 풀려 있다.

그것을 제쳐두고, 대체 이 양가는 뭘 하고 있는 건가?

그야말로 일본 팬텀 사회의 위기가 아닌가?

"……아니, 반대겠군."

상황을 이제 막 알게 된 토라키도 생각할 수 있는 것을 텐도나 무지나의 노공이 깨닫지 못할 리 없었다.

고요 클래스의 팬텀을 죽일 수 있는 것은 격이 같은 팬텀밖에 없다.

그리고 히키와 무지나가 오래도록 통솔해온 일본 팬텀 사회 안에, 그런 존재는 헤아릴 수 있을 정도밖에 없을 것이다.

그야말로…….

"그만 하그라."

텐도가 토라키의 사고를 읽은 것처럼 앞서서, 못을 박는 것처럼 말했다.

"어쨌거나, 미하루랑 토라키 씨가 하고 싶은 말은 알겠소. 케도 나구모가 없어서야 얘기가 더 진행이 안 된다 않나. 토라키 씨도, 그래 미하루랑 결혼을 하고 싶다믄, 잠깐 교토에 있는 수밖에 없는 기라."

"토라키 님…… 그렇게까지 저와……."

미하루는 미하루대로 텐도의 말을 멋대로 흡수해서 또 촉촉한 눈동자로 토라키를 바라본다. 토라키는 그만 눈길을 피해 버렸다.

이대로는 아무 일도 없는데 텐도의 말을 구실로 잡힐 것 같지만, 그보다도 교토에 장기 체류하게 되는 일이 문제다.

근무 교대는 세 번.

그 이상 체류가 길어지면, 근무표와 무라오카의 위에 구멍이 뚫려 버린다.

토라키가 그렇게 생각했을 때였다.

"나구모 도련님이라면, 돌아오셨습니다."

지금까지 침묵을 지키며 토라키와 미하루 등 뒤에서 대기하고 있던 카라스마가 잘 들리는 낮은 목소리로 말했다.

"뭐라꼬?"

"나구모가 돌아왔다고? 카라스마 공 정말인가!"

텐도도 무지나의 노공도 카라스마를 보았다.

"어젯밤, 교토 역 앞의 로터리에서, 제가 잠시 나구모 도련님과 말을 나누었습니다. 적어도 교토 시내에는 계실 겁니다."

"나구모 놈. 내 낯에 이토록 먹칠을 하더니. 집안의 일대사인데 뭘 하고 있는 게냐!"

안색이 잘도 바뀌는 무지나의 노공은 또 얼굴을 새빨갛게 물들였고, 텐도는 카라스마의 말뜻을 음미하는 것처럼 생각하는 표정을 지었다.

미하루는 어린애가 싫어하는 음식을 본 것처럼 표정을 찌푸렸다.

"카라스마 공! 나구모는 뭐라 했는가?!"

"그다지 좋은 보고를 드릴 수가 없습니다. 나구모 도련님은『협정』을 깨고 말았습니다."

"뭐, 뭣이라?!"

무지나의 노공은 물론, 텐도와 미하루도 놀라서 카라스마를 보았다.

"당대, 노공. 나구모 도련님이 모습을 감춘 것은, 쿄슌 님이 돌아가신 뒤 금방이었다고 기억합니다."

당주가 살해당한 것과 동시에 모습을 감춘 후계자가 다시 비밀리에 교토에 돌아왔다.

텐도가 가로막은 토라키의 추측이 보강되어 버릴 법한, 무지나 나구모의 거동.

다시 말해서, 무지나 쿄슌을 살해한 것이 히키나 무지나의 내부인일 가능성이다.

"카라스마. 그런 일을 왜 말 안하고 있었나?"

"협정을 깬 것에 해당됩니다만, 조직적인 행동인지 아닌지 판단하지 못했기 때문입니다. 나구모 도련님은 암십자 기사단의 수도기사와 함께 행동하고 있습니다."

여러 번 언급된 협정이라는 것이 뭔지는 잘 몰랐지만, 자세한 이야기로 들어가기 전에 『암십자 기사단』이라는 단어를 들은 순간, 토라키는 불길한 예감에 사로잡혔다.

그리고 무심코 미하루의 얼굴을 보자, 미하루는 방금 전에 나구모의 소식을 들었을 때 이상으로 표정을 찡그리면서 한숨을 쉬고 있었다.

토라키는 미하루가 같은 『수도기사』를 상상하고 있다고 확신했다.

그리고, 교토의 팬텀들에게 암십자의 수도기사가 교토에 있다는 상황이 중대한 규정 위반이라는 인식이 있다는 것도 이해했다.

"그리고 그 수도기사 말입니다만, 미하루 아가씨와 토라키 님의 친구분입니다."

이 흐름에서 『토라키와 미하루의 친구』라고 카라스마가 인식할 수 있는 수도기사 따위 한 명밖에 없다.

"그 녀석 뭘 생각이야!"

"카라스마! 나와 그녀는 아는 사이긴 해도 결코 친구가 아니에요!"

"중요한 것은 그것입니까?"

미하루가 큰 소리로 외쳤지만, 카라스마는 어디까지나 시원스런 표정이었다.

"나구모 도련님은 수도기사 아이리스 예레이와 함께 행동하고 계십니다. 무슨 생각인지를 물어보기 전에, 모습을 감추셨습니다. 지금도 두 사람은 교토 시내에 잠복해 있는 것으로 압니다. 암십자 기사단과 내통하여 무슨 일을 하려는 것이라면 위험하다고 생각하여, 제 수하를 보내 시내를 수색하고 있습니다."

"호오. 아이리스 예레이. 그기가. 예레이의 기사."

텐도가 턱에 손을 대고 중얼거린 한 마디에, 토라키는 퍼뜩 고개를 들었다.

"예레이의 기사를 아시는 건가요?"

"당연하제. 세상에 힘을 떨치는 팬텀 중에 예레이의 기사란 이름을 모르는 자는 없는 기다. 그래. 카라스마가 고민한 것도 당연하대이."

텐도가 고개를 끄덕였다.

"예레이의 기사는 암십자 중에서도 일기당천의 실력자. 나구모가 무슨 생각인지는 몰르지만, 쿄슌을 생각하면 내버려 둘 수도 없제. 카라스마."

"예."

"나구모와 예레이의 기사를 붙잡아 오니라. 죽이지만 않으면 어떤 수를 써도 상관 읎다."

"기, 기다려 주세요!"

갑작스럽게 뒤숭숭한 말을 꺼낸 텐도에게, 토라키는 무심코 소리를 높였다.

"지금 그 예레이의 기사는 놀랄 만큼 바보라서, 분명히 깊은 생각 없이 교토에 왔을 겁니다!"

"기는 토라키 씨가 말하는 것뿐이라 안카나. 교토 요괴들을 그래가 납득시킬 수 있갔나?"

그러나 텐도는 납득하지 않는다.

"카라스마 씨! 카라스마 씨는 아이리스에 대해서 알잖아요? 너무 난폭하게는……!"

"죄송합니다, 토라키 님. 저는 히키 가문의 사람으로서, 당대의 판단에 따를 의무가 있습니다. 그리고 아이리스 님은 저를 모르시는 것 같더군요. 저도 아이리스 님을 알고 있다고 말할 정도로 자세히는 모릅니다."

"미하루! 너는 아이리스가 그런 녀석이라는 거 알잖아?!"

"네, 그야, 그렇죠. 예레이의 기사란 이름에 걸맞은 기량이 있다고 생각하기도 어렵고, 무지나의 당주를 어찌할 수 있는 실력도 의사도 없어요. 도쿄의 나카우라 수녀가 허가를 했을 거라 생각하기도 어렵고, 대체 뭘 하러 온 건지, 분명히 상당히 얄팍하고 감정적인 이유라고 추측합니다."

"그, 그러십니까……."

토라키와 미하루의 아이리스를 감싸는 건지 업신여기는 건지 모를 변호에, 카라스마도 조금 당혹했다.

"그 치의 성격은 아무래도 좋데이. 어쨌거나 암십자 기사단 측이 협정을 깬 건 명확하다 않나. 나구모랑 예레이의 기사를 잡아오지 않고서는, 쿄슌 얘기도 미하루의 결혼 얘기도 진행이 안 된다. 오늘은 해산해도 되갔제?"

텐도의 한 마디로, 긴장과 이완이 동거하는 분위기가 흘렀다.

"토라키 씨도, 바푸나또 호텔에서 가능하면 움직이지 마라. 외출할 때는 미하루나 카라스마한테 꼭 연락을 하그라."

말대꾸를 용납하지 않는 명령조로 말한 텐도는 서둘러 방에서 물러났다.

토라키는 무심코 따라가려 했지만, 그것을 미하루가 막았다.

"토라키 님. 지금 할머님에게 무슨 말을 해도 결정은 뒤집어지지 않아요. 아이리스 예레이의 입장이 나빠질 뿐입니다."

무지나의 노공을 비롯하여 그 자리에 있던 자들이 카라스마도 포함하여 물러가고, 토라키와 미하루만 남았다.

완전히 상황에서 떨어져 나가게 된 토라키는 무심코 격조 높은 바닥을 때렸다.

"카라스마 씨가 거짓말을 꾸며낼 리가 없어. 아마 아이리스는 정말로 교토에 와 있을 거야. 게다가 무지나 나구모란 녀석하고 같이 행동하고 있어. ……미하루. 네가 보기엔 어때? 전에도 말했었는데 나구모란 녀석은 어떤 녀석이야? 아버지를 죽이고 뭔가 하려고 할만한 녀석이야?"

"솔직히 모르겠어요. 중학교를 졸업한 뒤로 만나지 않았습니다."

"그거 생각보다 최근 아냐?"

긴 시간 만나지 않았다는 분위기를 내는 미하루에게 토라키는 눈썹을 찌푸렸다.

"어렸을 때는 몰라도 고교생이 된 뒤로는, 제가 도쿄에 나와 버려서 그렇게 교류가 있었던 것도 아니니까요. 그리고 10대의 3년은 어른의 15년에도 필적하는 시간입니다."

미하루는 그야말로 사춘기에 흔히 있는 말로 대답했다.

"다만, 팬텀으로서의 실력을 말하자면, 무지나의 후계자다운 힘은 있을 거예요."

암묵적으로 미하루는 무지나 나구모가 무지나 쿄슌 살해의 용의자가 될 수 있다고 말했다.

"그러니까, 아무 정보도 없는 상태로군. 젠장, 그 바보 아이리스. 뭔 생각으로 교토에 온 거지?"

토라키는 아이리스의 본심을 전혀 이해할 수 없어서 표정을 찌푸렸지만, 그 옆에서 미하루는 뜻밖이란 기색으로 토라키를 보았다.

　"토라키 님, 정말로 모르는 건가요?"

　"몰라! 설마 정말로……."

　토라키와 미하루가 결혼할 거라고 생각한 것도 아닐 거고, 그렇게 생각했다고 해도 이 상황에서 교토까지 오는 의미를 알 수 없었다.

　"……하~아."

　"어?"

　그러자 미하루는 조금 기가 막힌 것처럼 들으란 듯 한숨을 쉬었다.

　"아무것도 아닙니다."

　미하루가 일어서더니, 정좌로 굳어진 발을 풀 듯 몸을 흔들었다.

　"자, 그러면 어쩔까요? 토라키 님. 혼담 망우고서 저와 토라키 님 사이를 공인해 버리려고 했는데, 이야기가 상당히 틀어져 버렸어요."

　"일부에 찬동하기 어렵지만, 정말로 영문을 알 수 없게 됐네……. 응?"

　"뭔가요?"

　"망우고서가 뭐야?"

　익숙지 못한 말이 섞인 것을 깨닫고 어쩐지 모르게 물어봤다.

"……."

미하루는 고개를 갸우뚱하면서 토라키를 내려다보고, 금방 얼굴이 빨개져서 양손으로 자기 입을 가렸다.

"앗?! 어…… 그게, 저기, 망쳐놓거나, 헤집어놓거나, 뭐 그런 뜻, 이랍니다. 저기, 토라키 님? 제가 지금 망우고서라고 말했나요?"

"어, 말했다고…… 생각하는데."

"그, 그랬나요. 아~ 정말! 그런 것보다도 토라키 님!"

"어, 어어?"

"이 다음에는 어쩌실 건가요?! 생각보다 쉽사리 해방되었습니다만, 호텔에 돌아갈까요? 아직 시간도 이르니까, 기왕이면 가까운 요정에서 새삼 저녁 식사라도……."

아직 그녀답지 않게 얼굴을 붉히고 있는 미하루는 빠른 어조로 이 다음 스케줄을 제안했지만, 토라키는 조금 생각하고서 고개를 옆으로 저었다.

"너무 긴장하는 일은 하기 싫어. 도쿄에서 출발한 뒤부터, 내 주제에 안 맞는 것들뿐이라서 힘들어."

"그러시다면……."

토라키는 잠시 생각하고, 주머니에서 슬림폰을 꺼내 화면을 보면서 말했다.

시간은, 18시를 조금 넘어간 참이었다.

"미하루. 데이트할래?"

"아, 그, 그렇네요. 데이…………………

……………………………………………어?"

다음 순간, 미하루는 무지나의 노공과 비교가 안 되는 기세로 새빨개졌다.

그리고 귀와 머리에서 김이 피어오를 기세로, 거의 비명 같은 소리를 질렀다.

"네에에에에에에에에에에에에에에에에에에에에에에에에에에에에에에에에에에에에에에에?!"

토라키와 미하루가 히키 본가에 찾아간 날의 오후.

한겨울의 다리 아래서 하룻밤을 보낸 아이리스와 나구모는, 시내 동부의 인기 관광 지역인 히가시야마 구 키요미즈에 있었다.

평일 낮인데도 수많은 관광객들로 떠들썩하다. 분명히 뒤섞일 수 있는 인파도 많지만, 그런 만큼 교토의 팬텀이 숨어 있을지 알 수 없다는 공포도 있었다.

"잠깐 나구모. 대체 어디 갈 셈이야?"

"응. 일단 아이리스 씨는 역시 눈에 띈다 아이가. 눈에 안 띄도록 등을 굽히고 있으면 괜히 더 눈에 띤대이. 수도기사는 은밀 행동이나 색적 같은 거 안 배우나?"

"불특정다수의 팬텀을 상대하면서 단독으로 도시에 숨어 있다는 상황, 수도기사의 전략을 봐서는 있을 수 없는걸."

"하긴 기네. 오히려 수도기사가 다수로 팬텀 하나를 몰아세우는 편이 많겄제. 그카믄 아이리스 씨는 운이 좋다. 노리는 팬텀의 전략을 여기서 배울 수 있다 안하나."

"무슨 소리야?"

"은밀 행동의 기본은 둘이래이. 잠복 지역 안의 개체수가 많은 속성과 동화할 것, 이건 이해하제? 그리고 또 하나는."

말하면서 나구모는 어느 가게 앞에 멈춰 섰다.

"찾는 쪽의 의식 밖으로 나가는 기다."

아이리스가 앞에 걸린 간판을 보고 눈을 부릅떴다.

한자에 익숙지 못한 아이리스도, 그 가게가 어떤 가게인지는 금방 이해할 수 있었다.

왜냐하면 그 간판에는, 해외에서 온 관광객을 겨냥하여 여러 가지 언어로 그 가게의 목적이 표기되어 있었으니까.

그리고 30분 뒤.

"오~! 어울린다! 좋다 안하나!"

아이리스의 눈동자는 당황으로 격하게 흔들리고 있었다.

"괜찮다 좋다! 잘 어울린다 안하나!"

"네, 정말로 잘 어울리세요!"

"어울리고 말고 그런 문제가 아니라……."

나구모와 함께 점원이 말을 걸기 때문에, 아이리스는 한심스런 표정으로 가게의 전신거울에 비친 자신의 전신을 새삼 보았다.

안개 속 겨울 꽃을 장식한 겹옷의 기모노. 바탕색은 옅은 연분홍색이다. 한겨울이지만 아이리스의 머리색과 매치되어 따스하고 부드러운 인상을 주었다.

약간 주장이 강한 기모노 위에 베이지색 스톨을 걸치고, 손에는 기모노의 색과 같은 계통의 눈 무늬 천 주머니. 머리칼에는 옵션으로 동백의 비녀를 꼽고 있었다.

나구모는 기모노를 렌탈하여 아이리스의 전신 코디네이트를 하고 거리에 나가려는 것이다.

나구모가 지불을 하고 밖으로 나왔다. 단정한 재킷 차림의 일본인 남성 나구모에, 기모노 차림의 앵글로색슨 여성이라는 조합이, 주위에서 붕 떠 있다는 생각밖에 안 들었다.

　"어쩔 셈이야? 이렇게 움직이기 어렵고 눈에 띄는 차림으로 습격을 받으면 아무것도 못하잖아!"

　"눈에 안 띈다. 지금 가게를 보고 눈치 못 챘나?"

　"뭐를!"

　"이 교토에 와서, 기모노 렌탈을 이용하는 외국인이 얼마나 많은가 하는 기다. 찾는 쪽은 이쪽이 이렇게 눈에 띄는 차림으로 여기저기 어슬렁거릴 기라고 생각 못하지 않겠나? 그리고 카라스마 씨한테 이쪽이 어떤 차림인지 들켰으이까, 이 정도로 확 이미지 체인지를 하는 편이 좋다."

　아이리스는 처음 신는 조리#15의 발치를 내려다보았다.

　"걷기도 어려워. 미하루는 용케 이런 차림으로 그만큼 움직이네."

　"미하루는 굉장하다 아이가!"

　갑자기 어휘력을 상실한 나구모를 아이리스는 차가운 눈으로 보았다.

　"딱히 정말로 이런 걸 안 입어도, 당신 능력으로 의태할 수는 없어?"

　"내 혼자라믄 몰라도, 다른 사람까지 같이 장시간은 부담

#15 조리 일본의 전통 신발. 본래는 짚신. 현대에는 슬리퍼로도 많이 쓰인다. 기모노를 입을 때 신는 조리는 대개 두꺼운 바닥에 끈을 끼워서 만든다.

이 크다 안하나. 힘이 다해가 길거리에서 내 맨얼굴 드러낼 수는 읎다."

"그건…… 그렇지만."

"괜찮다, 금방 익숙해질 기다. 그먼 가자."

"어디 갈 셈이야?"

나구모의 대답은 간결했다.

"아버지 성묘다."

수도기사도 수도사의 수행을 쌓은 성직자이기에, 타국의 성묘 문화를 배운다. 때문에 괘씸하지만 조금 기대가 되기도 했다.

그러나 나구모가 간 곳은 기모노 렌탈점에서 걸어서 불과 20분 걸리는 극히 평범한 빌딩이었다. 익숙하지 못한 조리를 신고 있지 않았다면 10분도 안 걸리는 거리에 있는 은행이다.

이케부쿠로 주변에서도 여러 번 본 간판이 붙어 있고, 자동문 너머에는 ATM이 늘어서 있었다.

나구모는 당연하게 건물에 들어가더니, 1층 ATM과 창구를 지나서 건물 2층으로 올라갔다.

은행원의 인사를 적당히 흘리고, 나구모는 더욱 안으로 나아갔다.

아이리스가 발을 들인 적이 없는 구역에 약간 안절부절못하면서 나구모를 따라가자, 나구모는 주머니 안에서 카드와 열쇠를 꺼냈다.

"대여금고?"

특별한 단말로 나구모가 조작을 하여 들어간 장소는 은행 2층의 대여금고실이었다.

대여금고에 들어가는 것이 처음이었던 아이리스는 바닥부터 천장까지 꽉 채우고 있는 크고 작은 은색 서랍의 벽을 올려다보았다.

나구모는 크기가 3단계 되는 서랍 중에서 가장 작은 것을 꺼내고, 아이리스를 손짓해 부르더니 입구 근처에 있는 작은 방으로 들어갔다.

대여금고실이라서 실내는 숨이 막힐 정도로 조용했다.

"성묘에 필요한 거라도 보관해뒀어?"

"아닌기라. 여가 묘다."

"어?"

나구모는 별 일 아니란 것처럼 말하면서, 2중으로 되어 있는 서랍의 뚜껑을 열더니 그 안에 손을 넣었다.

꺼낸 것은, 아이리스가 한 손으로 감쌀 정도로 작은, 표면이 연마된 대리석 같은 구체였다.

"그건……."

"아버지 유품이래이."

평소에 밝은 나구모의 목소리 톤이 한 단계 떨어졌다.

"아버님의……?"

나구모의 아버지라는 것은 무지나의 현당주가 아니던가?

"내랑 미하루의 혼담이 갑자기 진행됐다는 얘기는 했제? 그 이유 중 하나가 아마 이기다. 일본 팬텀을 지탱하는 기둥이었던 무지나의 당주가 살해당한 기라."

"뭐?!"

자연스럽게 충격적 사실을 고백하자, 아이리스는 숨을 삼켰다.

"히키 가문은 아이리스 씨도 잘 알제? 케도 무지나도 꽤 대단하대이. 인간형이 아닌 팬텀은 대개 무지나 아래 있는 기라."

"그건 몰랐어. 일본에 오기 전에는, 히키 패밀리에 대해서만 배웠고, 만만찮은 팬텀도 대부분 인간형이었으니까……."

"기는 틀림없다. 무지나도 언뜻 봐서는 인간 아이가? 케도 그런 녀석들을 통솔하고 있던 남자가 허망하게 살해당했다 케봐라. 세상이 동요하는 것도 이해가 되제?"

나구모는 진지한 눈동자로, 아버지의 유품이라는 구체를 봤다.

"아버지가 살해당한 거는. 아이리스 씨, 당신들이 무로이 아이카랑 수도고속도로에서 대판 싸우기 조금 전이라."

나구모가 단독으로 도쿄에 갔던 것은, 도쿄 쪽 히키 가문의 내정을 조사하기 위해서였다. 그 조사의 결과, 관계자 중 누군가가 요코하마에 찾아오는 아이카와 접촉했다는 것을 알아낸 것이었다.

그리고 나구모는 바로 어제, 히키 가문의 중진이라는 카라스마라는 남자의 수상한 행동을 언급했다.

아니, 경우에 따라서는 자신의 집안마저 신용할 수 없다는 것도.

"당신은, 아버님을 죽인 상대가 가까이 있다고 생각하는 거구나."

"아버지는 단순히 힘만 따지면 미하루의 할머니, 히키 텐도한테도 뒤쳐지지 않는 남자였대이. 아이리스 씨가 알기 쉽게 말하자믄, 고요 레벨이제. 어지간한 팬텀이 떼로 덤비도 어찌 몬한다. 그랗께, 가능한 녀석도 한정적이제."

나구모는 하얀 구체를 움켜쥐었다.

"히키 텐도나, 우리 할배. 둘 중 하나다. 뭐 히키 텐도가 흑막이고 실행범이 카라스마 씨라는 것도 생각할 수는 있제."

"할아버님이라니…… 그 사람한테는 아들이잖아?!"

"우리 할배는, 이래 말하기 그렇지만 머저리다. 욕심은 많고 생각은 얉다. 오래 살았고 전 당주니깐 『무지나의 노공』이라케가 띄워주지만, 선조들이 쌓은 재산 깎아 묵는 거 말고는 볼 게 없는 양반이라. 이른바 일족의 꼰대라 안카나."

"할아버님을, 그렇게 말하지 않아도……."

"우리 식구는 억수로 고생을 했다 안하나. 외부인은 모른대이. 케도 무지나의 전 당주다. 욕심 많은 것도 부추기가 역시 고요 수준인 건 변함이 없다."

"텐도라는 건, 미하루의 할머님이지? 그건 무슨 뜻이야?"

"멍청한 할배가 무지나의 통제를 잃어가고 있을 때, 세상이 꽤나 흐트러져 있었다 안하나. 전쟁 직후쯤이다. 텐도는 할아버지 뒷수습을 꽤 여러 번 해줬다카대. 그 무렵의 텐도는, 무지나 쪽의 세력도 끌어들여가, 일본 팬텀을 모두 지배하에 둘라켔제."

"지금도 실질적으로 그런 느낌 아냐?"

"반발이 많았다. 무지나의 지배하에 본래 있던 팬텀은 여우나 너구리, 족제비 같은 동물형이고, 유령 같은 부정형. 그리고 카라카사 마냥 츠쿠모형 같은 기였는데, 당시에는 히키 가문 쪽이었던 아인(亞人)형 녀석들이 텐도한테 반기를 들어서 무지나 편에 온기다."

"아인…… 오니나 텐구 같은 팬텀 말야?"

학술적으로 분류가 된 것도 아니고 동서양에 따라 미묘하게 분류가 달라지지만, 암십자 기사단은 팬텀을 크게 분류하여 인간형, 아인형, 오브젝트형, 고스트형, 짐승형의 다섯 종류로 분류하고 있었다.

인간형은 흡혈귀나 강시 따위 언뜻 인간과 구별이 안 되는 자들이다. 늑대인간으로 대표되는, 짐승의 모습도 인간의 모습도 둘 다 자연스런 모습이라 인간으로 생활이 가능한 팬텀도 여기에 더해진다.

놋페라보나 오니나 텐구 따위. 신체적 특징이 표준적인 인간의 범위에 들어가지 못하며, 인간의 사회에서 살아가려면 어떠한 의태를 해야 하는 타입이 아인형.

오브젝트형은 일본에서는 츠쿠모형이라고 불리는 타입이고, 물품이나 자연물이 팬텀화한 것.

고스트형은 이름 그대로 실체를 가지지 못한 유령 타입이며, 짐승형은 인간이 되지 못하는 초상적인 힘을 가진 짐승이 팬텀으로 불리게 된 것이다.

"오니 놈들은 특히 반발했다. 역사적으로 언제나 인간 옆에 있던 오니들은, 옛날부터 히키 가문이 일본 요괴의 정점에 있는 게 마음에 안 들었던 모양이래이. 그래가 텐도는 일본 팬텀을 완전히 제압할 수가 읎었다. 할배의 뒤를 이은 아버지는 제대로 유능했으니까, 전쟁이 좀 지나가 무지나는 옛날처럼 복권을 했제. 케가…… 내가, 스무 살이 된 기라."

여기까지 말하면, 나구모가 어째서 텐도를 용의자로 더한 것인지 아이리스도 이해할 수 있었다.

"아버님을 죽이고, 무지나를 당신에게 잇도록 해서, 당신과 미하루를 등 뒤에서 조종한다고?"

"할배도 앞날이 머지 않았고, 애당초 텐도의 발치에도 못 미치는 잔챙인기라. 거기다……."

나구모는 진지한 표정 그대로 말을 이었다.

"내랑 미하루가 결혼하믄, 분명히 미하루가 내를 잡고 산다 아니가."

"…………뭐?"

"텐도는 내가 쬐만했을 때부터 내가 미하루한테 홀딱 반해가, 미하루 말이라면 뭐든지 오냐오냐하면서 들어주는 걸

봤다 아이가. 내랑 미하루가 결혼하면, 무지나를 제어하기도 꽤 쉬울 기다."

그때까지 수도기사로서 나구모의 아버지를 추도하는 마음이 있었는데, 갑자기 팍 식었다.

"미하루가 당신더러 자신이라는 게 없는 사람이라고 한 거, 분명 그런 점 때문이야."

"으윽!"

나구모는 어째선지 표정을 바꾸지 않고, 마음에 구멍이 뚫린 것처럼 눈물을 흘리기 시작했다.

본래는 놋페라보인데 대체 눈물을 어떤 원리로 흘리는 걸까? 옛 시대의 인간을 모델로 변신한 탓인지 얼굴이 있는데도 표정이나 감정을 읽기 어려운 걸까? 아이리스는 그때까지 듣던 심각한 무지나 가문의 사정을 넘어서 의문을 품었다.

"하지만 당신은 미하루랑 결혼하고 싶은 거지? 이대로 가면 텐도의 계획대로 되는 거 아냐?"

"미…… 미하루한테는 잡혀가 살지만, 테, 텐도 말대로 될 생각은 읎다!"

아직 아이리스가 조심성 없이 준 충격이 남아있지만, 나구모는 어쨌거나 잘라 말했다.

"미하루도, 텐도의 마음대로 될 아가 아니라카이!"

"미하루가 할머님의 마음대로 되지 않으면, 당신이랑 결혼 안 하는 거 아냐?"

"어쨌든지!"

나구모는 아이리스의 적절한 태클을 무시했다.

"내는 아버지를 죽인 범인을 찾을 기다. 그 녀석은 일본 팬텀 사회를 휘저으려는 녀석이고, 해외의 고요를 불러들여가 인간에게도 해를 끼치려는 가능성이 있다 아이가!"

"하지만, 어느 쪽이 범인이든지 상대는 고요 레벨이잖아. 단정할 수 없다는 건 증거도 없다는 거고, 몇 번이나 말하지만 성구가 없는 나는 전력이 못 돼."

"내도 안다. 내도 이것저것 생각을 해가, 그 때를 위해서 이걸 가지러 온기다."

그렇게 말한 나구모가 아이리스에게 내민 것은, 아버지의 유품이라는 하얀 구체였다.

손에 집어보라는 액션이기에 순순히 집어 올리자, 크기치고는 무겁고 매끈매끈한 감촉이었다.

처음에 품은 인상처럼 대리석이나, 아니면 아이리스가 모르는 특수한 광석일까?

집어 올린 그것을 무심코 뒤집어보았다.

"힉?!"

거기 있는 것을 본 아이리스는 목 안쪽에서 비명을 지르며, 무심코 떨어뜨릴 뻔했다.

간신히 떨어뜨리지 않은 것은, 아무리 기분 나쁜 것이라도 이것이 죽은 자의 유품이라는 것을 확실하게 인식하고 있었기 때문이다.

그러나 그건 그렇다 쳐도 기분 나쁜 것은 변함이 없었다.

집은 손가락의 접촉면적을 극한까지 줄이면서, 조심조심 나구모의 손에 돌려주었다.

"그, 그거 대체 뭐야!"

나구모의 손바닥 위에 있는 하얀 구체에는 인간의 얼굴이 떠올라 있었다.

그것은 고통스런 표정을 한 남성의 것이었다. 구체를 뒤집 자마자, 아이리스는 그것과 정확하게 눈이 마주치고 말았다.

그 얼굴은 구체에 새겨진 조각이 아니라 구체 안에서 살짝 꿈틀거리고 있었다.

나구모는 그 얼굴을 들여다보면서, 그리운 것처럼, 슬픈 것 같은 표정을 지었다.

"우리 아버지, 무지나 쿄슌의 상혼석(相魂石)이래이. 이게 우리 아버지 얼굴이다."

"상혼석?"

"뭐라케야 하나. 봐라, 놋페라보는 얼굴이 없지 않나. 케 도 누군가를 카피하거나 변신할 때는, 감정에 맞춰 자연스 럽게 표정이 나온다. 그 근본이 이거다."

"그게, 얼굴의 근본⋯⋯?"

"우리들 놋페라보도 얼굴이 있다. 케도 그건 몸의 표면이 아니라 영혼 안쪽에 있는기라. 이거는 하얀 돌처럼 보이지 만, 놋페라보의 힘이 응축된 유리병 같은 기다. 그래가 놋페 라보의 힘이 응축됐다는 기니까⋯⋯ 아."

상혼석을 받은 나구모의 모습이 갑자기 어렴풋이 뒤틀리

기 시작하고, 나구모 주위에 안개가 끼더니 그 안개가 상혼
석에 흡수되기 시작했다.

"어, 아."

단정한 남자의 모습이 무너지고, 얼굴 없는 남성 팬텀이
모습을 드러냈다.

"잠깐, 저기, 아이리스 씨……."

얼굴이 있을 때는 재킷 차림이 잘 어울리는 그윽한 모습이
었다. 하지만 놋페라보로 돌아오자 등이 조금 굽고 위아래
운동복 차림이라 어깨와 체격이 쪼그라든 것처럼 보였다.

"나구모, 그게 당신 정체야?"

"아니, 그, 그렇긴 한데……."

처음 보는 나구모의 맨얼굴과 진짜 모습.

신칸센에서 본 여성의 모습. 토라키의 모습. 단정한 남자
의 모습과 비교하여, 모든 인상이 애매하게 보인다.

단순하게 자세와 패기가 없다는 것이나 얼굴이 없다는 것
도 그렇지만, 무엇보다도 기척이 애매하고 빈약해서 인상에
안 남는다.

이렇게 정면으로 직시하고 있는데도, 아이리스는 나구모
의 윤곽을 놓칠 것 같았다.

"미, 미안 아이리스 씨, 잠깐, 아버지 쫌 들어바라."

"어, 정말로 녹고 있어?!"

실제로 나구모의 윤곽이 애매해지고 있는 것을 보고 아이
리스는 당황했다.

그가 내민 상혼석에 휘몰아치는 에너지와 공포를 불러일으키는 얼굴을 보았기 때문에 받기 싫었지만,

"부탁이래이! 이대로 가믄 내 죽는다! 아버지한테 죽는다!"

"아, 알았어."

생각해 보면 지금 있는 장소는 밀실이지만 그 밖에도 은행 이용자가 들어올 가능성이 있는 장소였다.

이대로 나구모가 녹아 있는 건 좋은 일이 아니라고 생각한 아이리스는 조심조심 상혼석을 집었다.

"쥐라! 아버지 눈을 가리바라!"

"에엑?!"

아이리스는 표정을 찌푸리면서 어쩔 수 없이 두 손으로 돌을 감쌌다.

"푸아핫!"

다음 순간, 오오이와 마사토시로 돌아온 나구모가 크게 숨을 돌이켰다.

"아아아아쥐고 있으니까 알 수 있어 뭔가 안에서 움직이잖아! 이거 어떡해야 되는 거야!"

명백하게 의지를 가진 누군가가 움직이는 미약한 진동이, 아이리스의 손바닥에 전해졌다.

"아까 렌탈한 주머니에 너어삐라."

"우윽."

아이리스는 나구모의 말에 따라, 자신의 주머니에 돌을 넣었다.

"저, 정말 이걸로 괜찮은 거야?"

"괜안타. 하~ 죽겠다마."

나구모는 식은땀을 닦으면서, 목덜미의 넥타이를 조금 느슨히 풀었다.

"놋페라보는 상혼석의 눈으로 주변을 본다 안하나. 신칸센에서 내가 아이리스 씨가 안심할 수 있는 캐릭터였제? 기는 그런 술법을 쓴 긴데, 분석해보믄 상혼석으로 대상의 마음을 읽어내는 기라 카대."

"마음을 읽어낸다니, 그다지 좋은 기분이 안 드는데……."

"텔레파시 같은 기랑은 다르다. 분위기에 맞춰가 술법이 멋대로 그래 되는 느낌이대이. 오래 전의 선조가 초면인 인간을 상대로 안심할 수 있는 소바 가게 노점까지 준비한 기는 상혼석의 이 힘이 원인이다."

"소바 가게의 노점? 무슨 얘기야……."

"놋페라보의 옛날 얘기에 그런 술법이 있다. 몸이나 얼굴만 바꾸는 게 아니라, 주위에 있는 기까지 만드는 술법이래이. 케도 아버지는 벌써 죽었다. 남은 상혼석은 그냥 눈에 보이는 걸 『흡수』하는 것밖에 못하는 기라. 목숨의 껍질에서 굴러 떨어진 상혼석의 힘은 다 드러나 있는 탓에 너무 강하다. 특히 팬텀을 상대로는 마음을 읽어내는 힘이 너무 강력하게 작용을 해가 말이다. 눈에 띄기만 해도 목숨을 잃는 녀석도 있을 정도래이."

"어?! 자, 잠깐 관둬! 그런 거!"

아이리스가 무심코 주머니를 내던진 탓에, 화려하게 테이블 위에 낙하해서 덜커덕 소리를 냈다.

"마! 남의 아버지를 어데 던지나?! 인간은 괜찮다! 상혼석이 흡수하는 건 팬텀의 힘뿐이다!"

"……정말이겠지? ……놋페라보는 다들 그 돌이 몸 안에 있어?"

아이리스는 주머니를 줍지 않고, 표정을 찌푸리며 물었다.

"그라제. 물론 내도 있다. 놋페라보가 죽으믄, 반드시 상혼석이 남는다. 이 돌은 아버지가 죽을 때 남긴 걸 내가 여기 감춘 기다. 범인이 가가쁘믄 아들로서 못할 짓 아이가."

"……아버님은, 어떤 상황에서 발견됐어?"

"무지나의 저택이래이. 자기 성에 누가 침입을 해가, 그 안쪽에서 아버지가 살해당했다. 소동을 듣고서 우리가 달려갔을 때는 이미 숨이 끊어져 있었다. ……아버지는 ……내 손안에 상혼석을 남기고서 소실됐다."

지금까지는 술술 신이 난 것처럼 말하던 나구모가 처음으로 한순간 말문이 막혔다.

나구모가 즐겨 쓰는 무비스타의 얼굴은 아이리스가 보기에 솔직히 감정을 읽기가 어려웠지만, 아무리 그래도 아버지가 살해당했다는 이야기에는 절절한 마음이 밖으로 드러나고 있었다.

섣부른 동정도 하기 어려운 아이리스는 굳이 평탄하게 질문을 거듭했다.

"남은 그 돌은, 어쩔 거야? 내버려두면 팬텀에게는 위험한 거잖아?"

"……기다. 옛날에는 어땠는지 몰라도 지금은 묘에 넣으면 끝이다. 홀쩍."

나구모는 작게 코를 훌쩍이고서 낮은 목소리로 대답했다.

"그거는 아버지의 얼굴과 힘이지만 아버지는 아이다. 곁에 두고 싶은 마음은 있는데, 어디 둘 장소도 없다. 눈 마주치믄 힘도 빨아들인다 않나. 일족이 죽을 때마다 죄 집에 쌓아 둘 수도 없으니까, 돌의 얼굴이 아무것도 보지 몬하게 뼈단지에 담아가 묘에 넣는기다. 카믄 몇 년 지나가 돌 안의 힘도 사라지고 그냥 구슬이 되는 기다. 인간의 뼈랑 다를 바 없다. 아, 성십자 교도는 매장이었제?"

"……최근에는, 화장이 많아. 땅이 없거나, 위생적인 문제가 생기거나 해서."

담담하게 아버지의 죽음에 대해 말하는 나구모를 보고 아이리스는 크게 숨을 내쉬었다.

"미안해. 당신 아버님 그 자체인데, 기분 나쁘다고 해서."

"됐다마. 다른 팬텀도 기분 나쁘다 카고, 놋페라보 특유의 특징인기다."

나구모는 웃었다.

"케도 알았제? 아버지의 상혼석이라믄, 강력한 팬텀한테도 어느 정도 효과가 있을 기다. 텐노나 할배가 상대라도, 이 돌이 처다보믄 힘을 어느 정도 깎아낼 수 있다. 그 이상은, 내가 어찌 해야겠지만서도, 내도 포텐셜은 고요 레벨의 힘을 가지고 있을 기라."

미하루가 그런 것처럼, 나구모 또한 강력한 팬텀이라는 건 틀림없다.

쿄슌의 상혼석은 그 나구모의 힘도 빨아들인 데다가 술법을 무효화시켰다.

다시 말해서 놋페라보의 상혼석은 팬텀의 근본적인 힘의 부분에 작용하는 물건인 것이다.

거기까지 생각했을 때, 아이리스는 문득 깨달았다.

"있지 나구모, 방금 만약 그대로 돌이 당신을 계속 봤으면 어떻게 돼?"

"에엑?! 무서븐 말을 한다."

나구모는 두꺼운 눈썹을 찌푸렸다.

"그러고 보니 집에, 옛날에는 당주의 돌을 처형에 썼다는 고문서가 있었제. 방금 말한 것처럼 인간을 상대로는 효과가 없지만, 팬텀 상대로는 효과가 아주 좋아가, 약한 팬텀이라믄 요력을 다 빨아가 죽었다 켔다."

"팬텀의 요력을 모조리 빨아낸다……."

"마지막 최후의 수가 이기라, 무지나가 히키를 대적하지 못했다카는 기도 있다. 시조인 야오비쿠니도 본래는 인간인 팬텀이었고, 자손도 다들 인간이랑 혼혈이니까, 요력을 다 빨아들이도 몬 죽인다."

"역시 그렇구나."

"뭐고?"

"있지."

아이리스는 진지한 표정으로 나구모를 보았다.

"일이 끝난 다음에, 당신 아버님을 빌려줄 수 있을까?"

너무나도 직접적으로 말해서 그런지, 나구모는 좁은 부스 안에서 흠칫 물러났다.

"설마 남의 아버지 영혼을 수도기사의 팬텀 퇴치에 쓸 셈은 아니겠제?"

"지금 이야기를 듣고 그런 생각을 할 리 없잖아. 사람을 뭘로 보는 거야?"

그 정도로 비정한 인간이라고 생각했다면 참 섭섭한 기분이었다.

"팬텀 입장에서 보믄 인간은 금방 이쪽 사는 땅을 휘젓고, 트집을 잡아가 공격하고, 불사의 씨앗이라 케가 잡아 묶을라카는 놈들이다. 악역무도한 역사 끝에 지금 같은 꼴이 된 기래이."

나구모의 한 마디에 퍼뜩 깨달았다.

저택을 둘러싼 분노의 불꽃.

악마에 씌인 것 같은, 어제까지 상냥했던 이웃.

익숙한 밤이 연옥으로 바뀐 그날.

그날, 자신이 증오한 것은……

“아이리스 씨? 아이리스 씨? 뭔 일이고?”

“……나는 말야, 나구모.”

“응?”

“아주 좋아했어. 정말 좋아했었어……. 이제 두 번 다시, 그런 광경은, 싫어.”

고개를 숙여 버린 아이리스는 고개를 옆으로 젓더니, 가볍게 눈가를 닦고서 새삼 말했다.

“뭐든지 도와줄게. 그 대신 전부 수습되고 나면 그 상혼석을 빌려줘. 결코 악용하지 않는다고 맹세할게.”

“이쪽도 아버지의 유품을 건네는 기다. 어데 쓸지 미리 알고 싶다. 이쪽도 뭐든지 답례는 할라 카지만, 이건 그렇다 아이가?”

“당신의 상혼석은, 내 마음을 못 읽는구나.”

고개를 든 아이리스의 눈가가 살짝 붉었다.

“팬텀만 죽이는 그 돌의 힘으로, 유라를 인간으로 되돌릴 거야.”

※

희미하게 어슴푸레한 로비에, 얌전하지만 화사한 디자인의 샹들리에가 희미하고 수상쩍은 빛을 채색했다.

그 로비에 팔짱을 끼고 나타난 남녀의 대화는 살며시 달콤했다.

"후, 후, 후, 토라키 님도 참 나쁜 분이세요. 마지막의 마지막에 저를 호텔로 데리고 오시다니…….."

"숙박하려고 돌아온 것뿐이잖아?"

달콤한 것은 한쪽뿐이었다.

토라키와 미하루가 바푸나또 호텔로 돌아온 것은 히키 가문을 떠난 지 2시간 뒤인 오후 8시를 조금 넘긴 무렵이었다.

토라키와 미하루는 돌아오는 차를 거절하고, 주로 미하루의 안내를 받아 둘이 나란히 시내를 산책했다.

히키 가문에서 나온 시간이 늦은 탓에 히키 가문과 가장 가까운 교토 어소나 니죠성 같은 관광지에 들어가지는 않았지만, 어소 주변의 정비된 거리를 즐겼다. 소개 없이 들어가지 못하는 고급 요정에서 소소하게 저녁 식사를 한 다음, 택시로 호텔에 돌아왔다.

라이트가 비추어 대정원을 바라볼 수 있는 로비 창가 카페테리아의 소파에 나란히 몸을 맡긴 두 사람은, 서로 몸을 기대는 것 정도는 아니라 쳐도 조금 거리가 가까웠다.

두 사람 앞의 테이블에는 이미 다 마시고 빈 커피잔이 놓여 있었다.

"그래서, 실제로 어땠어?"

"그야말로 꿈만 같은 시간이었지만, 솔직히 아직 부족해요. 이 다음에도 기대하고 싶답니다."

"그건 다행이네."

평소라면 미하루의 농담인지 아닌지 판단하기 어려운 대

답에 태클을 걸겠지만, 토라키는 이야기를 맞추었다.

"나도 즐거웠어. 처음으로 교토에 와서 누구의 방해도 받지 않고 데이트를 해서 즐거웠다."

"어머나, 토라키 님치고는 드문 말씀을 하시네요. 하지만 저는 더 방해가 없는 곳에서 천천히 쉬고 싶은데요······?"

"방해가 없는 곳에서, 말이지. 그렇게 소란스러운 데이트였나?"

"평소보다도 사람들이 많았다고 생각해요. 적어도 그 가게는 그렇지 않았지만요."

"그래······. 내일은 어쩔래?"

"그렇네요. 할머님의 호출이 없다면, 내일은 둘이 외출해서 더 느긋하게 시내 안내를 해드리고 싶은데, 토라키 님, 어디 가고 싶은 곳 있으신가요?"

"아~ 글쎄."

아무리 들어봐도 내일 여행 데이트의 계획을 의논하는 커플의 대화다.

"뭐, 그 얘기는 방에 돌아간 다음에 안 할래? 여기서는 느긋하게 쉬기도 어려울 것 같아."

"그럴지도 모르겠네요."

두 사람의 눈은 그다지 웃고 있지 않았다.

"그러면 토라키 님, 방까지 데려가 주시겠어요?"

"네에네. 이럴 때는 아가씨 손을 잡으면 되는 건가?"

토라키는 미하루의 손을 잡고서 일어섰다.

미하루는 토라키의 팔을 잡고 조금 몸을 기대어, 토라키의 몸 뒤로 숨으며 재빨리 주위에 시선을 흘리더니, 토라키의 팔을 손가락 끝으로 가볍게 두 번 찔렀다.

"응."

토라키는 작게 고개를 끄덕였다.

히키 가문의 감시자로 보이는 자가 두 명 있다는 신호다.

소란스러운 데이트였냐는 물음은 감시자가 얼마나 있었는지 물은 것.

사람들이 많고, 가게는 그렇지 않았다는 대답은 감시자가 나름대로 있었다는 대답.

그 감시자의 목적이 과연 두 사람의 관계가 정말로 연인인가 의심하고 있는 것뿐인지, 아니면 교토의 팬텀에게 이레귤러인 토라키를 경계하기 위해서인지.

어느 쪽이든 카라스마가 아닌 사람들 앞에서는 연인이라는 것을 철저하게 연기해야 하니까, 지금은 방에 돌아갈 때까지 그런 기색을 보여선 안 된다.

히키 가문에서 호텔로 돌아오며 한 데이트는 결국 블러핑의 연장에 지나지 않으며, 미하루도 그것은 잘 알고 있기 때문에 주위의 기색을 방심하지 않고 관찰하여 이렇게 토라키에게 알린 것이다.

그러나 살짝 시선을 내리자, 주위를 경계하면서도 즐거워 보이는 미하루의 얼굴이 보인다.

"……."

죄책감이 느껴지기도 한다.

이번의 이 무모한 여정은 미하루가 억지를 부려서 끌려온 것이긴 하지만, 지난 이틀은 물론이고 토라키의 생활은 미하루의 마음과 재력에 기대고 있는 부분이 있다는 것을 부정할 수 없었다.

애당초 지난 이틀만 보면 완전히 기둥서방이다.

히키와 무지나의 혼담을 깨는 것도 최종적으로는 미하루의 자주성으로 밀어 붙이지 않으면 어떻게 할 수 없는 일이며, 무지나 쿄슌의 죽음에 대한 진상에 이르러서는 그야말로 토라키가 손댈 수 없는 다른 집안의 이야기였다.

"……커피 값 정도는 내가 낼게."

최고급 호텔 카페테리아의 커피. 그래도 고작해야 한 잔에 약 천 엔.

지금까지 미하루가 토라키를 위해서 지출한 갖가지 비용을 생각하면 티끌이나 다름없는 액수였다.

"어머나. 괜찮으세요? 그러면 이번에는 그렇게 할게요."

그러자, 지금까지 갖가지 비용을 자기가 낸다고 주장했던 미하루가 이번에는 가뿐하게 물러났다.

"괜찮아?"

"네. 제가 혼자 제멋대로 굴어서, 토라키 님이 불편하시면 안 되니까요."

모두 미하루의 손바닥 위로군.

간단히 읽혀버린 자신의 얄팍한 내심에 쓴웃음을 지어 버린 토라키는, 전표를 계산대에 내면서 지갑을 꺼냈다.

"……그런데."

"응?"

"오늘 바깥을 걷는 사이에, 시내의 모습을 보는 것치고는 조금 부자연스럽게 두리번거리셨는데요. 혹시나 그 여자에게 한눈을 파신 건가요?"

"어?"

무심코 지갑을 떨어뜨릴 뻔했다.

"그걸 보니 정곡을 찌른 모양이네요. 참."

계산대 점원이 작게 웃은 것 같았는데 피해망상일까? 도무지 스마트한 지불이라고 하기 어려웠다.

"마음은 이해합니다만, 조금 긴장이 풀리신 것 아닌가요? 여기는 교토고, 지금 저희들의 동향은 히키와 무지나가 주목하고 있는걸요?"

분명히, 미하루와의 『데이트』에 완전히 집중하지 못한 것은 사실이다.

아이리스가 교토에 와 있고, 혼담의 당사자인 무지나 나구모와 함께 행동하고 있으니까. 어쩌면 히키 가문 주변에서 어슬렁거리고 있는 것 아닐까 하는 생각이 머리에서 떨어지지 않았다.

물론 협정을 깨고 있다는 자각은 아이리스에게도 있겠지만, 교토의 중심이라고 할 수 있는 어소 주변에 있을 리가 없었다.

있을 리 없지만 그래도 찾아 버리는 것은······.

"그 녀석이 길거리에서 귀찮은 일을 일으키는 게 아닐까 불안했을 뿐이야. 만약 그 녀석한테 무슨 일이 있으면······."

"아이리스 예레이에게 무슨 일이 있고 암십자 기사단의 나카우라 수녀가 뭐라고 하는 게 두려우신 거라면, 히키 가문이 총력을 다해 지켜 드리겠어요."

미하루의 음색이 약간 딱딱하지만 토라키는 눈치 못 챈 척했다.

"혼담을 깨러 온 나를 히키 가문이 지켜주는 거야?"

"미래의 당주가 선택한 반려를 지키지 못해서야 무슨 히키 가문인가요. 토라키 님."

지불을 마친 토라키의 어깨를 잡아 뽑을 것처럼, 미하루는 다시 토라키의 팔을 잡아당겼다.

"지금은 연인인 저만 바라보셔야 해요. 자, 방으로 가요."

"밖에서는 오해를 부를 법한 말 좀 하지 마."

"후후후."

얼굴을 붉히는 토라키와, 그것을 놀리는 미하루.

거의 완벽한 커플의 반응과 분위기였다.

카페 스페이스에서 한 발 나서는 그 순간까지는.

"잠깐. 정말로 이런 곳에 와도 괜찮아?"

"미하루가 묵을 기른 여밖에 없다. 어떻게든 만나면 좋을 텐데."

"거의 적지에 쳐들어가는 격이잖아?"

"괜안타. 아이리스 씨 고급 호텔 별로 안 와봤나? 너무 시끄럽게 떠들어서 눈에 띄믄……."

시간이 멈춘 것 같다는 말은 그야말로 이 순간을 위한 것이었다.

팔짱을 낀 토라키와 미하루의 눈앞에, 어째선지 낯선 남성과 나란히 걷고 있는 기모노 차림의 아이리스가 나타난 것이다.

"……어."

토라키는 두 사람의 모습을 보고 숨을 멈추고…….

"……오."

남자 쪽은 진심으로 놀라 눈을 부릅뜨고…….

"……윽!"

아이리스는 토라키의 모습을 본 순간, 얼굴이 심홍색으로 물들었다.

"아이구야…… 이런 데서…….'"

"아, 아니야! 이건…… 윽!!"

"오, 오오이와 마사토시……!"

그리고 삼자가 경악의 감정을 억누르지 못하고 뭔가 말하기 직전이었다.

"으으으웅!!!"

"웃."

"악."

"앗."

함박웃음을 짓고 있던 미하루가 성인 세 명의 허리를 붙잡고 맹렬한 속도로 로비를 가로질러 스위트 플로어로 가는 엘리베이터에 던져 넣었다.

마치 주인의 의향을 파악한 것처럼, 엘리베이터가 로켓 스타트를 하여 최고 속도로 최상층에 격돌할 기세로 상승했다.

그리고.

"우엑."

"우왓."

"아윽!"

토라키와 남자와 아이리스는 아침의 방과 밤의 방 사이의 복도로 튕겨나갔다.

"야, 미하루……."

"토라키 님은 입 다물어 주세요."

마지막으로 엘리베이터에서 나온 미하루는 그 미소의 등 뒤에 귀기가 서려 있었다.

토라키의 눈에는 미하루의 등에 있을 리 없는 칼까지 보이는 것 같았다.

어쨌거나 지금 미하루는 토라키가 본 적이 없을 정도로 노하고 있었다.

"어, 야 아이리스! 뭔지는 몰라도 일단 사과해라! 너 여러 모로 사고 쳤잖아! 그 모습은 또 뭐야! 그리고 어째서 오오이와 마사토시가 여기 있냐?!"

바닥에 주저앉은 토라키는 미하루가 뭔가 행동하기 전에

어떻게든 아이리스에게서 사정을 물어보려고 서둘렀지만,

"아, 아니야, 유라! 이건 아냐! 나는 그럴 셈이 아니고, 부탁해 믿어줘! 이 녀석은 오오이와 마사토시가 아냐!"

아이리스는 얼굴이 새빨개져서 필사적으로 팔로 기모노를 가리고자 하느라, 도무지 말이 안 통한다.

"아이리스 씨 그라믄 쓰나. 호텔에서 다른 남자랑 같이 있는 모습을 보여줘가 아니라꼬 믿으라꼬 하는 건 악수래이."

"입 다물어, 나구모! 장난이 아냐! 이, 이런, 이런, 이런 일이⋯⋯!"

"나구모?! 어?! 오오이와 마사토시가 무지나 나구모?!"

"입 다무세요오오!!"

""""힉!!""""

그때 벼락불처럼, 다음 대에 히키를 짊어질 고요 클래스의 노성이 울려 퍼졌다.

토라키도 오오이와 마사토시의 얼굴을 한 남자도 아이리스도, 몸을 움츠리고 미하루를 보았다.

"토라키 님은 입 다물어 주세요."

"네."

미하루가 틀림없이 텐도의 후계자라고 확신하게 만드는 그 기백에 토라키는 간단히 굴복했다.

등을 쭉 펴고 복도 벽으로 대피한 토라키에게는 눈길도 주지 않고, 미하루는 푹신한 융단을 으직으직 짓밟으면서 두 사람 앞에 떡 버티고 섰다.

"아이리스 예레이."

"저, 저, 저기 미하루, 나는, 그게……."

아무리 아이리스라도 자신이 사고 쳤다는 자각이 있는지 미하루에게 강하게 나서지 못하는 모양이다.

"저, 어젯밤에 토라키 님과 한 침대를 썼어요."

"………………뭐?"

"으, 어, 야 미하루?!"

"토라키 님은, 참으로 귀여우셨답니다?"

"바……! 너, 너어어!"

"유라…… 그거 뭐야? 대체 뭐야……?"

"아, 아냐! 오해다!"

거짓말은 아니지만 결단코 사실도 아닌 미하루의 말을 어떻게 받아들였는지, 주저앉아 있는 아이리스가 어둡게 번득이는 눈으로 토라키를 노려보았다.

"토라키 님. 호텔에서 다르다 오해다라고 하는 건 악수라고 생각합니다."

그리고 미하루는 미하루대로, 아까 아이리스에게 나구모라고 불린 남자가 말한 것을 고스란히 말했다. 마치 앙갚음하는 것처럼 아이리스에게 다 들리도록.

"거, 거짓말이제? 미하루……랑, 토라키 따구기, 그러, 그럴 수가……."

동시에 나구모라고 불린 남자, 아마도 무지나 나구모가 부스스스 무너지더니 그대로 얼굴을 융단에 묻으며 엎드려버렸다.

"내가, 내가 있는데 다른 남자랑!!"

그리고 다음 순간에 확 일으킨 얼굴은 오오이와 마사토시가 아니라, 얼굴 없는 놋페라보였다.

얼굴이 사라지는 것과 동시에 몸이나 옷도 어느샌가 녹으며 사라지고, 쇼와의 명배우 오오이와 마사토시의 젊은 시절이 떠오르는 위장부는 위아래 운동복 차림의 아무 특색도 없는 옷과 체격으로 바뀌어 버렸다.

"역시 네가 미하루의 약혼자라는……!"

토라키는 처음 보는 놋페라보에 흠칫 놀라긴 했지만, 다음 순간 더욱 예상을 넘어서는 일이 일어났다.

"이 다물그라!"

"히이익!"

고요의 역린을 건드려서 떨어진 벼락이, 가엾은 놋페라보를 꿰뚫었다.

"나구모! 니는 입장을 알고나 말을 하나! 미안코롬도 않고, 니는 내 인생설계에 요맨치도 읎다!"

"미, 미하루우……."

토라키와 아이리스도 들어본 적 없는 미하루의 노호에 그저 눈을 깜빡일 뿐이었다.

무지나 나구모를 보니, 눈코입이 없는데도 갖가지 주름 탓에 어쩐지 모르게 슬프고 당황하는 표정이라는 걸 알 수 있다는 게 신기하다. 심지어 눈물도 고였다.

토라키는 대체 어디서 눈물이 나오는 건지 신기하게 생각하지 않을 수 없었다.

전격으로 놋페라보의 입을 막아버린 미하루는 그대로 운동복의 멱살을 잡아 올렸다.

"따라오그라, 나구모! 니 여까정 대체 어떤 씨잘데기없는 짓을 했나 단디 들어바야겄다. 얼른 불어라!"

"꾸엑! 자, 자, 미하루 기다, 기다리라! 말 쫌 들어보래이!"

애원하는 나구모는 마지막 긍지인지 필사적으로 오오이와 마사토시의 모습을 되찾았지만, 그 순간 미하루가 나구모의 멱살을 잡아 올리더니 가차 없이 따귀를 때렸다.

"헤윽."

"니 얼굴 단디 보이라. 아무리 남자다운 인간의 얼굴을 빌리도 니는 니다!"

그 순간, 오오이와 마사토시의 얼굴이 쪼그라든 피망처럼 소실되고 또 다시 놋페라보로 돌아왔다.

변신능력이 나구모의 정신력에 의존하고 있는 것일까? 그대로 미하루는 자신보다 몸집이 큰 놋페라보를 한 손으로 공중에 들어 올려, 아침의 방 안으로 내동댕이쳤다.

"하아."

그리고 작게 한숨을 쉬더니, 지친 눈매로 토라키를 보았다.

"죄송합니다, 토라키 님. 어젯밤 일을 계속할까 생각했습니다만, 조금 나구모와 이야기를 하고 오겠어요."

"그, 그래…… 뭐, 차분히."

토라키는 완전히 미하루의 박력에 주눅이 들었다.

"어젯밤 일……!"

아이리스는 아이리스대로, 동요를 억누르지 못하는 참에 미하루가 2중 3중으로 공격한 탓에 이미 눈의 초점도 흐릿했다.

"그리고, 아이리스 예레이. 밤의 방은, 토라키 님을 위해서만 준비한 방입니다. 당신이 들어가는 건 용납하지 않아요. 그리고 나구모. 차근차근 잘근잘근 이야기를 들어볼까요……?!"

뇌신(雷神)이 아침의 방으로 사라지자, 아이리스는 흐늘흐늘 일어섰다.

"앗."

그러다 익숙지 못한 기모노와 조리 탓에 비틀거리고 밸런스가 무너져 버렸다.

"어이쿠."

그 탓에 하마터면 넘어지려는 것을 토라키가 받아주어 면했다.

"고, 고마워……."

토라키는 아이리스를 지탱하여 일으키면서, 복잡한 표정으로 아이리스의 얼굴을 똑바로 보았다.

그러자 아이리스는 퍼뜩 얼굴이 붉어져서 고개를 숙여버렸다.

"화, 화났……지."

모기 울음소리란 바로 이런 것이다. 조용한 복도라서 괜히 더 아이리스의 목소리가 떨리는 게 잘 들린다.

"굳이 따지자면 당황하고 있어."

"어?"

"너, 애당초 이상한 녀석이었지만 이번에는 그거보다 한층 더 이상하거든."

"그렇게, 이상하다고 말하지 마……."

아이리스는 고개를 숙인 채 입술을 삐죽 내밀었다.

"너 교토엔 왜 왔어? 어떤 경위로 저 놋페라보랑 같이 행동하게 된 거야? 그리고 그 기모노는 또 뭐야?"

"으……."

토라키가 정면으로 그렇게 말하자, 무엇 하나 설명할 수 없는 일들이라는 걸 깨달아 버렸다.

아니…… 딱 한 가지, 대답할 수 있는 게 있었다.

"……안 어울, 려?"

"어?"

"기모노……."

"어? 아……."

평소에는 따박따박 말대꾸를 하면서 이래저래 뻔뻔스런 아이리스가 오늘은 묘하게 얌전하다.

이렇게 나오면 토라키로서도 아이리스의 의도를 알 수가 없으니 그다지 강하게 나갈 수가 없다.

"뭐, 어울리는 게, 아닐까? 너 평소에는 모노톤밖에 안 입으니까 신선하네."

"정말?!"

당황하면서도 대답한 토라키에게 아이리스가 확 고개를 들었다.

그 눈이 의외로 반짝이고 있었다. 그 기쁨이 너무나도 이 상황에 안 어울려서 토라키의 당황은 가속됐다.

"정말이긴 한데…… 너 설마 정말로 관광을 하러 온…… 건, 아니지?"

교토나 나라를 비롯하여 외국인에게 인기가 있으며 고도(古都)나 고찰(古刹)을 내세우는 장소에서, 기모노를 렌탈하여 관광할 수 있다는 이야기는 토라키도 들어본 적이 있었다.

그러나 아무리 그래도 이 타이밍에서 아이리스가 그저 교토에 관광을 하러 왔다고 생각할 정도로 토라키도 생각이 얕지는 않았다.

그러고 보니 미하루는 아이리스가 어째서 교토에 왔는지 추측이 된다는 것처럼 말했었다. 그건 뭐였을까?

아이리스도 들떠 있을 때가 아니라는 걸 금방 깨달았는지, 다시 초연하게 고개를 숙여 버렸다.

"저기…… 미안해. 걱정 끼쳐서……."

"아니, 걱정이라기보다, 카라스마 씨한테 아이리스가 왔다는 이야기를 들었을 때는 놀랐고, 그리고 정말로 영문을 모르겠다. 설마하니 너, 내가 정말로 미하루랑 결혼하게 될 거라고 생각한 건 아니지?"

"으, 응……."

"나는 자세히는 몰랐는데, 암십자의 수도기사가 교토에 오는 건 꽤 커다란 일이라고 하더라. 히키 가문 녀석들이 협정을 깼다고 난리를 피우면서 너랑 저 놋페라보를 찾아다니던데."

"……그랬, 구나."

태도가 영 애매하다.

이건 정말로 아이리스일까?

토라키는 당황을 넘어 걱정이 되기 시작했다. 아침의 방 쪽을 살피면서 목소리를 낮추었다.

"그리고, 지금 이쪽의 팬텀 녀석들 상황이 수상쩍어. 저 놋페라보, 무지나 나구모지? 미하루의 혼담 상대라는."

"맞아."

"고요 레벨인 저 녀석의 아버지가 최근에 누군가한테 살해당했어. 히키 가문에서는 저 나구모란 녀석도, 용의자 리스트에 넣고 있던데."

"어?!"

다시 고개를 든 아이리스의 얼굴에는 순수하게 놀라움이 떠올라 있었다.

"나구모는 미하루의 할머님이나, 나구모의 할아버님이 수상하다고 했었어."

"이 얘기도 알고 있었냐?"

"나구모한테서 들었지……. 아버님이 살해당한 건, 쉬이링 소동이 일어나기 조금 전이라고 했어. 그리고…… 아이카의 일본 입국은, 히키 패밀리가 인도한 걸지도 모른대……."

"뭐야?!"

이것은 토라키도 처음 듣는 이야기였다.

설마 또 여기서 무로이 아이카의 이름을 들을 거라고는 생각도 못했다.

"도쿄에서 리앙 시방이 몇 년 전부터 암약하고 있던 것도, 어쩌면 히키 패밀리가 눈감아 주고 있었을지도 모른데. 게다가 카라스마 씨라는 사람이, 아이카와 히키 패밀리의 파이프 역할일지도 모른다고…….

"기다려, 잠깐만 기다려봐. 이야기가 너무 비약되잖아. 너 그거 저 나구모한테서 들었어?"

"그래…….

"이쪽이 보기에 나구모는 정체를 알 수가 없어. 아이카가 히키 가문의 인도로 입국했다는 건 어떤 근거로 얻은 정보야?"

"놋페라보의 능력으로 변신해서, 선샤인의 히키 가문에 잠입해서 이것저것 캐봤다고 했어."

아이리스는 지금까지 있었던 일을 대략적으로 토라키에게 설명했다.

신칸센에서 우연히 나구모를 만난 것. 기모노를 입어야 했던 이유. 나구모에게서 들은 과거에 있었던 히키와 무지나의 대립.

그리고 나구모가 조사한, 카라스마와 히키 본가의 무로이 아이카와 관련된 수상쩍은 행동들.

"……대체 뭔데."

생각지 못한 곳에서 아이카의 이름이 나와 동요했지만, 단순하게 나구모가 이야기한 것을 그대로 믿을 수는 없다. 설령 진실이라고 해도, 무지나 쿄슌의 죽음에 대한 수수께끼는 토라키가 고개를 들이밀어도 될만한 문제가 아니다.

토라키는 어디까지나, 미하루가 나구모와의 혼담을 거절하기 위한 도구다.

그 이상의 부분은 히키 가문과 무지나 가문의 문제이며, 그것에 인간이 생각하는 정의의 심판이 이루어지는가는 토라키가 책임질 부분이 아니다.

물론, 무지나 쿄슌의 죽음이 아닌 부분에 대해서는 무시하기 어려운 부분도 있었다.

그 중에서도 카라스마와 아이카가 접촉했었다는 점을 가장 무시하기 어렵다.

미하루가 아이카의 정보를 토라키에게 넘기는 일은 종종 있었지만, 그 조사방법까지 확인한 적은 없었다.

미하루가 부하 조사원을 썼을 거라고 멋대로 생각했는데, 카라스마가 아이카와 직접 접촉을 했다면 이야기의 뿌리 부분이 바뀌게 된다.

"히키 가문이 아이카랑 이어져 있다고?"

그 결론은, 그렇게 엉뚱한 것도 아니다.

히키 가문은 인간 사회에도 깊게 진출하고 있지만, 호텔에서 미하루가 말한 것처럼 겉으로 드러나지 않은 많은 팬텀 사회하고도 분명하게 이어져 있었다.

아이카는 대륙에 수많은 조직을 품고 있다고 했다. 히키 가문이 아이카에게 경제적, 혹은 정치적인 결속을 요구했을 가능성은 부정할 수 없었다.

그러나, 그렇게 되면 미하루의 행동을 이해할 수 없다.

적어도 최근에 아이카를 상대한 미하루는 목숨을 걸고 아이카와 싸우고, 아이카를 패주시켰다.

미하루가 히키 본가의 의도에 따라 전투를 하는 척 하면서 아이카를 놓아주었다? 이렇게 생각하지는 않았다.

요코하마의 싸움에서, 미하루는 일절 사정을 모르는 아이리스와 진지하게 함께 싸웠다. 그리고 조금 우쭐거리는 것 같지만, 평소의 행실을 보면 미하루가 토라키에 대해 그런 것을 속일 리 없었다.

"히키 본가, 카라스마 씨, 그리고 미하루…… 이 삼자는, 한 덩어리가 아냐. 누군가가 삐쳐 나가 있어. 그 삐쳐나간 쪽은, 어느 쪽이 어느 쪽이지?"

토라키의 취급에 관해서 미하루가 한 말과 크게 다른 태도를 보인 히키 텐도.

미하루의 의지와 다른 행동을 취했다는 카라스마.

요코하마와 수도고속도로에서, 확실하게 아이카와 적대하며 토라키와 아이리스 편에 선 미하루.

이렇게 생각하면 미하루 혼자만 히키 본가의 의향을 모르고, 토라키 편을 든 것을 히키 본가가 좋게 생각지 않는다는 게 가장 있을 법한 줄거리였다.

그러면 미하루가 완전히 토라키가 아는 미하루 그대로라 치고, 어째서 히키 본가와 카라스마는 아이카와 접촉했을까?

"……이봐이봐."

전쟁 이후의 혼란기. 히키와 무지나가 일본 팬텀의 지배권을 두고 다퉜다는 사실.

히키 텐도와 비견될 정도의 실력자인, 무지나의 당주 무지나 쿄슌 살해사건.

아이카가 요코하마에서 사라지고, 리앙 시방과 함께 이케부쿠로에 모습을 드러낼 때까지의 공백기간.

여러 조각이 맞아 떨어져 버린다.

미하루가 모르는 곳에서 초빙된 무로이 아이카. 살해당한 유능한 당주. 남겨진 무능한 선대와 너무 젊은 후계자.

갑자기 솟아 나온 히키 가문 주도의 혼담.

무지나 쿄슌 살해와 이 혼담의 진짜 목적은 무엇일까? 히키 가문, 다시 말해서 히키 텐도와 카라스마가 무지나 가문 세력을 흡수하는 것이 아닐까?

생각하면 생각할수록, 이 상상이 옳다는 생각이 들어 버린다.

그리고 지금 이 환경을 보면, 요코하마에 무로이 아이카가 왔다는 것을 알고 있는 토라키와 아이리스를, 도쿄에서 멀리 떨어져 암십자 기사단의 눈이 닿지 않는 장소에서 처분할 절호의 기회다.

"아니……."

객관적인 정보만 보면 딱 맞아 떨어진다. 그러나, 토라키는 커다란 위화감을 느꼈다. 어딘가의 조각에 이상이 발생했다고 경고했다.

가장 이상하게 생각되는 점을 꼽아보자. 그 아이카가 고작해야 일본에 있는 일개 팬텀의 속셈에, 기특하게 따라줄 성격이라고 도저히 생각할 수 없었다.

따라준다면 따라주는 만큼 기하급수적으로 상대에게 대가를 요구할 것이고, 히키 가문과 카라스마가 그런 귀찮은 성격의 아이카와 귀찮은 대화를 하는 것도 묘하다고 생각했다.

"역시 나도, 무지나 나구모한테 직접 얘기를 들을 필요가 있겠어…….."

잠시 팔짱을 끼고 생각에 잠긴 토라키가 아침의 방 인터폰을 누르려다가, 무심코 손가락을 멈추었다.

"유라?"

"……"

인간보다 훨씬 고성능인 흡혈귀의 귀는, 스위트룸의 두꺼운 벽 너머에서 이루어지는 처절한 심문의 광경을 선명하게 포착했다.

"조금 나중에 하자."

"그, 그래."

토라키는 아침의 방 쪽 벽에 등을 기대고, 이야기를 다시 시작했다.

"그리고. 다시 처음부터 얘기를 해보자. 교토엔 어떻게 왔어?"

아이리스의 눈이, 다시 흔들렸다.

"저기, 그게, 택시랑 신칸센으로……."

"네 일본어 능력이라면, 내가 수단이 아니라 목적을 물어봤다는 것 정도는 알겠지?"

"응……. 저기……. 있잖아."

아이리스는 마치 인간 남성 앞에 있을 때처럼 식은땀을 흘리고, 얼굴이 빨개졌다.

"그게…… 저기…… 어~."

아이리스는 꼬물꼬물거리면서, 왼쪽 손목에 걸고 있는 주머니를 만지작거렸다.

"아."

그러다 문득, 뭔가 떠올리고 움직임을 멈추었다.

"있지 유라, 당신, 상혼석이라는 거 알아?"

"아니."

아이리스는 주머니 안에 있는 무언가를 바깥쪽에서 쥐고, 토라키와 눈을 마주치지 않으면서 자신에게 들려주는 것처럼 말을 이었다.

"놀라지 말고 들어봐. 그 상혼석이라는 걸 쓰면…… 어쩌면 당신을……."

그리고 천천히 토라키와 눈을 마주쳤다.

"인간으로……."

"토라키 님! 아이리스 예레이!"

그 순간, 갑자기 아침의 방문이 안쪽에서 터지는 것처럼 열리고, 나구모의 목덜미를 잡은 미하루가 뛰쳐나왔다.

"미하루?!"

"야, 무슨 일……."

"도망치세요!!"

""어?""

"우걕!"

짓밟힌 개구리 같은 소리를 내며 나구모가 복도 바닥에 내동댕이쳐진 다음 순간, 거의 닫혀 가던 아침의 방문이 굉음과 함께 안쪽에서 터져 날아갔다.

"무슨?!"

토라키와 아이리스는 대비할 틈도 없는 충격에 날아갈 뻔했고, 나구모는 바닥에서 몸부림쳤다.

"가스 폭발이냐?!"

토라키가 스위트룸 안에 주방이 있다는 걸 떠올리고 외쳤지만, 대답은 날아간 문 안에서 찾아왔다.

"어……!"

토라키하고 별 다를 바 없는 체격의, 양복과 넥타이와 가죽 구두 차림의 사람이 나타났다.

그러나 두르고 있는 분위기는 결코 사람이 아닌 무언가가 세 명.

몰개성한 몸 위의 머리는, 리앙 시방의 강시들이 연상되는 검은 두건을 두르고 있었다.

"그거 유행이냐!"

"알맹이가 뭔지는 모르겠지만, 제가 히키 미하루라는 걸 알고 행패를 부리는 건가요!"

"……."

미하루의 당당한 외침에 남자들은 대답하지 않았다.

그러나 자세와 몸놀림은 명백하게 이런 습격 행동에 익숙한 자의 움직임이었다.

"아무래도 해볼 셈인가 보군요. 칼이 없다고 해서, 제가 어지간한 팬텀에게 격투로 질 거라 생각하면 큰 오산……."

사납게 웃음을 짓고 있던 미하루의 표정이 한순간 굳어지고, 눈만 움직여 좌우를 보았다.

"토라키 님. 피, 마셨나요? 저녁 때 건넨 병……."

"……아니, 아직이야. ……저 녀석들, 마시는 거 기다려 주려나?"

토라키는 뻣뻣한 웃음을 지었다.

"아이리스 예레이. 당신 성구는……."

"안 가지고 왔어! 교토에 리베라시온 같은 거 못 가지고 와!"

아이리스의 얼굴에 조바심이 한껏 떠올라 있었다.

"……나구모……는 지금 제가 엉망으로 팼으니까……."

"잠깐 미하루!"

"죽기 싫다면 바보 기사는 물러나 있어요!"

"아이리스 씨, 그 기모노 나중에 반납해야 하니까 상하면 안 된대이!"

"나구모는 입 다물……어요!!"

닌자 샐러리맨이라고 말할 수밖에 없는 남자들이, 일제히 토라키 일행을 덮쳤다.

명백하게 살의를 품은 움직임으로 제각각 미하루, 나구모, 그리고 토라키를 향해 다가온다.

장갑도 안 낀 맨손의 주먹.

"큭!"

"와앗!"

"윽!"

미하루는 어려움 없이 받아냈고 나구모는 황급히 사족보행을 하듯 회피했지만, 토라키는 완전히 받아내지 못하고 꼴사납게 무릎을 짚었다. 사람의 힘이라고 생각하기 어려운 위력이었다.

"토라키 님!"

"괜찮아! 부러지진, 않았, 지만, 이건, 큭!"

토라키의 팔에 파고든 주먹의 색이, 달군 철처럼 빨갛게 변했다.

"젠장, 이건!"

한편으로 나구모에게 덤빈 남자의 주먹은 얼어붙은 것처럼 파랗고 투명하다. 복도의 융단을 무참하게 얼음으로 베어내고 서리가 내리고 있었다.

"빨강과 파랑, 오니의 주먹!"

미하루가 상대하는 남자의 주먹은 역시 파랗다.

빨간 주먹에 불꽃을 두르고 파란 주먹에 얼음을 두르며 싸우는 근접 전투가 특기인 팬텀을, 미하루는 잘 알고 있었다.

"나구모! 오니족입니다! 화적귀(火赤鬼)와 빙청귀(氷靑鬼)! 대체 이게 어떻게 된 거죠!"

"오니이?! 내는 몰른다! 와 오니가 내랑 미하루를 공격하나?"

뿔은 두건으로 가려서 안 보이지만, 적귀청귀가 연상되는 주먹의 색을 보이는 남자들은 맞서는 미하루, 도망쳐 다니는 나구모, 어떻게든 회피하려는 토라키에게 덤벼들었다.

"으극!"

"카악!"

처음부터 태세가 불리한 나구모와 토라키는 금방 그 주먹에 맞았다.

토라키는 벽에 부딪히고, 나구모는 발이 얼음에 휩싸여 움직임이 멈추었다.

"유라! 나구모!"

"아이리스 예레이! 비상경보 버튼을 누르세요! 그 정도는 할 수 있겠죠!"

"아, 으, 응!"

팬텀이 묵는 호텔에도 소방법을 지키기 위해서 소화기가 설치되고, 복도 구석에 비상벨 버튼이 있었다.

"윽!!"

아이리스는 조리를 벗어 던지고 버선발로 달려갔지만, 나구모를 얼음으로 고정한 파란 주먹의 오니가 벽에 손을 댔다. 그 손에서 뻗어나간 얼음이 벽을 달려 아이리스를 추월

하더니 비상 경보 버튼을 뒤덮어 감추어 버렸다.

"앗!"

"이 정도 빙술을 가진 청귀가…… 나구모! 이건 무지나의 반란으로 볼 겁니다!!"

"모, 모른다 안하나! 아윽! 자, 잠깐……!"

파란 얼음의 오니는 발을 묶은 나구모를 덮치더니, 그의 목에 손을 댔다.

"기, 기달리바라, 너그들! 내는 무지나……!"

"우오옷?!"

고요 레벨이라는 얘기는 뭐였을까? 얼굴을 가린 오니에게 목숨을 구걸하는 나구모 옆에서, 토라키는 빨간 주먹의 오니에게 격렬한 구타를 당해 방어가 고작인 상태였다.

빨간 주먹은 파란 주먹과 마찬가지로 색만 가진 게 아니었다. 토라키의 양복 여기저기가 그을려서 섬유가 타는 냄새를 풍겼다.

미하루는 움직이기 어려운 기모노를 입고서도 여전히 용케 혼자서 억누르고 있지만, 나구모와 토라키를 도우러 갈 정도는 아닌 모양이었다.

명백하게 열세.

누군가 한 사람이라도 쓰러지면, 렌탈 기모노를 입어서 제대로 달리지도 못하는 아이리스 따위는 지금 이 자리에서 가장 포착하기 쉬운 사냥감이 된다.

상대가 지금 아이리스를 얕보고 아무것도 안 한다면, 그 상황을 이용하는 수밖에 없다.

아이리스는 적 세 명의 시선을 벗어난 순간, 주머니에 손을 넣고 안에 들어 있는 것을 쥐고서 뽑았다.

"잠, 아이리스 씨?!"

말 걸지 마! 아이리스는 내심 독설을 뱉었지만, 나구모가 외친 이유도 알고 있었다.

쿄슌의 상혼석은 여전히 아이리스의 주머니에 들어 있었다. 세 명의 오니에게 쿄슌의 상혼석을 들이밀 거라 생각했을 것이다.

분명히 제대로 싸우지 못하는 아이리스가 상혼석을 쓰면, 효과가 나오기 전에 빼앗겨 버리는 것을 쉽사리 상상할 수 있었다.

그러나, 아이리스가 꺼낸 것은 상혼석보다 조금 더 큰, 금색의 두꺼운 원반이었다.

"음!"

나구모를 깔아뭉갰던 오니가 두건 안에서 놀란 것처럼 신음 소리를 냈다.

"봉고음(封固音)!"

아이리스의 외침과 함께, 나구모를 깔아뭉갠 오니는 물론 토라키를 쉴 새 없이 공격하던 오니마저 경악했다. 몸이 말 그대로 응고됐다.

토라키는 갑자기 구타가 멎자 방어하는 팔 틈으로 조심조심 그 모습을 보았다. 그리고 아이리스의 손 안에서 종처럼 공명음을 내고 있는 어디서 많이 본 것을 발견하고 숨을 삼켰다.

"나시반……?"

그것은 쉬이링이 강시의 도술을 사용하는데 쓰던 나시반이었다.

어째서 아이리스가 나시반을 가지고 있는지, 어째서 도술을 쓰는 건지는 전혀 알 수 없었지만, 적어도 그녀의 술법이 지금 이 적들 세 명의 움직임을 멈추었다는 것은 틀림없었다.

그리고 고요 클래스인 야오비쿠니의 자손에게는 그 한순간이면 충분했다.

"하아앗!!"

자신이 상대하고 있던 오니를 열화 같은 기합으로 튕겨내더니, 미하루의 온몸이 붉은 오니와 비교가 안 될 정도의 열을 띠었다.

그리고 융단을 찢으면서 그 아래 바닥마저도 파고드는 압력으로 발을 내디디고, 토라키를 공격하던 붉은 오니의 측두부에 조리의 끝으로 발차기를 넣어 혼절시키더니 그 발을 그대로 되돌려 그 등을 짓밟아 튕겨냈다.

그 기세로 나구모를 깔아뭉개고 있던 파란 오니의 턱을 향해서 가차 없이 무릎을 때려 박았다.

순식간에 두 사람을 혼절시킨 미하루는 처음 오니에 대비했다.

미하루와 거리가 벌어졌고 동료 두 사람이 무력화된 파란 오니는 계속 공격해야 할지 물러나야 할지 판단을 주저하는 것 같았다.

"도망칠 거라면 도망쳐도 상관없어요. 덤빌 거라면 누구한테 시비를 걸었는지 새삼 깨닫게 되겠지만요."

온몸에서 넘치는 열기로 머리카락마저 거꾸로 곤두선 미하루의 도발에, 남은 오니는 넘어오지 않았다.

동료를 버리고 폭발한 아침의 방으로 뛰어 들려다가…….

"이렇게까지 당하고서 놓칠 것 같냐."

시야를 가로막은 검은 안개의 그물에 뒤엉켜 몸부림쳤다.

"양복이 엉망이잖아. 그럭저럭 비쌌다고!"

"끄악!"

가느다란 안개의 그물이 파란 오니의 목과 관절에 뒤엉켜, 한순간에 혼절시켰다.

오니 셋의 무력화를 확인한 토라키는 안개에서 사람의 모습으로 돌아왔다.

그을린 양복의 가슴팍에서 검붉은 얼룩이 슬금슬금 퍼지고 있었다.

"아~ 젠자앙!"

토라키는 그을린 재킷을 벗어 던졌지만, 그 안쪽의 와이셔츠도 검붉은 피에 물들어 있었다.

"유, 유라! 괜찮아?!"

치명상을 입었다는 생각밖에 안 들게 퍼진 피를 보며 아이리스가 창백해졌지만, 토라키는 분명하게 서서 와이셔츠의 단추까지 척척 풀었다.

"괜찮아. 다쳐서 난 피 아냐. 아아, 제엔장. 속옷도 망했네."

피는 와이셔츠 안의 하얀 속옷까지 물들이고 있었다. 히키 가문 본가로 가기 전에 저녁 식사 자리에서 미하루가 토라키에게 건넨 『부적』이, 오니의 공격으로 주머니 안에서 부서진 탓이었다.

갑작스런 습격에 꺼낼 틈도 없었지만, 오니의 쉴 새 없는 공격으로 피가 번지고 아이리스의 도술로 움직임이 멈추면 한 번 핥는 것 정도는 간단했다.

"우후후, 무척 보기 좋아요."

"잠깐, 미하루."

"미하루우……."

피로 얼룩진 상반신의 의류를 모두 벗어 던지고 표정을 찌푸리는 토라키를 보고, 미하루는 방금 전의 노기가 어디로 사라졌는지 조금 황홀한 표정이 되었다. 아이리스는 무심코 태클을 넣고, 두 사람 뒤에서 나구모가 한심하게 신음 소리를 냈다.

"마, 말해두지만 말야."

아이리스는 곁눈질로 상반신을 드러낸 토라키를 보면서, 작게 중얼거렸다.

"나는 유라의 알몸, 본 적 있어. 거의 초면일 때!"

"네에? 뭐라고 하는 건가요? 저도 메리 1세호 때 봤는걸요?"

"이놈의 세상은 글러묵었다! 와 저런 흡혈귀가 인기 있는 기가!"

"“당신보단 나아.”"

"그럴 수가아!"

아직도 청귀의 얼음에서 탈출하지 못하는 나구모에게 여자들 두 명이 가차 없이 마무리를 지었다.

토라키는 그런 대화를 모조리 못 들은척하면서, 발치에 쓰러진 파란 오니의 복면을 벗겼다.

"……빙청귀, 라."

얼굴에 파란 문신 같은 문양이 있었고, 양쪽 관자놀이에서 맹우가 떠오르는 뿔이 2개 돋아 있었다.

"얼음의 술법을 쓰던 것이 청귀. 불꽃이 적귀군. 교토의 팬텀이지?"

"그렇네요. 이 양복은 히키 가문이 자주 이용하는 교토 시내의 주문제작 양복점 것입니다."

미하루가 쓰러진 적귀의 양복 깃을 뒤집어보고 고개를 끄덕였다.

"팬텀의 정체를 그런 걸로 알 수 있어?"

"사회성과 지능이 있는 팬텀이라면, 인간 사회에 연관되지 않는 것이 불가능하니까요. 이 양복은 여러 팬텀의 체질에 맞춘 원단으로 만들어주어 인기가 있어요. 설녀는 9할이 이 가게에서 양복을 맞춥니다. 단열 소재를 예쁘게 마무리해주거든요."

팬텀 사회의 양복 트렌드 따위 알 바 아니지만, 어쨌거나 미하루가 보면 단번에 정체가 들키는 것을 입은 팬텀이 히키 가문의 장자와 무지나 가문의 장자를 처리하고자 했다.

아이리스의 도술이 없었다면, 미하루는 몰라도 나구모는 언제 당해도 이상하지 않았을 거다.

"미, 미하루우, 아이리스 씨, 내, 쫌 도와주라⋯⋯."

토라키는 아직도 얼음에서 벗어나지 못하고 몸부림치는 평균체격의 놋페라보를 보았다.

나구모는 당해도 이상하지 않았지만, 결과적으로 당하지 않았다.

토라키는 천천히 나구모에게 다가가서, 운동복의 멱살을 잡았다.

"뭐, 뭐하는 기가!"

"만약 이게 네가 꾸민 짓이면, 그에 걸맞은 대가, 치르게 만들어 준다."

"내, 내, 내가 꾸미는 건 뭐고?!"

"그렇네요."

나구모는 섭섭하단 소리를 질렀지만, 미하루도 그럴 듯하다는 것처럼 수긍했다.

"저랑 나구모가 있는데 마침 딱 맞춰 습격이 있었다는 건 너무나도 타이밍이 좋아요. 쿄슌 님을 살해한 것이 누구이든, 그 녀석은 지금의 히키와 무지나의 지배체계에 불만이 있는 자일 테니까요."

"기, 기다, 기달리바라. 지금 둘이서 설마 내가 아버지를 죽이고 미하루도 공격했다 카는 기가?!"

"가능성의 문제지만, 나랑 미하루의 시선에서는 그 가능성
도 버릴 수 없어."

"아니제아니제아니제! 아버지야 몰라도, 내가 미하루 안
좋은 일을 할 리 없지 않나!"

"애당초 저희들이 교토에 오게 된 혼담 자체가 제 인생에
안 좋은 일이니까요."

"이기 거까지 돌아가는 얘기가?! 이거 쫌 놔바라!"

"놓겠냐? 너한테는 물어보고 싶은 게 아직 잔뜩 있어. 왜
오오이와 마사토시의 얼굴 골랐냐!"

"처음이 그거가?!"

"앗! 이 자식!"

토라키의 눈앞에서, 눈 깜빡 할 사이에 나구모의 모습이
오오이와 마사토시로 변모했다.

"아버지 영화 콜렉션을 보고 제일 멋있다고 생각했다 아니가.
이런 얼굴 갖고 있으면 좋겠다꼬 어렸을 때부터 생각했다……."

"뭘 봤지?"

"『아바시리의 포효 눈보라 치는 붉은 칼날 완결편』."

"……꼬맹이치고는 취향이 좋잖아!"

"토라키 님. 무슨 이야기를 하시는 거죠?"

"으험."

오오이와 마사토시 토크를 전개할 뻔했던 토라키는 미하
루의 차가운 태클에 황급히 궤도를 수정했다.

"진지한 얘기를 해보자고. 왜 아이리스를 끌어들였지? 암십자와 히키 가문의 협정 이야기는 너도 알고 있잖아? 아이리스한테 무슨 일이 있어 봐라. 암십자가 나를 들볶을 거라고."

"이유가 그거가?! 아이리스 씨가 걱정되는 기 아니고?!"

"안 해. 아이리스는 나보다 훨씬 강하니까."

"그기는…… 케도 그렇게 말하는 건 아니지 않나? 저 바라. 아이리스 씨 쫌 상처 입은 표정 아니가."

나구모가 말한 것처럼, 분명히 아이리스는 조금 상처 입은 표정을 짓고 있었지만, 토라키는 새삼 그런 것에 동요할 정도로 아이리스와 얕은 관계가 아니었다.

"나랑 미하루처럼 팬텀의 힘을 쓰는 것도 아닌데 고요랑 싸웠거든? 전투면에서 아이리스를 걱정할 요소 따위 전혀 없어. 그건 신용하고 있다."

"윽…… 유라!"

"그 신용을 일상생활 속에서 생각 없이 바보 같은 행동으로 전부 망쳐놓고, 거기다가 그걸 나한테 뒤집어씌우는 게 아이리스다. 그러니까 나는 네가 아이리스를 끌어들인 거, 용서 못한다."

"……유라……."

토라키의 평가가 들쭉날쭉하자 아이리스의 안색도 오니처럼 붉으락푸르락 왕복했다.

"토라키 님. 그쯤 하시죠."

미하루가 진지한 표정으로 토라키의 어깨에 손을 올렸다.

"긴급 차량의 사이렌이 다가오고 있어요. 호텔이 사태를 깨닫고 신고를 한 거겠죠."

토라키가 귀를 기울이자, 분명히 멀리서 소방차 사이렌 소리가 들렸다.

"이거 괜찮나? 꽤 화려하게 싸웠는데."

"바푸나또 호텔에는 히키 가문도 출자를 하고 있으며, 경영도 팬텀이 하고 있습니다. 이 자들과 나구모를 심문할 공간은 금방 확보하도록 하겠어요. 프론트에 연락하겠습니다."

"어?! 내도?!"

또 다시 자본력의 차이를 자랑하는 미하루는 토라키가 들고 있어야 할 카드키를 당연하게 자기 품에서 꺼내 밤의 방에 들어갔다.

"야……."

미하루가 언제든지 토라키의 방에 들어올 수 있었다는 사실에 표정이 굳어졌지만, 토라키는 일단 나구모를 놓아 주었다.

"바라…… 의심은……."

"미하루 얘기를 듣고 의심이 풀릴 거라 생각하나?"

"생각 안 하제."

토라키는 풀썩 고개를 숙이는 나구모에게서 눈을 떼지 않은 채 말했다.

"아이리스. 이틈에 나가서 도쿄에 돌아가라."

"어?"

"나시반 건도 포함해서 네가 뭐 하러 교토에 왔는지는 정말로 모르겠지만, 더 이상은 농담으로 넘어갈 수가 없어. 이유는 도쿄에 돌아간 다음에 차근차근 듣자. 본래 너하고는 상관없는 일이야. 일이 귀찮아지기 전에 돌……."

"이제 상관없지 않아!"

"……야."

진지한 표정으로 외치는 아이리스에게 토라키가 눈썹을 찌푸렸다.

"오기를 부리는 게 아냐. 이건, 이건 그게……."

아이리스는 나시반을 쥔 손에 걸고 있는 주머니 입구를 꼭 쥐면서, 곁눈질로 나구모를 보았다.

"내, 내가 일본에서 수도기사의 역할을 다할 수 있을지의 갈림길이야!"

"대체 어느 틈에 그런 장대한 방식으로 연관됐는데?"

토라키의 입장에서 아이리스를 봤을 때, 토라키에게 비밀로 교토에 온 다음 카라스마에게 발견되고, 기모노 렌탈을 이용하여 나구모와 시내 관광을 하고 있는 것 이상을 짐작할 수가 없었다.

"어, 어쨌거나! 내, 파, 파, 파, 파트너 팬텀인 당신한테도 중요한 일이야! 여기서 돌아가는 건 있을 수 없어!"

파, 라고 할 때마다 한 단계씩 얼굴이 빨개지는 아이리스를 보면서 고개를 갸웃거린 토라키였지만, 토라키가 뭐라고 하기도 전에 발치에서 놋페라보가 신음했다.

"파트너 팬텀엄?! 토라키 니! 아이리스 씨가 있으믄서 미하루한테 손을 댄 기구하푸!"

"쓸데없는 말 하지 마!"

"파트너는 그런 의미 아니다!"

머리와 발을 밟힌 나구모는 이번에야말로 녹다운 되었다.

"죽으면 좋을 텐데."

더욱이 밤의 방에서 돌아온 미하루가 개똥이라도 보는 눈으로 내려다보고 있으니, 이번에야말로 나구모의 마음이 부서졌다.

"자, 이제 곧 프론트에서 사람이 올 겁니다. 한 층 아래의 방을 확보했으니, 일단 그쪽에…… 어머."

그때 엘리베이터의 도착 소리가 울리고, 나구모를 제외한 모두가 엘리베이터를 보았다.

"빠르네요. 토라키 님. 수고롭겠습니다만 오니를 한 명 옮겨주세요. 저는 나구모의 얼음을…… 윽."

미하루의 말이 끊어졌다.

"뭐."

"어."

"헤?"

토라키와 아이리스도 숨을 삼키고, 나구모는 바닥에 뒹구는 채 고개만 돌려 엘리베이터를 보았다.

"에에에에에에에에에에에에에에에?!"

그리고 오늘 제일 큰 비명을 질렀다.

엘리베이터 문이 열리더니, 얼굴을 가리고 총을 겨눈 남자들이 10명 이상.

마치 전세대의 야쿠자 영화 같은 광경이었다.

"잠깐잠깐잠깐잠깐잠깐까안!!"

토라키는 외치면서 한순간에 온몸을 안개로 변화시켜, 일행과 엘리베이터 사이에 안개의 막을 전개했다.

한순간 늦게 퍼진 일본에서는 일단 들릴 리 없는 총성의 대합창에 일행은 엎드리는 수밖에 없었다.

"유라아!"

"미하루우!"

"토라키 님!"

『나는 괜찮아! 둘 다 나구모를 데리고 창문으로 도망쳐라! 할 수 있지! 으극!』

"와아악!!"

안개의 막을 꿰뚫은 총탄이 나구모를 붙들고 있는 얼음에 맞아서, 나구모가 한심한 비명을 질렀다.

"아앗! 정말이지 걸리적거리는 게 둘이나!"

"잠깐 그거 누구 말하는 거야!"

"당신과 나구모 말고 누가 또 있나요!!"

미하루가 주먹을 쥐자, 빨간 오니의 주먹이 이러랴 싶을 정도로 한순간에 백열했다.

"홋!!"

가녀린 팔의 미하루가 그 주먹을 한 번 휘두르자 요술의 얼음이 부서졌다.

"자아! 이제는 멋대로 하세요, 나구모! 아이리스 예레이, 도망칩니다!"

"기, 기다리라, 미하루!"

『말할 틈이 없어! 이제 더 이상은……!』

"이럴 때는 내가 나설 차례 아이가!!"

일어선 나구모는 낮은 자세로 토라키의 안개 막을 빠져나가, 총탄의 비가 내리는 쪽으로 달려갔다.

『야!』

"나구모!!"

나구모의 행동에 토라키와 아이리스가 눈을 뒤집었지만, 변화는 금방 일어났다.

"우오오오오오오오앗!"

습격자를 향해 달리던 나구모의 온몸이 폭발한 건가 생각했다.

눈 깜빡 할 사이 허공에서 복도의 폭을 꽉 채우는 불도저가 출현하여, 굉음과 배기가스를 뿜으면서 블레이드를 앞세워 복도를 밀어냈다.

"끼악."

"으극!"

"카악!"

블레이드 너머에서 남자들이 비명을 지르는 소리가 차례차례 들리지만, 불도저 모습을 취한 나구모는 그대로 복도

끄트머리까지 달려가서 엘리베이터 벽에 격돌했다.

"······그런 걸로도 변신할 수 있는 거냐?"

너무나 폭거라 토라키가 중얼거리자, 다시 한순간에 불도 저가 사라졌다. 그래도 신문지 뭉치에 맞아 뭉개진 해충처럼 남자들이 바닥이나 벽에 묻히거나 바닥에 겹쳐서 쓰러져 있었다.

"쿨럭."

어느샌가 다시 나타난 나구모 또한 힘이 다해서 무릎을 꿇으며 그 자리에 쓰러졌다.

"나구모!"

아이리스가 달려가 일으키자, 있지도 않은 입가에서 약간 피를 흘리고 있었다.

"이건 대체 어디서 나온 거야?!"

나구모의 용태보다도 놋페라보의 토혈 구조가 신경 쓰여서 외치고 말았다.

"여, 역시 이건 힘들대이······ 토할 것 같다······."

"굉장했어. 그런 걸로도 변신할 수 있다니. 아주 약간 다시 봤어."

"헤, 헤헤, 그라제? 케, 케도, 내는, 됐으니까, 저 녀석들, 무기를······."

"알았어!"

"쿠악!"

들고 있던 나구모의 머리는 가엾게도 바닥에 떨어졌지만,

아이리스는 그런 것은 신경 쓰지도 않고 쓰러진 남자들 주위에 떨어진 총을 회수했다.

태반은 자동권총이었지만, 두 정은 기관단총이었다.

"이 녀석들 대체 뭐야?"

아이리스가 핸드건의 탄창을 풀어 안을 보자, 보아하니 데우스크리스처럼 특수한 탄환을 쓰는 건 아닌 것 같았다.

"토카레프 탄을 쓰는 평범한 핸드건이야."

토라키도 비틀거리며 쓰러진 남자들에게 다가가 복면을 벗겼다. 드러난 얼굴은 인간에 가까우며, 처음 공격해온 오니들과 달리 뿔도 없고 문신 같은 문양도 없었다.

"처음 셋이랑 다르네. 인간인가?"

"어떨까요? 뭐 저희들 레벨의 팬텀이 상대라면, 서투르게 술법을 쓰는 것보다 총을 쓰는 게 더 효과적이라는 건 틀림없습니다만……."

미하루가 말하면서, 다른 남자의 복면을 아무렇게나 벗겨냈다.

"……어."

역시 오니하고는 다르다. 토라키가 보기에는 인간으로만 보이는 얼굴.

그러나 미하루는 봐선 안 되는 것을 본 것처럼 눈을 부릅뜨고 말을 잃었다.

"……그런, 말도 안 돼……."

미하루는 기절해서 감겨 있는 한 남자의 눈꺼풀을 열어보고 있었다.

그리고 한 명, 또 한 명 쓰러진 남자들의 눈꺼풀을 열어서 들여다보기 시작할 무렵에는, 미하루답지 않게 식은땀을 흘리고 있었다.

"미하루? 왜 그래?"

"소방차."

"어?"

"소방차는 아직 안 왔나요? 그런 폭발이 있었고, 저도 프론트에 연락을 했는데……."

토라키의 귀는 분명히 소방차의 사이렌 소리를 듣고 있었다.

그러나 귀를 기울이자, 들리기만 하지 다가오는 기척이 없었다. 그러긴커녕 호텔에서 상당히 멀리 들렸다.

"이상해. 소방차가 다가오질 않는데. 어딘가, 떨어진 곳으로……."

"어디인가요?!"

미하루가 갑자기 토라키에게 매달렸다.

"무, 무, 무……!"

옷을 벗어 드러난 가슴에 매달려서 한순간 동요한 토라키였지만, 내려다보는 미하루의 표정이 본 적이 없을 정도로 여유를 잃고 있는 것을 보고 금방 마음을 전환했다.

"아마, 저쪽일 거야."

토라키가 다시 한 번 가만히 귀를 기울이고 소방차의 사이렌이 가고 있는 방향을 가리키자, 미하루가 토라키와 떨어져서 폭발이 있었던 아침의 방에 뛰어 들어갔다.

토라키와 아이리스, 그리고 간신히 일어난 나구모도 서로 마주보고 미하루를 따라 아침의 방에 들어갔다. 오니 세 명이 한 짓인지, 거실 공간에 한껏 펼쳐진 전망창이 분쇄되어 있고, 그 부서진 창 앞에서 미하루가 멍하니 밖을 보고 있었다.

세 사람도 미하루 옆에서 밖을 보고, 금방 미하루가 뭘 보고 있는지 이해했다.

바푸나또 최상층에서 북서 방향의 하늘이 밝게 타오르고 있었다.

저녁놀 같은 것이 아니다. 교토의 밤하늘을, 지상에서 흔들리는 불꽃이 비추고 있는 것이다.

"저건…… 저건 히키 가문 방향입니다!"

"뭐라고?!"

히키 텐도는 히키 가문의 위치를 어소의 귀문이라고 말했다.

다시 말해서 바푸나또 호텔에서 북서 방향에 있으며, 분명히 소방차의 사이렌이 그쪽으로 가고 있는 것 같았다.

"큭!!"

"야 미하루!!"

"미하루!"

말릴 틈도 없이, 미하루는 깨진 창문으로 바깥에 뛰쳐나갔다.

20층 건물의 창에서 몸을 던지는 건 제정신으로 할 짓이 아니다. 하지만 토라키가 내려다보는 앞에서 미하루는 훌쩍 지면에 내려서더니, 조리를 신었다고 생각할 수 없는 발놀림으로 움직여 순식간에 모습이 보이지 않게 됐다.

"야 어떻게 된 거야! 히키 가문도 습격을 받은 건가?!"

"모, 모른다! 내는 이런 거……!"

"이쪽은 훨씬 아무것도 모른다고! 그렇잖아도 너희들 집안 사정에 말려들어서 입장이 난처한 참인데, 괜히 빈정대는 소리도 듣고, 양복도 망쳤어! 그런 데다가 너네 집 살인사건에까지 말려들었지!"

"그, 그게……."

"나는 너한테 아무 감정도 없다. 내가 보기에 너도 최악으로 수상하거든!"

"어, 어어?!"

"이 자리에서 네 목을 조르고 떨어뜨려도, 나는 양심의 가책이 없어! 저건 어떻게 된 거야! 어째서 미하루의 본가가 불타고 있냐!"

"우왓?!"

"자, 잠깐만, 유라. 진정해!"

토라키는 나구모의 멱살을 잡고 깨진 창으로 그의 몸을 내밀었다.

나구모도 놋페라보니까, 이런 높이에서 떨어진 정도로 죽지는 않을 것이다.

"장난치나! 내는 아버지가 죽은 데다가 미하루를 니한테 뺏기가 인자 속이 부글부글 끓는대이! 그기다 내가 와 히키 가문을 태우겠나! 미하루의 본가 아이가!"

"알게 뭐야! 이쪽은 너희들에 대해 아무 예비지식도 없다고! 대체 저 녀석들 뭔데! 오니는 무지나의 범주라며!"

"이쪽이야말로 알긋나! 내도 영문을 모르겠다! 와 내가 습격을 받아야 카나!"

"자, 잠깐 진정해, 둘 다!"

흥분하는 남자 두 사람에게, 아이리스가 끼어들었다.

"나구모가 거짓말을 했든 사실대로 말했든, 지금 우리는 그걸 판단할 재료가 없잖아!"

"……!"

토라키는 이를 갈았지만, 아이리스 말이 맞았다.

"일단 습격해온 녀석들을 어떻게든 하자. 정신을 차리고 도망치기라도 하면 나중에 귀찮아져. 나구모를 심문하는 것보다, 그 녀석들을 심문하는 게 훨씬 간단해."

"……알았어."

"와아악!"

방으로 끌려들어온 나구모는 버둥거리면서, 원망스레 토라키를 노려보았다.

토라키는 그것을 신경 쓰지 않고 복도로 돌아가서, 아직도 눈을 안 뜨는 엘리베이터의 습격자들 복면을 순서대로 벗겼다.

"아무리 봐도 인간 같아."

아이리스 말처럼, 나타난 것은 인간 남자로 보이는 얼굴들이었다.

시험 삼아서 소매나 바지 자락을 걷어 보거나 셔츠의 단추를 풀어보아도, 팬텀의 특징은 보이지 않았다.

"그래. 하지만 미하루는 이 녀석들의 뭔가를 보고 놀란 것 같았어. 처음에 오니 세 명과 비교해서 그렇게 알기 쉬운 특징은 없는…… 응?"

토라키와 아이리스가 고개를 갸웃거리는 옆에서, 나구모가 한 명의 얼굴을 들여다보고 있었다.

그리고 차분하게, 닫혀 있는 눈꺼풀을 손으로 열었다.

"……진짜가."

그리고 눈을 부릅뜨……지는 못하는 걸 스스로도 깨달았는지, 금방 오오이와 마사토시의 얼굴로 돌아와서 심각한 표정을 지었다.

"안 된다…… 이거는…… 미하루가 위험하대이……!"

나구모는 다른 습격자의 눈꺼풀을 차례대로 열어보고, 그때마다 안색이 창백해졌다.

"이거, 바라."

더 못 참게 된 토라키가 물어보자, 나구모는 마지막 한 명의 눈꺼풀을 열고서, 토라키와 아이리스에게 보도록 재촉했다.

"어…… 이, 이거……."

습격자들의 겉모습은 인간과 다를 바 없었지만, 안구는 명백하게 인간과 달랐다.

인간의 흰자위에 해당하는 부분이 금색이다. 검은자위는 홍채 같은 것이 없고, 말 그대로 완전히 까만색이다.

동양의 팬텀에 대해 배운 아이리스는, 이 특징을 가진 인간형의 팬텀을 딱 한 종류 알고 있었다.

"이 눈은? 뭐야?"

토라키는 그 특징적인 눈을 본 적이 없었다.

그러나 그 눈을 가진 팬텀의 이름은, 야오비쿠니보다도, 흡혈귀보다도, 경우에 따라 놋페라보보다도, 일본인에게는 친숙한 종족.

그것은, 텐구의 눈동자였다.

토라키를 데리고 온 것이 불과 세 시간 전의 일이다.

사랑하는 남성을 데리고, 조모에게 소개하며 자랑스러움을 느꼈던 방이, 집이, 불타고 있었다.

"미, 미하루…… 니, 와 여기로 왔니…….'

그 조모가, 타오르는 방 안에서 이마에서 피를 흘리며 쓰러져 있었다.

더욱이 조모 주위에는 히키와 무지나를 가리지 않고, 일본 팬텀의 중진들이 피를 흘리며 쓰러져 있었다.

"할머님!"

미하루는 피부를 태우는 불꽃의 열을 느끼면서도, 어쩐지 눈앞의 광경을 믿을 수 없는 자신을 자각하고 있었다.

모든 것이 있을 수 없는 광경이었다.

히키와 무지나의 실력자들이 차례차례 쓰러지는 일. 강력한 팬텀종의 반역이나 공격에 대비하여 팬텀 능력 대책을 듬뿍 도입했을 히키의 저택이, 일반 목조 가옥처럼 당연하게 화재를 일으킨 것.

무지나의 놋페라보들이 자신을 속이기 위해서 연극이라도 하는 것만 같았다.

그렇지 않다면.

"이건…… 이건 어떻게 된 건가요?"

쓰러진 일본 팬텀의 중진들 사이에서, 주먹을 피로 물들이고, 홀로 서 있는 카라스마 타카시라는 광경이 이 세상에 존재할 리 없었다.

"대답하세요, 카라스마!!"

"아가씨께서 이토록 빨리 오시다니, 조금 놀랐습니다."

카라스마는 오른손으로 은테 안경을 가볍게 올렸다.

그 렌즈 안에서 빛나는 눈동자는, 탁한 금과 흑의 색을 하고 있었다.

미하루의, 히키 가문의, 든든한 오른팔이자, 미하루의 행동을 때로는 받아주고, 때로는 타이르는 마음씨 좋은 카라스텐구의 모습은, 이미 그곳에 없었다.

※

타오르는 불꽃의 뱀은 바닥과 문과 벽과 천장을 핥으며, 그 자리에 있는 생명을 모두 불태우고자 사납게 날뛰었다.

그 안에서 카라스마 타카시의 주위만 불꽃의 영향을 일절

받지 않고, 무더위 속에서 에어컨을 켠 것처럼 냉랭한 공기를 유지하고 있었다.

"느긋하게 이야기할 시간은, 마련해줄 수 있나요?"

"히키와 무지나의 여러분이 살 수 있는 확률은 감소합니다만, 아가씨께서 그걸로 납득을 하신다면."

카라스마는 평소 그가 그러는 것처럼 너그럽게 고개를 끄덕였다.

지금 이 상황에서, 카라스마의 정의나 제정신을 물어보는 건 의미가 없다.

미하루는 심복인 부하의 배신에 동요하는 마음을 억누르면서, 최소한의 물음으로 카라스마의 목적을 밝혀내고자 냉철하게 계산하기 시작했다.

"뭘 위해서?"

"그 질문은 참으로 좋습니다. 아가씨는 말의 경제 효율을 잘 생각하십니다."

카라스마는 부드러운 미소를 짓고, 그리고 심플한 물음에 심플하게 대답했다.

"다수의 팬텀들을 위해서, 입니다."

"쿄슌 님이나 할머님을 해치면 다수의 팬텀들이 혼란에 빠질 텐데요?"

"혁명에 혼란은 따르는 법입니다."

"테러리즘을 동반한 혁명은 단명으로 끝나는 것이 상식일 텐데요?"

"무엇을 테러리즘이라고 하는가는 의논의 여지가 있습니다만, 저는 이 행동이 테러에 해당되지 않는다고 생각합니다."

카라스마는 가볍게 안경을 올렸다.

"히키 가문에서도, 바푸나또 호텔에서도, 인간을 가장 먼저 대피시켰습니다. 팬텀도, 히키와 무지나의 직계 말고는 결코 손을 대선 안 된다고 엄명했습니다."

"호텔에서는 토라키 님과 아이리스 예레이도 습격을 받았어요."

"토라키 님은 아가씨의 연인이고, 장래 히키에 들어오지 않습니까? 그리고 아이리스 님은 협정 위반의 수도기사이니, 배제할 이유가 있습니다."

"수도기사가 습격을 받으면, 암십자도 가만 있지 않아요."

"그거야말로 협정 위반으로 입을 막으면 됩니다. 아이리스 님이 조직의 명령이 아니라 단독으로 행동하고 계신다는 것은, 토라키 님과 아가씨가 말씀하시는 것뿐이니까요. 아이리스 님을 제거할 도리는 이쪽에 있습니다. 그야말로 암십자가 본격적으로 쳐들어오기 전에, 『예레이의 기사』를 제거할 수 있는 절호의 기회죠."

"미, 미하루…… 어여…… 가라…… 그 녀석은, 우리가 아는…… 카라스마가, 아닌기라……."

마치 평소 사무실에서 대화를 하는 것처럼 조용히 말하는 미하루와 카라스마 바로 옆에서, 피투성이 텐도가 신음했다.

"할머님. 카라스마는 저를 놓치지 않아요. 놓칠 것 같으면, 할머님을 해치겠죠. 도망쳐도 카라스마의 속셈을 파악하지 못하면, 반격도 복수도 할 수 없어요. 지금 여기서 이야기를 계속하는 것이 최선의 수입니다."

"저도 그것이 좋다 생각합니다."

카라스마는 이번에도 평소처럼 미하루의 발언을 공손하게 긍정했다.

"나구모 도련님과 토라키 님, 아이리스 님도 이제 곧 오시겠지요. 저는 세 분도 처치하고 싶습니다. 아가씨는 세 분을 원군으로 삼고 싶으시죠. 저와 아가씨의 이해는 일치하고 있습니다. 잠시, 이대로 이야기를 하지요."

"토라키 님을 죽이면, 도쿄의 경찰이 가만있지 않을 텐데요?"

"알고 있습니다. 그렇지만 토라키 와라쿠 님은 은퇴하셨고, 토라키 요시아키 님은 일개 개인으로서 움직이기에는 입장이 너무 높습니다. 토라키 유라 님의 시체라도 발견되지 않으면 움직이지도 못하겠지요. 행방불명이 된다면 흡혈귀의 존재가 공개적으로 인정되지 않은 현재, 교토 현경을 움직일 정도의 영향력은 가질 수 없습니다."

"카라스마……!"

"요코하마의 메리 1세호 사건에서 그들이 움직인 것은 역시 호화여객선의 습격이라는 사건성에 더해서, 승객에 외국인은 물론, 전국에서 모인 수많은 일본인이 타고 있었던 것이 큽니다. 그런 의미에서 무로이 님이 일본에 오는 수단으로서는 조금 악수가 아니었나 싶습니다만."

"무로이 아이카가 일본에 온다고…… 저한테 알려준 것은, 당신이었죠."

"그것이 그쪽의 의뢰였으니까요."

카라스마는 전혀 미안한 기색이 없었다.

"무로이 님이 토라키 님의『부모』라는 것은 알고 있었습니다만, 그 정도까지 고집하는 것은 뜻밖이었고, 계산 밖이었습니다. 덕분에 계획이 조금 틀어졌습니다."

"……그건, 쿄슌 님 살해 계획인가요?"

"아뇨. 무지나 가문의 괴멸입니다."

"무슨……!"

아무리 미하루라도, 평정할 수가 없었다.

"요코하마에서 무로이 님이 그 정도의 중상을 입는 것은 예상 밖의 일이었습니다. 아이리스 님이 없었다면…… 아가씨와 토라키 님만 있었다면, 일이 그리 되지는 않았겠지요. 예레이의 기사. 암십자 기사단은, 시간이 지나도 우리들 팬텀의 적이군요."

"저는, 모르겠어요. 무지나의 괴멸? 노공이나 나구모도 그 시점에서 죽일 셈이었다는 건가요?"

"그리 말씀 드리고 있습니다."

별 일도 아니란 듯이 그렇게 말한다.

일절 억양 없이 대답하는 카라스마에게 미하루가 커다랗게 숨을 들이쉬고 새삼 물었다.

"다시 한 번 묻겠어요. ……뭘 위해서?"

"설명해도, 아가씨는 이해하지 못하실 줄 압니다. 히키 가문의 차기 당주였던, 아가씨는."

카라스마는 미하루의 미래를 과거형으로 말했다.

"오히려, 토라키 님이 저에게 찬동을 해주시겠지요……. 저의 목적은, 토라키 님 같은 팬텀을 구하는 것이니까요."

"뭐라고요……?"

"토라키 님뿐이 아닙니다. 지금 이 일본에 살아가는 수많은 팬텀을 구하기 위해서, 이것은, 피할 수 없는 일입니다. 그러면……."

지금까지 전혀 자세를 무너뜨리지 않았던 카라스마의 그림자가, 흔들렸다.

"잠시 대화를 했습니다만, 토라키 님은 오지 않으시는 모양이군요."

"……저를, 죽이는 건가요?"

"필요한 일이니까요. 처음에 말씀 드렸습니다만, 이것은 혁명입니다. 히키 가문과 무지나 가문의 피는, 여기서 끊어낼 필요가 있습니다."

"……저를 간단히 죽일 수 있다고 생각한다면, 큰 착각이랍니다."

미하루도 도수공권으로 자세를 잡았다.

"당대도 말만큼 저항하지는 못하셨습니다. 당대의 발치에도 못 미치는 맨손의 아가씨가, 저를 상대로 오래 버틸 거라고 생각하긴 어렵군요."

자세를 잡은 카라스마의 오른쪽 주먹에 불꽃이, 왼쪽 주먹에 얼음이 깃들고, 눈동자의 금색이 불꽃처럼 밝게 타오르기 시작했다.

미하루가 겨눈 주먹도 다시 열을 띠지만, 카라스마의 불꽃에는 미치지 못했다.

"아가씨의 열은, 당대와 비교하면 너무나도 미지근하군요."

쓸어 넘긴 백발이 불꽃 속에서 유성이 되어 발치에 뛰어들었다.

"무슨?!"

미하루는 황급히 요격하지만, 카라스마의 주먹에 간단히 튕겨나가 커다랗게 가드가 열려 버린다. 텅 빈 몸통 중심을, 매끈하게 닦인 가죽 구두의 굽이 가차 없이 때렸다.

"크윽!"

미하루의 폐에서 공기가 완전히 빠져나가고, 작은 몸이 방을 구분하는 장짓문을 찢으며 복도의 기둥에 부딪혔다.

"효, 효과 없어요. 히키 가문의 장점은 무엇보다도 튼튼함과 생명력이니까요."

미하루는 온몸의 탄력을 총동원하여 두 번째 공격을 회피했지만, 폐에서 산소가 빠져나가며 호흡이 흐트러진다. 카라스마가 커다란 보폭으로 순식간에 육박해 버렸다.

"아가씨의 전투 기술은 칼에 너무 의지하십니다."

검사가 검을 잃었다고 해도 그 완력은 결코 얕볼 수 없는 것이지만, 처음부터 격투를 생업으로 하는 권투사를 격투전으로 당해낼 리 없었다.

카라스마의 구타에 뼈가 삐걱대고, 근육이 흔들리고, 마음이 흐트러진다.

미하루는 어딘가에 믿을 수 없다는 마음이 있었다.

귀요 가문 필두인 카라스마가 히키나 무지나에 반기를 들거라고 상상도 못했다.

그는 공사에 걸쳐 미하루를 지탱해주는 좋은 부하이며 이해자였다.

막상 일본 팬텀 사회가 흐트러졌을 때는, 그 높은 능력을 미하루를 돕기 위해 휘둘러 줄 거라고 믿어 의심치 않았다.

"믿고, 있었는데!!"

"음!"

미하루의 주먹이 역수로 쥔 무언가를 휘둘렀다. 카라스마는 가볍게 몸을 젖혔지만, 그게 끝이고, 카라스마는 전혀 물러서지 않았다.

미하루는 카라스마의 맹공이 불과 한순간 멎은 그 틈에 도망치고자 했지만, 다리에 힘이 들어가지 않아서 그 자리에 무릎을 짚고 말았다.

기모노 자락이 그을리고, 혹은 얼어붙고, 구타에 의해 얼굴이 붓고, 뼈가 삐걱댄다.

미하루가 손에 쥔 작은 칼날은 카라스마의 볼에 한 줄기 붉은색을 그었지만, 그걸로 상황은 뒤집어지지 않았다.

"품에 칼을 숨기고 계셨다니…… 그것은 일반적으로 신부

의상의 소품입니다만?"

"다, 당연, 하죠……. 저는, 토, 토라키 님과 결혼, 한다고, 말하러 왔으니까요."

과거 무가(武家)의 신부 의상에 있었던, 마를 퇴치하는 부적 삼아서 품에 숨기는 단검.

작금의 신부의상에서 그것은 거의 대부분 가죽으로 겉모양만 만든 레플리카였지만, 지금도 도공이 단조한 칼을 착용하는 경우가 있다. 히키 가문 같은 명가라면, 신부의 필수품이라 할 수 있었다.

"그 정도로 토라키 님께 진심이셨군요."

"당신이, 그걸, 의심했다……니. 진심이 아니라면, 이런, 일을, 할 리가, 없잖아요."

"유감입니다. 아가씨가 히키 가문의 후계자만 아니었다면, 이런 일은 일어나지 않았어요."

"대체…… 어째서, 히키 가문까지…… 뭐가, 불만이었던 거죠?"

"그것을 여기서 묻는군요."

카라스마는 작게 미소를 지었다.

"모두, 입니다."

"모두……?"

"지금의 히키 가문, 무지나 가문을 정점으로 인간 사회에 녹아들어 숨고, 협정 따위로 묶여 있는 이 일본 팬텀의 현재 상황 모두를, 바꿀 필요가 있습니다. 그것이, 지금입니다."

카라스마는 조용히 그렇게 말하더니, 눈에 보이지도 않는 속도로 미하루의 단도를 차서 날려 버렸다.

"이제 끝입니다. 아가씨."

카라스마의 손이 미하루의 목을 붙잡아, 몸을 들어 올렸다. 미하루는 저항했지만, 카라스마의 악력이 그것을 용납하지 않았다.

"크……카……아!"

"지금까지 신세를 졌습니다. 아가씨. 부디, 편히 쉬십시오."

끝까지 평탄하게, 어디까지나 평소와 같은 카라스마의 목소리가 히키 가문이 타오르는 소리에 삼켜지려는 그때였다.

"웃기지도 않는 농담인데."

타 들어간 가옥의 재와 안개가 휘몰아친 것 같았다.

"음!"

그러나 금방 그것이 칠흑의 안개라는 것을 깨달았다. 카라스마와 미하루를 둘러싸는 것처럼 휘몰아치더니, 미하루의 목을 조르던 카라스마의 팔에 엉켰다.

"이것은!"

카라스마는 미하루에게서 손을 떼고 커다랗게 거리를 벌렸다.

낙하하는 미하루의 몸을 검은 안개가 감싸고, 그대로 타오르는 집 안을 빠져나가 바깥으로 옮겼다.

"놓치지 않겠습니다."

카라스마는 살짝 놀란 기색을 보였지만, 타고난 냉정함을 한순간에 되찾고 바람 같은 다리로 달려 안개의 소용돌이를 추적했다.

휘몰아치는 안개는 미하루를 광대한 안뜰에 옮기고, 연못가에 눕혀놓았다.

"미하루, 괜찮아?"

"이 정도로 죽지는 않겠지. 안 그래?"

두 사람이 거기에 있는 것에 대해, 카라스마는 딱히 놀라지 않았다.

"조금 더 일찍 오실 거라고 생각했습니다. 토라키 님, 아이리스 님. 나구모 도련님은, 어찌 되셨습니까?"

오니와 싸우면서 그을리고 피로 지저분해진 셔츠를 입은 토라키와, 불을 헤치고 빠져 나온 탓에 입고 있는 기모노가 여기저기 그을린 아이리스가 미하루를 보살피고 있었다.

"나구모 자식은 당신이 보낸 녀석들을 뭉개느라 불도저로 변신한 탓에 호텔에서 뻗어 있어……. 여러모로 이야기를 듣고 싶지만, 순순히 얘기해줄 거야?"

"방금 전 아가씨께 어느 정도는 이야기를 했습니다. 알고 싶으시다면 저를 쓰러뜨리고 아가씨께 들어 주십시오. 뭐."

굉음과 함께 안뜰의 흙과 돌이 피어오르고, 카라스마의 모습이 사라졌다.

"그것이 가능하다면, 입니다만."

카라스마는 완전히 토라키의 배후를 잡고서 옆구리를 관통하고자 불꽃의 오른팔을 뻗었지만, 허공을 갈랐다.

"으음?"

아니, 토라키의 옆구리를 관통했는데 그 감촉이 일절 느껴지지 않았다.

관통된 부분만 검은 안개가 되어 응어리져 있었다.

토라키는 처음부터 카라스마가 그러는 걸 알고 있었던 것처럼 몸의 일부만 안개로 변화시켜서, 카라스마의 강완을 가만히 서서 회피한 것이다.

있어야 할 저항이 없으면 카라스마도 약간은 자세가 무너진다.

"할아버지한테 혁명은 좀 버겁지 않아?"

관통된 안개가 토라키의 온몸을 감싸고 회오리가 된 다음 순간, 구현화된 주먹이 카라스마의 턱을 직격하여 은테 안경이 공중에 춤추고 카라스마는 화려하게 날아갔다.

정원석에 부딪히기 직전, 카라스마는 공중에서 몸을 틀어 공중에 몸을 띄웠다.

그 등에서, 마치 신화 속 천사 같은 빛나는 날개가 출현했다.

"흐음. 텐구는 하늘을 나는데 그런 날개가 필요하구나!"

공중에서 제동을 건 카라스마를 토라키가 더욱이 추격했다.

한순간에 온몸이 검은 안개가 되고, 그것이 응축된 한 줄기 창이 되어 일직선으로 카라스마의 몸을 노리고 비상했다.

"큭!"

카라스마는 안개 창을 얼음 주먹으로 부수고자 했지만, 안개는 안개.

카라스마의 주먹과 부딪힐 때마다 부서지고, 작은 화살이 되어 분열하더니 카라스마를 계속 공격한다.

"오, 오오오오옷!"

카라스마가 처음으로 노호를 질렀다.

양 주먹이 불꽃을 두르고, 공격해오는 안개 화살을 모두 요격하고자 유성처럼 날뛰었다.

그러나 토라키의 안개 화살은 부서지고서는 다시 모이고, 모였다가 부서지고, 카라스마를 노리는 공격이 결코 느슨해지지 않는다.

기어이 안개 화살이 카라스마의 등에 돋은 텐구의 날개를 관통하고, 카라스마는 공중에서 밸런스가 무너졌다.

"드디어 끝이야?"

공중에서 실체화한 토라키의 발차기를 제대로 옆구리에 맞아서, 땅바닥에 부딪혔다.

"죽이진 않아. 당신한테는 들어야 할 일이 말도 안 되게 많으니까."

"크…… 의, 외로군요. 토라키 님의 전력이, 이 정도일, 줄은."

아무리 카라스마라도 미하루를 상대했을 때 같은 여유가 없고, 숨을 헐떡이며 피를 흘리면서 토라키를 노려보았다.

"썩어도, 스트리고이의, 자식, 이라는 건가요? 당신이 그 정도로 피를 마신 것이, 뜻밖입니다."

"그러게. 나도 무섭다고 생각한다."

토라키는 눈동자를 붉게 번득이면서, 입 속에서 삐쳐 나온 날카로운 송곳니를 감추지 않고 웃었다.

불꽃이 비추는 얼굴은 그야말로 흡혈귀에 걸맞은 잔혹함을 숨기고 있었다.

"……아이리스 ……예레이?"

아이리스의 팔 안에서 미하루가 신음했다.

"미하루? 괜찮아?"

"……나는 ……됐어, 요. 그보다도, 토라키 님은, 대체……."

미하루는 온몸의 고통을 참으며, 몸을 일으키고 토라키의 모습을 보고자 했다.

지금 토라키의 힘은 명백하게 이상하다.

미하루가 아는 토라키의 힘이 아니다.

"항복할 거면 지금이야. 히키나 무지나의 노인들이 마음에 안 드는 건 이해가 안 가는 것도 아니지만, 이건 명백하게 지나쳤어. 미하루한테 손을 댄 것도 단단히 사과를 받아야 할 안건이고."

"……토라키 님이 그렇게까지 아가씨께 열심이라는 것은 예상 밖이었군요."

"신세를 졌으니까. 그리고, 이만큼 알기 쉬운 악인을 내버려둘 만큼 인성이 좋지 않거든. 자."

토라키의 심홍색 눈동자가 더욱 어둡게 빛났다.

"죄다 불어주셔야겠어. 대체 어디서부터, 당신이 꾸민 짓인지."

"처음부터입니다. 토라키 님. 요코하마에 무로이 님을 초

빙하고, 히키와 무지나가 다스리는 일본 팬텀의 질서를 파괴하도록 의뢰한 것은 바로 접니다. 모든 것은 무고한 팬텀을 구하기 위해서죠!"

"무고한 팬텀을 구해?"

"히키 가문이 일본에 군림하고 있는 한, 모든 팬텀은 인간에게서 숨어, 인간에게 고개를 숙이고, 어둠 속에서 살아가야 합니다. 안 그렇습니까?"

토라키는 기가 막힌 기색으로 표정을 찡그렸다.

"이봐, 설마『팬텀이 인간보다 뛰어나니까, 인간 세계를 부숴버리고 팬텀의 세계를 만들자』같은 얄팍한 말을 하려는 건 아니겠지?"

복숭아에서 태어난 영웅#16이 오니 퇴치를 하던 시대라면 모를까, 이 정도로 인간의 문명이 별을 뒤덮은 상태에서 팬텀이 인간을 대체하는 일은, 설령 아이카 클래스의 고요가 몇 명 더 있어도 절대 불가능하다고 단언할 수 있다.

왜냐하면, 이미 팬텀 사회 자체가 그러한 목적을 달성할 수 없는 구조니까.

아이카는 물론, 리앙 시방이나 히키 가문, 무지나 가문에 소속된 자들도, 모두 현재의 인간 사회를 베이스로 사회기반이 완성되어 버렸다. 히키 가문이나 무지나 가문은 말할 것도 없고, 카라스마 자신도 일본의 자본주의 사회 안에서

#16 복숭아에서 태어난 영웅 복숭아에서 태어난 아기 모모타로가 자라나 오니를 퇴치하는 일본의 옛날 이야기.

성장한 히키 가문에 혜택을 받아 존재해온 것이다.

팬텀이 다수 결탁하여 일본의 국회든 자위대든 파괴하고, 요력으로 일본을 제압했다고 해도 그걸로 팬텀의 세상을 만들 수는 없다.

팬텀 따위의 존재가 공적으로 알려지게 되면, 그 위협을 두려워한 나라들에게 공격 대상이 될 것이다.

그때 카라스마는 외국의 팬텀 조직에게서 원조를 절대로 얻을 수 없다.

왜냐하면 외국의 팬텀들은 인간 사회에서 이득을 취하며 살아온 자들이 대부분이기 때문이다.

팬텀에게는 팬텀들끼리 다툰 역사가 있고, 지금 그것이 겉으로 드러나지 않는 것은 인간 사회에 기대고 있는 부분이 크다.

일을 하고, 돈을 얻으면, 살아갈 양식을 얻을 수 있다.

그 사실을 통해서, 팬텀들 사이의 다툼은 고대나 중세하고는 비교가 안 될 정도로 감소하여 평화가 성립된 것이다.

그것을 전복시켜 버리면, 카라스마를 기다리는 것은 끝없는 싸움 뒤의 피폐에 따른 전멸이다.

현대 일본의 팬텀 사회에서, 팬텀으로서도 인간으로서도 상위에 속한 카라스마가 그런 것을 이해하지 못할 리 없었다.

하물며 그런 계획에, 그 아이카가 아무 대가도 없이 협력할 리 없었다.

그러나 실제로 아이카는 카라스마의 초빙에 응했고, 카라스마는 이런 폭거를 일으켰다.

"계기는, 무로이 님 휘하의 리앙 시방이었습니다. ……대륙 팬텀 조직 안에서 제일이었던 시방도, 강시의 개체 수 부족과 조직의 약체화로 고민하고 있었지요. 그때 리앙 시방이 생각한 것이, 인간의 팬텀화였습니다. 지금 토라키 님의 동료…… 리앙 쉬이링이라 했던가요?"

"……뭐라고?"

카라스마가 인간의 팬텀화에 대한 구체적인 예로 쉬이링의 이름을 말한 것에 미하루는 놀랐다.

"시방이 그러한 변화를 일으켰다는 것을 듣고, 저는 눈이 뜨이는 기분이었습니다. 그리고 토라키 님, 당신 자신은 세상에서 인간으로 인정받고 있는 본래 인간이었던 팬텀. 저는……."

카라스마는 입가를 끌어올리고, 갈라진 목소리로 말했다.

"팬텀을 『인간』으로…… 지금 이 세계에, 있는 그대로의 모습으로 집어넣고 싶은 겁니다. 그걸 위해서는, 자신을 인간으로 속이고 인간 사회에 뿌리를 내린 히키와 무지나가 방해됩니다."

"뭐라고……?"

"아가씨, 토라키 님. 당신들은 상상해본 적이 있습니까? 인간의 모습을 취하지 못하기에 자신의 모습을 드러낼 수 없는 자들의 생활을. 인간과 같거나, 인간을 능가하는 능력을 가지고, 지혜와 문명을 가졌으면서도, 어둠 속에서 살아가야 하는 자들을!"

카라스마의 눈동자가 한층 강하게 번득였다.

"히키와 무지나의 통제 아래서는, 귀요 가문마저도 이름뿐인 존재로서 느긋하게 도태되어갈 것입니다. 히키와 무지나는, 팬텀 통제의 명목으로 인간측의 논리를 내세워 팬텀을 오랜 세월 탄압해왔습니다. 그 동안 얼마나 많은 팬텀이 이 세상에서 사라졌는가!"

과거에 미하루는 토라키에게 짐승형과 츠쿠모형으로 분류되는 팬텀인 『노가마』의 이야기를 한 적이 있었다.

노가마도 현재는 멸종된 팬텀이며, 그 원인은 인간의 라이프스타일이 변화했기 때문이었다.

"그것이, 무로이…… 아이카를, 불러들이는 것과, 어떻게, 이어지는, 거죠."

"무로이 님은 대륙에서 수많은 팬텀 조직을 거느리고 있습니다. 그녀와 연계하여, 이제부터 100년, 200년의 세월에 걸쳐, 팬텀이라는 존재를 인간의 세계에 주지시킨다. 그 사전 준비로, 두 세계의 경계를 애매하게 만든다. 그러기 위해서는 이미 『인간』이 되어버린 히키와 무지나는 필요 없습니다!"

"그런 일이, 가능할 리가……."

"불과 수십 년 전, 그럴 기회가 있었습니다. 전쟁 직후, 국내가 혼란에 빠지고, 히키 텐도가 당대를 이은 지 얼마 안됐고, 무지나는 무능한 노공의 치세였지요. 당시 카라스마 가문을 이끌던 제 아버지가, 무로이 님을 초빙한 것이 그 무렵이었습니다."

"뭐……라고요……."

"그렇지만 당시 두각을 나타내기 시작한 쿄슌 님이 무지나를 순식간에 규합하고, 텐도 님과 협력하여 무로이 님을 타파했지요. 무로이 님은 목숨을 건지고 도망쳤습니다만, 상당히 오랜 기간, 일본 국내에서 도망쳐 다녔다고 들었습니다."

미하루는 처음 듣는 이야기에 충격을 받고 있었다.

토라키가 흡혈귀가 된 것은 그 시대였을 것이다.

그렇다면 토라키가 흡혈귀가 된 원인은, 간접적으로 무지나 가문과 히키 가문, 그리고 카라스마 가문에 있다는 것이다.

그러나 토라키의 등에서는 전혀 동요가 보이지 않았다.

"그렇군. 무슨 소린지는 알겠어."

토라키는 작게 중얼거렸다.

"당신 나름대로 정의와 이유가 있어서 한 행동이라는 것도."

"음."

"하지만…… 정의를 위해서라고 하면서 살인을 하는 녀석이 되어먹지 못한 건, 인간이든 팬텀이든 다를 바 없지. 그런 얘기를 듣고서, 내가 당신 계획에 얼씨구 좋다할 줄 알았어?"

"……!"

"물론, 생각하지 않습니다. 토라키 님은 아가씨와 아이리스 님을, 제가 상상한 것 이상으로 소중히 여기시는 모양이니까요."

토라키의 말에 미하루는 눈을 부릅뜨고, 카라스마는 지긋지긋한 기색으로 웃었다.

"그러니, 더 이상 방해를 받을 수는 없습니다. 이 세계는……."

카라스마의 얼굴이, 외침과 함께 변했다.

카라스텐구란 이름에 걸맞은 까마귀 얼굴의 부리 안에서 주먹의 불꽃과 비교가 안 되는 작열이 휘몰아치고, 그것이 정확히 토라키를 노렸다.

"인간들만의 것이 아니야!!"

카라스마의 부리에서, 불꽃이라 부르기에는 너무나 강렬한 열선이 뿜어져 나왔다.

"큭!"

토라키는 레이저 같은 열선을 완전히 회피하지 못해서, 철도 관통하는 카라스텐구의 에너지가 토라키의 안개 막을 스쳤다.

평소의 토라키라면 그 정도는 대미지도 되지 않을 텐데, 카라스마의 열선은 약간이지만 안개 자체를 지우고 한 조각의 먼지도 남기지 않은 채 소멸시켜 버렸다.

육체를 관통한 것과 같은 대미지를 입은 토라키가 무릎을 짚자, 입에서 피가 흘렀다.

"이, 이 공격은, 예상 밖인데……."

"가루다[#17]의 섬열……. 카라스텐구가 가진, 비장의 수, 입니다. ……저택에 불을 놓은 것도, 분명히 이, 힘."

"미하루……."

"어쩐지, 불꽃이 꺼지질 않, 았어요. 진작에, 소방차가 도

#17 가루다 인도 신화에 나오는 신조(神鳥). 한자문화권에서는 가루라(迦樓羅)로 부르기도 한다.

착을 했는데."

저택을 태우는 불꽃의 소리에 뒤섞여 있지만, 이미 소방차는 히키 가문 주위를 둘러싸고 있었다.

그러나 히키 가문을 둘러싼 해자가 소방활동을 가로막고, 불꽃 자체도 그냥 불꽃이 아니라 카라스마의 술법이 붙인 불이었다.

"할머님이, 당한 것도, 텐구의 집중포화를 이용한, 선제공격, 탓이겠죠······."

미하루는 눈만 움직여 토라키를 보았다.

"어쩌실 거죠?"

"헤, 헤헤······ 이쪽도 이제 슬슬 한계란 말이지이. 그러면 얼른······."

"도망칠 수 있다고 생각지 마십시오."

안개로 온몸을 감싸 일어서려는 토라키에게, 카라스마가 다시 조준을 맞추었다.

"가루다의 섬열은 우리들의 시조가 대륙에서 건너왔던 고대로부터 이어져온 카라스텐구의 비전(秘傳). 신들과 살아온 시대의 기술. 히키 텐도나 무지나 쿄슌마저도 정면으로 막을 수 없습니다. 스트리고이 무로이 님마저도 불가능하겠죠. 어제오늘 흡혈귀가 된 자가 대처할 수 있는 기술이라고 생각하지 마시죠."

"그렇겠지. 그런데 입 안이 그런 상태에서 말하는데 혀 데이지 않아?"

"농담은 그쯤 하시죠. 토라키 님의 실력에는 놀랐습니다만, 스트리고이의 자식이라 해도 고작 흡혈귀. 무로이 님에게는, 계획의 장해가 되어 어쩔 수 없이 처분했다고 변명을 하겠습니다."

카라스마의 부리에 에너지가 응축되고, 태양처럼 빛나기 시작했다.

"농담이 심하시네. 생물이 해도 되는 일이 아니잖아."

관통된 안개가 육체로 돌아가고, 입에서 피를 토하며 토라키가 투덜거렸다.

"작별입니다, 아가씨."

태양에서 뿜어져 나온 극한의 열선이 지금, 토라키와 미하루, 그리고 아이리스까지 한꺼번에 증발시키려고 한 그때였다.

"준비, 다됐어."

그때까지 미하루를 끌어안은 채 사태를 지켜보고 있던……아니, 토라키와 카라스마의 전투에 눈썹 하나 까딱하지 않은 아이리스가 갑자기 말했다.

그 순간.

"윽?!"

카라스마의 등 뒤에서 폭풍과 함께 굉음이 치솟고 그 충격으로 카라스마는 살짝 밸런스가 무너졌다.

토라키는 그 틈을 놓치지 않고, 온몸을 안개로 바꾸어 미하루를 휘감더니 상공으로 도망치고자 했다.

"놓치지 않는다!!"

물론 카라스마는 그것을 놓치지 않는다.

자신도 상처를 입고서 안개가 되어 미하루까지 끌어안은 토라키의 움직임은 절호의 표적이었다.

부리에 모인 에너지는 가차 없이 토라키를 향해 쏘아져 나갔다.

"어서 가!!"

그런 토라키와 카라스마 사이에 뛰어드는 그림자가 있었다.

"무슨?!"

이에 놀란 것은 카라스마였다.

아이리스가, 아무 주저도 없이 열선의 사선에 뛰어든 것이다.

직격하면 죽는 데다가, 시체도 남지 않을 정도의 에너지다. 사람의 몸으로 받아내 봐야 개죽음이고, 아이리스를 관통한 열선이 손쉽게 토라키와 미하루를 꿰뚫을 것이다.

그래야 했다.

아이리스에게 직격한 열선은 아이리스를 태우지 않았다.

그러긴커녕 아이리스의 몸에 상처도 내지 못하고 통과하여 확산됐다.

"뭣이!"

그 틈을 타서 토라키는 미하루를 끌어안고, 전력을 다해 밤하늘로 날아올랐다.

몸의 아픔이 조금 나아진 미하루가 아래를 내려다보자, 그토록 타오르던 히키 가문 저택의 불꽃이 거의 사라져 있었다.

방금 전의 폭음과 폭풍이, 대부분의 불꽃을 꺼버린 모양이다.

가루다의 섬열이 소실될 정도의 폭풍을 일으킨 것이 무엇일까? 미하루의 눈은 불타버린 저택 안을 걷고 있는 두 사람의 모습을 포착했다.

『미하루! 호텔까지 대피한다! 지배인이랑 담판을 지었어! 얼른 치료를 해야…….』

"그래요. 부탁할게요. 나구모."

한겨울 교토 하늘의 차가운 바람 속에서, 미하루가 부르는 목소리는 확실하게 그의 귀에 닿았다.

"어."

만약 지금 안개가 아니라 사람의 모습이 여기 있었다면, 토라키의 얼굴을 한 이 남자는 어째서 들켰는지 동요해서 얼빠진 표정을 지었을 것이다.

미하루는 안개에 휩싸인 편안함에 몸을 맡기면서, 기가 막힌 기색으로 한숨을 쉬었다.

"『동료가 되라』 하고 부탁할 때 『얼씨구 좋다』 같은 말을 안 해요. 도쿄에서는."

카라스마의 공격이 닿지 않는 거리까지 날았을 무렵, 토라키 유라의 모습으로 변신한 무지나 나구모가 체념한 것처럼 중얼거렸다.

『……진짜가아. 내 그리 말했나?』

"했다."

토라키가 아니라, 풀 죽은 나구모의 목소리에 미하루는 그만 웃어 버렸다.

"입에 익은 말은 긴장 풀리믄 불쑥 나오는 법인기라. 내도 도쿄에서 고생했다."

『아~ 아니, 그기, 미하루. 이거는 제대로 이유가 있는 기라…….』

"안다. 그래 당황하지 마라. 지금 온몸이 쑤시니까 더 살살 옮기라."

『그, 그래! 맡기라!』

"잘 부탁한대이. 아~ 토라키 님이 옮겨주는 것 같아가 기분 좋다."

『미, 미하루?!』

"후후, 농담이래이."

미하루는 나구모를 놀린 다음, 힘을 쭉 뺐다.

"……토라키 님. ……아이리스 예레이. ……뒷일은, 부탁하겠어요."

미하루의 말은 서늘한 바람이 휘몰아지는 공중으로 사라지고, 두 사람은 바푸나토 호텔로 강하했다.

카라스마의 눈앞에서 섬열을 확산시킨 아이리스의 모습이 급격하게 흐려지더니, 그을린 사람 모양의 종이 한 장만 남았다.

"꼭두각시 종이인형……. 어째서, 이런 것을 아이리스 님이……."

카라스마는 불꽃이 거의 사라진 저택을 돌아보고, 불탄 자국에서 걸어오는 두 사람의 모습을 지긋지긋한 기색으로 노려보았다.

"묘하군요. 최근의 수도기사는 강시의 술법을 사용하게 된 겁니까?"

그곳에는 지금 막 소실되었을 아이리스가 나시반을 손에 든 채 서 있고, 그 옆에는…….

"쓸 수 있는 건 뭐든지 쓰는 게 현대문명사회란 거야. 인간도 팬텀도 그건 다를 바 없잖아."

미하루를 안고서 하늘로 사라졌을 토라키가 하얀 구체를 손에 들고 서 있었다.

"그렇군요. 방금 전의 토라키 팀이, 나구모 도련님이었습니까?"

일이 이렇게 되자, 카라스마도 사태의 원리를 짐작한 모양이다.

"그리고 제가 꿰뚫은 아이리스 님은 도술로 만들어낸 분신…… 그것을 통해 싸움을 지켜보고 계셨군요."

"모를 일이지. 어째서 내가 나구모가 아니라고 할 수 있어?"

"방금 전의 토라키 님은, 흡혈귀로서는 너무 강력했습니다."

카라스마가 잘라 말했다.

"미하루 아가씨께서 토라키 님을 위해 피를 준비한 것은 알고 있으니 그 탓일까 생각했습니다만, 저를 압도할 정도의 힘을 발휘했다면, 저쪽이 나구모 도련님이겠죠."

"……뭐, 그걸 얼버무려도 소용이 없겠네."

호텔에서 습격을 받은 뒤, 히키 가문의 대화재나 호텔 습격자의 정체를 알고서 히키 가문과 카라스마가 공범이 아니라 카라스마의 단독범행일 가능성이 급부상했다. 그때 나구모의 제안으로 『토라키와 아이리스』의 콤비를 두 팀 만들어 미하루를 구조하러 가게 됐다.

이유는, 만약 카라스마가 정말로 범인이었을 경우 도술밖에 못 쓰는 아이리스와 피를 거의 안 마신 토라키, 그리고 고작해야 눗페라보인 나구모는 대항할 수 없기 때문이다.

그래서 나구모가 토라키로 변신하고, 습격자들의 피를 마셔서 스트리고이의 자식으로서 최대급의 힘을 발휘한다.

그 이면에서, 히키 가문과 무지나 사람들이 도망치지 못했거나 부상을 당했을 경우 토라키와 아이리스가 구조를 하러 간다.

토라키와 이이리스는 토라키의 모습을 한 나구모가 습격자인 텐구의 피를 빠는 모습에 표정을 찌푸렸지만, 나구모는 전혀 주저하지 않았다.

『상혼석이 힘을 흡수하는 기랑 다를 거 읎다. 지금은 미하루의 위기를 구해야제.』

주저 없이 미하루를 좋아한다고 공언하는 그 나구모의 모습에, 아이리스는 자신의 마음을 순순히 밝히지도 못하고 이번 교토의 여행에서 무의미한 기행을 반복한 자신이 조금 부끄러워졌다.

그렇기 때문일까? 아이리스가 이때 입을 연 것은.

"……카라스마 씨. 당신이 하는 말, 나는 조금 이해돼."

"흐음?"

"지금의 인간 세계에서 경제활동에 종사하며 살아갈 수 있는 팬텀은 불과 한 줌. 그것도 정체가 알려지면 쌓아 올린 것을 하룻밤에 잃어. 자칫하면 목숨까지. 그런 의미에서, 팬텀보다도 인간이 훨씬 잔혹해."

"수도기사가 다 안다는 듯이……."

표면상의 동정이라고 생각했는지, 카라스마는 아이리스를 조소하려고 했다.

"나는 『아빠』가 흡혈귀였어."

그때 아이리스가 조용히 말한 한 마디가 그를 때렸다.

"예레이의 기사의 아버지가, 흡혈귀?"

"그래. 이건 아이카 무로이도 아는 사실이야."

"……아이리스."

아이리스의 독백에 토라키도 놀랐지만, 지금까지의 일로 어쩐지 예상되는 부분이기도 했다.

"열 살이 될 때까지, 나는 당신과 같은 이상을 품었어. 수많은 이해자도 있었어. 나는…… 인간과 팬텀이 공존할 수 있는 세상이 있다고, 믿어 의심치 않았어."

"결론을 들어보지요."

"그런 세계는 있을 수 없어. 인간과 팬텀은 다른 세계의 생물이야. 같은 세계에서 살아간다면, 쌍방이 불행해져. 그러니까……."

아이리스는, 카라스마를 똑바로 보면서, 말했다.

"그러니까 나는, 유라가 인간으로 돌아와주면 좋겠어."

"여기서 상호이해는 어려울 것 같군요."

카라스마가 탄식하더니, 까마귀 얼굴에서 부리가 사라지고 텐구의 눈동자도 인간의 것으로 변화했다.

"어허. 도망칠 수 있다고 생각하지 마. 이상의 세계 이야기도 좋지만, 지금 문제가 되는 건 카라스마 씨, 당신의 신병 문제야. 이것의 힘은, 당신도 알고 있지?"

금방 덤벼들 기색은 없어 보이지만, 토라키는 무슨 일이 일어나도 움직일 수 있도록 대비했다.

토라키 자신은 미하루가 준비한 피 말고는 섭취하지 않고, 막상 전투에 들어서면 나구모처럼 싸울 수 없다.

그렇기에 토라키는, 보검이라도 되는 것처럼 오른손에 쥔 돌을 카라스마에게 내밀었다.

"그것은, 쿄슌 님의 돌이군요."

토라키가 손에 쥔 것은, 놋페라보의 비법인 상혼석.

가루다의 섬열로 타오르는 저택의 불꽃을 끈 것은 이 무지나 쿄슌의 상혼석이었다.

손바닥에 쏙 들어갈 정도로 작은 얼굴이 달린 보옥이 웬만한 성을 태워버리는 불꽃을 한 입에 빨아들였을 때는 토라키도 부르르 떨었다.

"실례되지만, 지금의 토라키 님과 아이리스 님은 설령 그

돌이 있어도 저와 싸울 수는 없으리라고 생각합니다만."

"당연하지. 그런 거야 알고 있어. 교토에서 우리는, 미하루랑 나구모의 발치에도 못 미치는 잔챙이지."

한심한 말을 하면서, 토라키는 자신 없게 웃었다.

"나는 미하루의 덤. 아이리스는 성구가 없어. 그런 우리가 싸울 리 없잖아. 왜냐면 이건……."

"히키의 내분이라 안카나."

"크악?!"

카라스마가 신음하고 커다랗게 도약했지만, 그것은 모두 끝난 다음이었다.

교토의 밤하늘에 뜬 초승달이 떨어진 것 같았다.

밤하늘에서 카라스마를 급습한 히키 텐도는 칼을 뽑아 손에 쥐고 있었다.

"……당대, ……윽."

카라스마는 왼쪽 어깨부터 대각선으로 베여서, 새빨간 피를 뿜으며 무릎을 짚었다.

"카라스마…… 니 이런 짓을 잘도 했대이."

그것을 내려다보는 것은 창백하게 빛나는 칼의 피를 떨쳐낸, 텐도의 차가운 눈이었다.

이마에 마른 피가 달라붙었고, 안색이 창백하고, 기모노도 온통 상해 있었다.

그러나, 그래도 히키 텐도가 가진 기척은 거기 있기만 해도 무릎을 꿇고 싶어질 정도로 처절했다.

"너무 느긋하게 싸웠군요. ……당대의 회복력을, 얕보고 있었습니다."

"얕보도록 평소에는 노인답게 행동하는 기다. 뭐든지 해둬야 하는 법이래이. 니 같은 기한테도 효과가 있다 아이가. 무시 몬하제."

텐도의 온몸은 상처투성이지만, 그래도 모든 상처가 막혔고, 발치도, 칼을 든 손도 흔들리지 않았다.

야오비쿠니의 생명력이 이룩한 경이적인 회복력과 체력이었다.

"이야기는 아이리스 씨의 나시반으로 들었다카이. 설마하니 70년 전에 그 흡혈귀를 불러들인 기 카라스마 가문일 줄은 몰랐다."

"그 무렵 무지나의 행태는, 봐줄 수가 없었다고 아버지는 말을 했습니다."

"참말로 그랬제. 노공은 변변찮았다. 케도. 그래도 딱 하나 봐줄 기 있었다. 뭔지 아나?"

텐도는 카라스마의 턱에 칼날을 대고 웃었다.

"그래 보여도, 동료한테 의리는 지키는 남자였제. 케가 감당 못하는 빚을 진 게 한두 번이 아니다. 그거는 그거대로, 조금이라도 무지나에서 뻗어나간 귀요 가문이랑 좋은 관계를 맺으려고 노력은 했다 아니가."

"크학!"

"자, 잠깐!"

텐도가, 턱에 댄 칼의 날을 세워 카라스마의 목에 찌르는 것을 보고 토라키가 외쳤다.

"이 정도로 죽을 일 읎다. 카라스마아. 요즘 세상에, 아무리 훌륭한 명분이든 피로 써봐야 아군이랑 같은 수의 적이 생길 뿐이래이. 그런 것도 몰라가 혁명이라 켔나."

"큭……!"

"카라스마 가문은 끝이래이. 텐구 일당은 모조리 히키랑 무지나가 관리할 기다. 거부는 몬한다. 혈기 쫌 넘치는 생각 없는 오니나 텐구를 아무리 구슬려봐야, 대부분의 팬텀들은 현실을 제대로 보고서, 자신과 세상의 타협을 해가 더 좋은 생활을 위해서 노력하고 있는 기라. 수많은 목숨이 걸린 일이 한달음에 성립할 수 없는 기를 그 좋은 머리에다 다시 한 번 가르쳐 주께."

"……하지 마라."

"머?"

"장난하지 마라…… 그러는 사이에, 얼마나 요괴가 죽지? 어느 정도 종이 죽어가나!"

목에 칼이 박힌 채, 카라스텐구의 수장이 짖었다.

"히키와 무지나가, 수백 년에 걸쳐 무엇을 했나! 인간에게 예속되어, 동포를 죽음으로 몰고, 자신들만 『사람』인 척하면서 이 일본에 사는 요괴의 불우함을 보고도 못 본 척하지 않았나!"

"……여기서 상호이해는 어렵겄다."

텐도는 카라스마의 외침에 코웃음을 쳤다.

그러나 토라키의 눈에는, 텐도가 웃고 있기는 해도 그 눈에 어쩐지 연민의 색이 섞여 있는 것 같다는 생각이 들었다.

"나는…… 혼자가 아니다."

카라스마는 목에 파고든 칼날을 맨손으로 쥐고, 텐도의 힘에 저항했다.

"팬텀은, 살아가려고 한다. 살아가야 한다. ……인간은…… 우리들을 알아야 한다……."

카라스마는 텐도가 아니라 토라키를 보았다.

텐구가 아니라, 평소의 은테 안경 안에 있던 사람의 눈으로.

"요괴와 사람은, 이미 뒤섞이고 있다……. 토라키 님, 그리고 리앙 쉬이링은 그 선두에 있지."

"뭐라고?"

"그렇지만, 이번에는, 쿄슌 님의 처리가 잘 된 것에 우쭐해져서, 너무 성급했습니다. 무로이 님이 다음에 돌아오시는 걸 기다렸다면 좋았을 것을. 오늘 밤에는, 여기서, 물러가겠습니다."

이 상황에서 텐도가 그것을 용납할 리 없다.

토라키도 상혼석을 겨누고, 카라스마가 어떤 움직임을 하든 대처할 수 있도록 경계했다.

그러나 카라스마는 그 이상 움직이지 않고, 칼날을 쥔 것과 반대쪽 손의 손가락을 살짝 움직이기만 했다.

"윽……! 카라스마!"

텐도가 그 움직임을 깨달았지만, 그때는 이미 모두 늦었다.

가루다의 섬열 같은 태양이 카라스마의 왼쪽 손에 출현했다.

그것만으로 텐도의 칼이 튕겨나가고, 몸도 날아갔다. 토라키의 손에 있던 상혼석이 각설탕처럼 한순간에 부서지고 용해되더니, 토라키와 아이리스도 날아가 버렸다.

제각각 낙법을 하면서 돌아보았을 때, 카라스마의 모습은 이미 흔적도 없이 사라져 있었다.

"카라스마아아!!"

텐도가 밉살스러워 미치겠다는 듯 칼을 땅에 내리쳤다.

"여의보주(如意寶珠)까지 쓰는 기가……. 이 장난질에 꽤 많이 공을 들였구나. 진심으로 히키에 대항할 셈이가…… 하아."

텐도는 맥이 빠진 기색으로 그 자리에 풀썩 앉더니, 신음했다.

"모지리자슥."

"사라, 졌어? ……으아!"

아이리스는 주변을 경계하면서 일어서려다가, 뾰족한 돌을 밟고서 밸런스가 무너졌다.

"야, 정신 차려. 무사해?"

토라키가 황급히 아이리스에게 달려가 일으키려고 했다.

"괘, 괜찮아! 나 괜찮아!"

아이리스는 어째선지 내민 손을 황급히 떨쳐내고, 비틀거리면서 새삼 일어섰다.

"그, 그보다도, 카라스마는 정말로 사라졌어?"

"사라졌다. 틀림없대이. 비장의 수인 여의보주로 어디 멀리 도망친 기다. 경우에 따라서는 지구 반대쪽에 있을 수도 있다."

아이리스의 의문에 대답한 것은 텐도였다.

"여의…… 뭔가요?"

"여의보주. 텐구족의 비법이래이. 전설로는 뭐든 생각대로 이루어지는 마법 구슬 같은 기라카는데, 실제로는 보는 것처럼 임의의 장소로 임의의 대상을 날려보내는 순간이동술 같은 기다."

텐도는 울적한 기색으로 일어서더니, 묵직한 한숨을 쉬고 하늘을 올려다보았다.

"이 뒤처리는, 비쌀 기다……. 무지나도, 얼마나 무사할지."

이튿날의 신문과 뉴스에 히키 가문의 대화재 소식은 대문짝만하게 보도되었다.

보도 헬기에서 찍은 영상이 상혼석으로 소화하는 순간을 촬영했으며, 명백하게 알려진 물리화학 현상과 동떨어진 영상을 보고 수많은 전문가들이 고개를 갸웃거리는 결과를 냈다.

어쨌거나 일본 팬텀 세계를 뒤흔드는 대사건이었으며, 히키 가문의 대들보가 크게 흔들렸을 텐데.

"참말로, 수고롭게 와주셔가 고맙심더."

카라스마가 토라키 일행 앞에서 홀연히 사라진 지 24시간도 안 되어, 토라키와 미하루와 아이리스는 히키 가문의 저택과 거의 다를 바 없는 규모의 별저 저택에서 히키 텐도와 마주보고 있었다.

히키 가문 본저는 『어소의 귀문』이었지만, 이 별저는 명승지 아라시야마의 산자락에 위치해 있어서 마치 사원 같았다. 미하루 말로는 이곳 또한 히키 가문, 나아가 교토 팬텀의 요충지라고 한다.

오랜 기간 쓰지 않았고 아무도 없었기 때문에 카라스마가 노리지 않았다고 한다. 아라시야마에 『쓰지 않는』 별저가 있고, 게다가 그것이 그날 즉시 사용할 수 있도록 정비되어 있다는 히키 가문의 자금력에, 토라키는 새삼 현기증이 났다.

그리고 토라키가 놓인 상황 또한 전날과 딴판으로 변해 있었다.

토라키는 기성품이긴 하지만 교토 일류 브랜드의 양복.

아이리스는 또 기모노를 입고 있었다. 게다가 초심자인 토라키의 눈으로 봐도 전날의 렌탈품보다 명백하게 고급품이었다.

그리고 토라키와 아이리스가 상석이었고, 텐도는 미하루와 나구모 옆에서 나란히, 토라키와 아이리스에게 공손히 고개를 숙이고 있었다.

"토라키 님, 아이리스 님. 이번에 저희들의 부덕 탓에, 식솔이 폐를 끼친 점, 참으로 죄송합니다. 히키 가문 당주로서, 진심으로 사과드립니다."

"아, 아뇨, 저기……."

"또한, 무지나 쿄슌의 처지를 경계하는 의미를 담아서, 요전에 손녀의 억지를 따라 멀리서 와주신 토라키 님에게, 용서받을 수 없는 무례를 저질렀습니다. 부디 용서해 주세요."

차라리 시원스러울 정도의 변화라서, 토라키는 눈을 깜박거렸다.

"그, 그건. 억지는 아니고요……. 애당초 제가 미하루 씨에게 신세를 지고 있는 건 사실이니까요."

"그것도 미하루가 히키 가문의 사명과 토라키 님의 목적이 일치하는 것을 핑계 삼아, 이용하는 것일 뿐입니다."

"히키 가문의 사명…… 그건……."

토라키가 힐끔 옆에 앉은 아이리스를 보았다.

"무로이 아이카와 어떤 관계가 있는 건가요?"

"그 흡혈귀가 과거, 일본에서 날뛴 것은 토라키 님도 잘 아실 겁니다."

아이리스의 분신체를 통해 70년 전에 카라스마의 아버지가 아이카를 일본으로 불렀다는 것을 알았을 때, 토라키의 몸속에 정체 모를 감정이 솟은 것은 분명했다.

히키와 무지나는 그 무렵부터 일본 팬텀의 정점에 있었으니까, 토라키가 흡혈귀가 되어버린 것은 간접적으로 히키 가문과 무지나 가문이 연관되었다고 할 수도 있기 때문이다.

"본래 고요 스트리고이는 우리들 세계에서는 경계해야 하는 상대였습니다. 당시 세계정세의 격변을 틈타 세력을 급신장시킨 그 자를, 우리들은 섣불리 일본에 들이고 말았습니다. 최대한 경계를 하고 있었습니다만······."

"우리 할배가 요령이 없어가 그기에 카라스마 가문이 파고들었던 기라."

『맨 얼굴』의 나구모가 어째선지 맨 얼굴로도 알 수 있는 떫은 표정으로 말했다.

"그렇지만, 쿄순과 저, 그리고 어떤 인간의 힘으로, 한때는 무로이 아이카를 소멸 직전까지 몰아붙였습니다. ······그 자의 존재가, 현재 서일본 팬텀과, 그 이외의 지역에서 암십자 기사단과 맺은 현재까지의 협정에 이어져 있습니다."

"혹시, 그 분은 노리코 치지와인가요?"

본래는 초대 받지 못한 손님이기에 부담스런 환대에 토라키 이상으로 안절부절 못하던 아이리스가, 무심코 입을 열었다.

　"맞습니다."

　텐도가 긍정하고, 모르는 이름에 당황하는 토라키에게 미하루가 보충했다.

　"치지와 노리코. 암십자 기사단 일본지부의 창시자입니다. 나카우라 수녀는 과거에 치지와 노리코의 종기사였다고 해요."

　"노리코는 강하고, 격렬한 여성이었습니다. 당시에는 수도기사조차 아니었는데, 저나 쿄슌과 나란히 맞서는 강함을 가지고 있었습니다. 그런만큼……. 그녀가 살아 있는 사이에 무로이 아이카를 쓰러뜨리지 못한 것이 통탄할 따름입니다. 그 여자가 두 번, 미하루 앞에 나타났다는 얘기를 들었을 때는 핏기가 가시는 기분이었어요."

　"요코하마와 수도고속도로 일을, 모르셨던 건가요?"

　"제 탓입니다, 토라키 님. 제가 본가와 연락을 카라스마에게 일임한 탓에……."

　미하루도 오늘은 얌전한 태도였다.

　"무로이 아이카의 위협은, 어렸을 때부터 듣기는 했어요. 그렇지만, 쿄슌 님이나 할머님을 그 정도까지 고생시켰다는 것은 몰랐어요. ……할머님, 토라키 님."

　미하루는 토라키와 텐도를 시야에 넣으며 고개를 숙였다.

"미하루의 미숙함을 용서해 주세요. 모르고 있었다지만, 일본 팬텀의 적을 눈앞에서 두 번이나 놓치고, 쿄슌 님 살해의 원인을 만든 저는, 아직 히키 가문 당주의 그릇에는 이르지 못합니다. 얼마간 더, 수행을 하고 싶습니다."

"……미하루."

텐도는, 비통한 표정으로 고개를 숙인 손녀를 보았다.

"……미안태이……!"

그리고 갑자기 두 눈 가득 눈물을 담고서 손녀를 끌어안았다.

"무서운 일 당하게 해가 미안태이! 원래는 니 아직 학교 댕기고 있을 나인데, 이런 심한 짓을 해가 미안타!! 으에에에에!"

"이, 아, 에?"

갑자기 흐트러진 텐도를 보고 토라키와 아이리스는 격렬하게 동요했다.

"텐도 할머니는, 원래가 이기다."

나구모가 조용히 중얼거렸다.

"우와아아앙! 쿄슌이 죽어가 내도 불안했다 아이가아아아! 그래가 정신 빠짝 챙기야 된다 카가 그래가, 니 좋아한다 카는 사람인데도 짜게 말을 해버린 기다아아아! 참말로 미안태이이이이!"

"하, 할머님! 토라키 님과 아이리스 예레이 앞이에요! 조, 조금 진정하세요."

"흐에에에에에에!"

울음이 터지면 좀처럼 멈추기가 어려운지, 얼굴이 빨개진 미하루를 끌어안은 채 텐도는 도무지 울음을 멈추지 않았다.

"아아~ 참……."

미하루도 금방 포기하고, 할머니가 하는 대로 두었다.

내버려두면 계속 울기만 할 것 같아서, 토라키는 조심조심 말을 재촉했다.

"그, 그래서, 이 다음에는 어떡하는 거죠? 본래 미하루의 혼담은 쿄슌 씨 일이 원인이었잖아요?"

"훌쩍…… 그거는, 일단 보류할김더."

"할마이?!"

나구모가 비명처럼 외쳤지만, 텐도는 무시했다.

"히키의 본저가 저 꼴이 되가 있고, 무지나의 노공도 크게 다쳤심더. 그리고 카라스마가 선동한 자들의 처분이나 조사도 해야카고, 당장, 뭐 어칼 수는 없어예."

"그, 할마이? 내랑 미하루가 혼약을 한다카는 거 자체는 그대로 두면 안 좋나?!"

"저기, 하, 할머님, 이제 그만 놔주시면……."

"나구모, 할마이는 니가 내성적이라도 착하다카는 건 안다. 케도 니, 미하루가 좋다 안하지 않나?"

"흐각?!"

놋페라보의 실망하는 표정을 알아볼 수 있다는 것에, 토라키는 이제 뭔가 정취마저 느끼고 있었다.

"나구모는 오오이와 마사토시일 때보다, 놋페라보일 때 표정이 풍부하네······."

아이리스도 같은 생각을 했다. 토라키와 아이리스의 눈은 놋페라보가 당장이라도 울음을 터뜨릴 것 같은 비장한 표정을 정확하게 읽어낼 수 있었다.

"내도, 집안이 중하다 생각하는맨치로 미하루 중하다. 그래가 미하루가 좋다는 사람이랑 결혼해 사는 게 제일이다. 훌쩍······. 그라니까 미하루, 좋다. 인정한다! 토라키 씨라면 기량도 남자다움도 충분하대이!"

"저기?!"

"할마이!!"

이것에는 아이리스도 주춤거렸다.

"들었나요오? 아이리스 예레이?"

그리고 미하루는 할머니에게 끌어안긴 채 토라키가 아니라, 아이리스에게 무척이나 사악한 미소를 지었다.

"뭐, 뭘······ 나는······ 딱히······."

그에 대해 텐도와 토라키 앞이라, 아이리스는 얼굴을 붉혔지만 대들지 못한다.

다만 아이리스는 확신했다. 미하루는, 자신이 교토에 온 동기를 깨닫고 있었다!

"미, 미하루! 괜한 말을 하지 마! 나구모도 뭘 충격 받아서 재가 됐어! 텐도 님이 말씀하신 건, 당신이 유라보다 매력적이 되라는 거 아냐?!"

"아니 아이리스 씨. 그치만 내, 카라스마 씨랑 싸울 때, 토라키보담도 훨씬 남자답지 않았나? 그거로 안 되믄 우짜라카나?"

"왜 싸우기도 전에 지고 있는데!"

"싸운 다음에 졌다! 우짜라카나아아!"

"토라키 씨는 어떻나? 미하루랑 결혼하고 싶다카믄, 식이라도 올려두까?"

"할마이 결혼식을 선술집 뒤풀이하는 것맨치로 하지 마라!"

제멋대로 들뜨는 주위에, 토라키는 그저 쓴웃음을 짓는 수밖에 없었다.

"……텐도 씨, 죄송합니다. 저는 당신한테 거짓말을 했어요."

그리고 작게 고개를 숙였다.

"저랑 미하루는 연인이 아닙니다. 저는 도쿄에서 미하루가 제게 이것저것 챙겨주니까, 거기에 안주한 비겁자일 뿐이죠. 이번에는 그 빚을 갚기 위해서 왔을 뿐이에요. 저는 당신에게 좋은 평가를 받을만한, 훌륭한 남자가 아닙니다."

"토라키 씨……."

"그리고 저는…… 팬텀이 아니라 인간으로 살아가고 싶어요. 인간으로 돌아갈 때까지, 특정한 반려를 가질 생각은 전혀 없습니다. 이번 일도, 말려들어서 어쩔 수 없이 싸운 부분이 커요. 제 힘도 인간적인 매력도, 손녀따님을 위해 계속 목숨을 건 나구모 씨의 발치에도 못 미칩니다. 아이리스."

토라키는 그렇게 말하고 아이리스를 재촉하여 상석에서 일으켜 세우더니, 입구의 문 앞에서 다시 앉았다.

아이리스도 한 박자 늦게 토라키의 뒤에서 익숙지 못한 정좌로 앉았다.

"저도 아이리스도, 성실함이 부족한 초대받지 못한 손님입니다. 손녀따님에 대한 사과와 변제는, 언젠가 다시 하겠어요. 이번에는 이만 실례하도록 하겠습니다."

"……어여 가래이~."

멀리서 나구모가 비굴하게 중얼거리지만, 텐도와 미하루는 전혀 표정을 바꾸지 않았다.

그러긴커녕.

"안 된대이. 그럼 안 된대이, 토라키 씨. 참말로 상냥하대이. 미하루의 억지를 그래 감싸주네."

"어? 아뇨, 저는 정말로……."

"도쿄 사람이 겸허하다 카드만 참말이래이, 미하루."

"네. 저는 토라키 님의 이런 부분이 견딜 수 없이 사랑스러워요."

조모와 손녀는, 토라키가 예상도 못한 각도에서 다시 신이 나서 떠들기 시작했다.

"토라키 씨도 아이리스 씨도, 그래 서둘러 돌아갈 거 없이 좀 느긋하게 쉬다 가셔예. 손녀 친구를 집안 소동에 끌어들이 놓고 그냥 돌려 보냈다카믄 히키 가문 당주의 체면이 스질 않소."

"할머님, 아이리스 예레이는 친구가 아니에요. 그리고, 그녀는 수도기사. 협정 위반 상태를 계속하는 것은……."

"뭔 말이고 미하루. 어데 수도기사가 있나?"

텐도는 울어서 빨개진 눈으로 생긋 웃었다.

"아이리스 씨는 강시 아니가? 강시라믄 교토에 있어도 아무 문제없지 않았나?"

토라키와 아이리스는 눈이 동그래졌고, 미하루도 텐도와 아이리스를 몇 번인가 보았지만, 이윽고 포기한 기색으로 탄식했다.

"할머님이 그렇게 말씀하신다면, 어쩔 수 없네요."

그리고 아이리스를 보았다.

"아이리스 예레이. 당신이 뭘 하러 일부러 강시의 도술을 습득하면서까지 교토에 왔는지 나는 저어언혀 도무우우지 모르겠지만, 할머님이 당신을 환영한다고 말씀하셨습니다. 오늘 정도는 당가에 머무르세요. 할머님은, 말을 꺼내면 듣질 않으시니까요."

"……아, 알았어. 신세 지겠습니다."

텐도 앞이라 미하루에게 그다지 강하게 말할 수 없는 아이리스는, 미하루가 아니라 텐도에게 고개를 숙였다. 텐도도 만족스럽게 고개를 끄덕였다.

토라키도 텐도가 궤변으로 아이리스를 감싸준 것을 이해하고 감사의 의미를 담아 고개를 숙였지만, 문득 깨닫고서 아이리스를 돌아보았다.

"……뭐, 뭔데, 유라."

"……아니. 아무것도 아냐."

결국 토라키 안에서 아이리스가 지금 교토에 있는 이유에 대한 갖가지 의문이 해결되지 않았지만, 기껏 텐도가 감싸준 이 흐름에서 물어볼 일이 아니라 입을 닫았다.

※

이튿날 저녁. 토라키와 아이리스는 교토 역의 신칸센 홈에 있었다.

토라키는 양손에 잔뜩 기념품을 들었고, 아이리스는 왔을 때 입었던 사복으로 돌아와 있었다.

"토라키 님, 이 여행에서는 정말로 신세를 겼습니다. 조심해서 돌아가세요."

"인자 다시는 교토 오지 말래이."

미하루와, 오오이와 마사토시의 모습이 된 나구모가 마중을 나왔다.

"사실은 저도 함께 돌아가고 싶습니다만, 본가가 저런 상황인 것을 방치할 수도 없어서요. 용서해 주세요."

"괜찮다니까. 뭐 분명히 기가 막힌 꼴을 당했지만, 여행의 창피는 버리는 거고, 트러블도 지나가고 나면 좋은 추억이야."

"저는 그날 밤에, 더 좋은 추억을 만들고 싶었지만요."

토라키가 보이는 틈에 전력으로 파고드는 미하루의 거동을 보고, 아이리스와 나구모는 재빨리 두 사람 사이에 끼어들었다.

"뭐 결과적으로는 신세를 졌어. 여러 가지 일이 있었고 크게 도움도 안 되긴 했지만, 당신 덕분에 보기 드문 경험을 했어. 감사할게."

"내가 할 말 아니가. 그때는 아이리스 씨밖에 의지할 사람이 없어가, 이쪽도 기분이 좀 편해져가 살았다."

"어머나. 아이리스 예레이와 상당히 친목을 다진 모양이군요, 나구모. 사귀면 될 텐데."

"미하루우!"

"미하루……."

나구모가 가여운 표정으로, 아이리스는 살의가 담긴 눈으로 미하루를 보지만 당연히 미하루는 동요하지 않았다.

"토라키 님. 히키 가문은 앞으로도, 무로이 아이카를 추적할 겁니다. 그 과정에서, 토라키 님도 계속 지원할 것이니 싸울 때가 되면, 사양하지 마시고 저와 히키를 의지해 주세요."

"그때마다 빚 변제 여행이 따라오지 않는다면, 잘 부탁해. 아……."

구내 안내방송이 들리고, 토라키와 아이리스가 타는 신칸센의 헤드라이트가 신오오사카 쪽에서 진입했다.

"그러면, 또 보자."

"네, 또 이케부쿠로에서."

"나구모, 건강해."

"그쪽도 건강하래이."

토라키는 트렁크와 기념품을 고생해서 들고 가며 도착한

신칸센에 탔다. 아이리스도 가볍게 손을 흔들고 그 뒤를 따랐는데, 그 등에 미하루가 말을 걸었다.

"아이리스 예레이."

아이리스가 고개만 돌리자, 미하루가 아이리스만 알 수 있는 악의가 가득한 아름다운 미소를 지으며 손을 흔들고 있었다.

"리앙 쉬이링과 나카우라 수녀에게 안부 전해주세요. 토라키 님에게, 너무 폐를 끼치지 말고요."

"윽!"

아이리스가 대답을 하는 것보다 빠르게 신칸센의 문이 닫히고 금방 미하루의 모습이 보이지 않게 됐지만, 아이리스는 잠시 그 자리에 우두커니 서 있었다.

못을 박았다.

미하루는 모두 알면서 아이리스에게 못을 박았다.

다시 말해서, 『자신이 없는 곳에서 토라키에게 여태까지와 다른 방식으로 접근했다간 어떻게 될지, 알고 있겠지』라는 것이다.

히키 가문은 아이리스를 강시로 취급하여, 협정 위반을 없었던 일로 해주었다.

그러나 도쿄와 암십자측에서 보면, 아이리스는 협정을 의도적으로 깨고, 보호 관찰중인 강시에게서 술법을 배운다는 배신행위를 한 것이 된다.

그리고 아이리스가 그렇게까지 하는 이유는, 미하루가 보기에 한 가지밖에 없었다.

"정말…… 진짜, 나는…… 뭘."

아이리스는 바닥에 웅크려 버렸다.

역시 이 교토 여행은 잘못이었던 걸까?

그러나, 전투에 큰 도움이 되지 않았다지만 자신이 없었다면 카라스마를 상대로 분신을 이용한 기책을 쓰지 못했다. 미하루도 나구모도 토라키도, 어쩌면 살해당했을지도 모른다.

그러나, 아이리스가 없었어도 쿄슌의 상혼석을 더 다른 방식으로 사용했다면 모두 잘 수습되었을 가능성도 있었다.

쿄슌의 상혼석은 결국 부서져 버렸고, 새롭게 돌을 구하지도 못했다. 토라키를 둘러싼 사태와 상황도 결코 좋아지지 않았다. 이렇게 생각하자 아이리스는 그저 미하루에게 약점을 잡히러 교토에 온 것 같았다.

아니, 미하루뿐이 아니라 쉬이링에게도 같은 약점을 잡힌 거나 마찬가지.

당연하지만, 나시반도 도술도, 토라키의 교토행 직전에 쉬이링에게서 조달한 것이니까.

"야, 왜 그러는데?"

시간이 지나도 자리에 안 오는 아이리스가 걱정됐는지, 토라키가 통로로 돌아왔다.

"……아무것도 아냐. 전차가 흔들려서 팔꿈치 좀 부딪쳤어."

서투른 변명을 하면서 아이리스는 토라키 옆을 지나 차 안으로 들어가 자기 자리에 앉았다.

"너, 창가 자리 앉을 거야?"

"그래. 좀 통로 쪽에 앉고 싶지 않아."

아이리스는 낮은 목소리로 대답하고, 토라키를 보지 않도록 창을 응시했다. 그런데 야간이라 창에 선명하게 통로 쪽에 앉은 토라키의 얼굴이 반사되어, 이마에 손을 대고 머리를 감싸 쥐었다.

대체 나 어떻게 된 거지?

불과 사흘 전까지, 토라키의 얼굴 따위 아무리 가까이서 봐도 신경 쓰지 않았는데.

그런데…….

"그래서, 이제 됐냐?"

"헥?! 뭐, 뭐가?!"

"이제 슬슬 말해봐. 교토에는 왜 왔어? 결과는 좋았지만, 여러모로 위험한 일도 있었고, 나시반이랑 도술도 리앙 씨가 출처지? 기사장한테 들키면 위험한 일 한 거잖아. 그렇게까지 하면서 뭐 하러 왔는데?"

"……."

어째선지, 조금 짜증이 났다.

나구모는 만나고서 금방 아이리스의 본심을 꿰뚫어보았다.

미하루는 아이리스가 아무 말도 안 했는데도 모든 상황에서 대답을 이끌어내더니, 약점을 쥐고 아이리스에게 못을 박았다.

그런데, 어째서, 유라만.

"……무지나 패밀리와 놋페라보에 대해서, 조사했어. 그래서, 요괴의 요력을 흡수해서 죽여 버린다는, 상혼석에 이르렀어."

갈 곳 없는, 쌉싸름한 분노가 아이리스의 마음을 냉정하게 만들었다.

"하지만 그때는, 상혼석이 놋페라보가 죽은 다음에 출현한다는 걸 몰라서, 어쩌면 무지나 패밀리에게 적시를 당한 당신이 살해당하지 않을까 생각했지. 당연하잖아. 무지나가 보기에 당신은 혼담을 부수러 온 사람이니까."

"아아, 뭐 그렇네."

"하지만 협정이 있으니까 수도기사는 교토에 못 들어가. 하지만 파트너 팬텀에게 무슨 트러블이 있으면 내 책임인걸. 어떻게든 따라갈 수단이 없을까 생각해서, 비상용으로 쉬이링한테서 술법이랑 도구를 징발했어."

"징발이라니."

딱딱하고 어려운 말도, 술술 나온다.

"수도기사는 팬텀을 추적할 때, 무기를 현지에서 조달하는 일도 있어. 교토는 대도시니까, 마음만 먹으면 은제품은 얼마든지 구할 수 있어. 이래 보여도, 은식기 같은 걸로도 싸울 수 있어. 그러니까 너희들이 탄 신칸센부터 계속 추적했어. 카라스마가 방해하지 않았으면, 얘기가 더 간단해졌을 거야."

"그렇군. 그런 거구나."

토라키는 고개를 끄덕이며 납득한 모양이다.

그것이 또, 아이리스의 마음을 휘저었다.

왜 눈치 못 채는 걸까?

지금 아이리스의 설명은 너무나도 모순과 구멍투성이다.

상혼석에 대해서는 바푸나또 호텔에서 토라키가 인간으로 돌아갈 수단이라고 설명을 하려다 말았었다. 지금 말한 이유라면 애당초 나구모와 행동할 필요도, 렌탈 기모노를 입을 이유도 없다.

아이리스는 절대 그럴 리 없다는 걸 알면서도, 그래도 미하루에 대한 질투를 억누를 수가 없는데, 토라키는 호텔에서 나구모와 함께 있는 그녀를 보고서도 갑작스럽게 마주친 것 이상으로 놀라지 않았다.

"꽤 걱정을 끼친 모양이네."

"그렇게 생각하면, 조금은 든든해져 봐."

"그래도, 이쪽도 네가 교토에 왔다는 걸 듣고서 꽤 걱정했다고. 호텔에서 네가 오오이와 마사토시랑 같이 있는 걸 보고 심장이 멎는 줄 알았다."

"아아. 나구모의 얼굴?"

"네가 태연하니까 팬텀이라는 건 금방 짐작이 갔는데 말이지. 누가 뭐래도 얼굴이 그 시대를 풍미한 대스타, 오오이와 마사토시잖아. 아무래도 한순간 초조해졌다고."

"오오이와 마사토시가 그렇게 좋아?"

"다음에 렌탈해서 보여줄게. 『아바시리의 포효 눈보라 치는 붉은 칼날 완결편』은 꼭 봐야 돼.”

보기 드물게 들뜬 토라키를 보자, 아이리스는 갑자기 독기가 빠져버렸다. 내뱉은 숨결로 자신의 몸이 조금 줄어든 것 같은 감각에 빠졌다.

이제, 무슨 이야기를 하는 건지도 모르겠다.

“일단 호텔에서 봤을 때, 가지가지 일 때문에 꽤 짜증났다고. 너 남한테 걱정 끼쳐 놓고서, 뭘 외간 남자랑 태평하게 관광을 하고 있냐고.”

그런데 이 한 마디를 들은 아이리스는 퍼뜩 고개를 들고, 토라키에게 불쑥 다가갔다.

“그, 그건 무슨 뜻이야?”

“아, 아니, 무슨 의미고 뭐고, 말 그대로야. 남한테 걱정 끼쳐 놓고서, 외간 남자랑…….”

“그거 질투했다는 거야?!”

“어, 뭐야?! 질투?”

아이리스가 질문한 의도를 가늠하지 못한 토라키는 당황하여 눈을 깜박거렸지만,

“뭐, 그렇게 되나? 오오이와 마사토시니까……. 아, 하, 하지만 이상한 오해 하지 마라! 나는 파트너 팬텀 같은 제도에 영합하고 싶은 게 아니고, 단지 네가 태평해 보였다는 것뿐이지…….”

토라키가 엉뚱한 변명을 거듭했지만, 아이리스는 싫지 않은 표정으로 토라키와 떨어지더니 턱을 앞으로 내밀고 어깨

를 으쓱거렸다.

"뭐, 좋아. 그거면 됐어."

"어, 야. 그러니까 이상한 오해는 하지 말고……."

"안 했어. 유라는 내가 모르는 남자랑 즐겁게 노는 게 마음에 안 들었다. 그거면 되지?"

"그, 그래! 그거면 된다…… 그거면 되는, 건가? 응?"

암십자 기사단을 좋게 생각하지 않는 토라키는, 그렇게 대답하는 수밖에 없었다.

얄팍하고 실속도 없지만, 그 말이 토라키 입에서 나온 것만으로 아이리스는 지금은 만족했다.

"산의 산달이 됐는데, 태어난 건 시시한 생쥐 한 마리네."

"응? 태산명동서일필[18] 말야?"

"일본에도 같은 속담이 있어? 이거, 라틴어 속담이야. 하아~아."

아이리스는 괜히 한숨을 쉬더니, 뒷좌석에 아무도 없는 것을 확인하고 조금 리클라이닝 시트를 눕히고, 의자에 깊숙하게 고쳐 앉았다.

"좀 졸려. 아라시야마 저택의 베개, 너무 부드러워서 푹 잠들 수가 없었어."

"그, 그래."

말하자마자 아이리스는 눈을 감았다. 차 안의 전광게시판

#18 태산명동서일필(泰山鳴動鼠一匹) 태산을 울리어 세상을 떠들썩하게 움직이는데 나타난 것은 고작 쥐 한 마리. 요란하게 일을 벌였으나 별로 신통한 결과를 얻지 못한 경우.

이 기후하시마 통과를 알릴 무렵에는, 편안한 숨소리를 냈다.

토라키는 석연찮은 표정으로 잠시 아이리스를 보았지만, 자신도 리클라이닝을 눕히고 커다랗게 숨을 내쉬며 눈을 감았다.

이 교토행만 보았을 때의 성과란 의미에서, 분명히 태산명동서일필일지도 모른다.

그러나 지금까지 몰랐던 아이카의 과거를 알고, 히키 본가와 미하루의 협력을 새삼 얻을 수 있게 된 것은 큰 성과일 것이다.

그리고.

『나는 「아빠」가 흡혈귀였어.』

카라스마를 상대할 때 아이리스가 한 말이, 뜻밖에도 토라키의 마음에 깊게 남았다.

"내가 너를, 진짜로 전혀 모른다는 것도 깨달았지."

작게 말한 토라키에게, 잠들어 있는 아이리스는 대답하지 않았다.

"……조금은 신용해라. 이번 일도 포함해서. 파트너 팬텀이라며."

자신을 걱정하는 것뿐 아니라, 걱정해서 자신을 위해 행동해주는 인간이 존재하는 것만큼 기쁜 일은 없다.

흡혈귀가 된 뒤로 와라쿠 일가를 제외하면 그런 관계를 맺고 싶어도 맺지 못했던 토라키에게, 아이리스의 행동은 엉뚱하긴 하지만 분명히 기쁜 것이기도 했다.

우쭐거릴 것이 눈에 선하니까 정면으로 말하진 않지만.

"고마워."

그렇게 말하고, 토라키도 눈을 감았다.

밤에 잠든다.

흡혈귀에게, 지극히 사치스런 시간의 사용법이었다.

토라키가 잠든 숨소리를 내기 시작한 것은, 그 뒤에 금방이었다.

아이리스는 토라키가 깨지 않도록, 전차의 진동에 맞추어 토라키의 어깨에 머리를 올렸다.

이 정도는, 해도 괜찮을 것이다. 여기는 미하루의 눈길도 없다.

이제 곧 나고야에 도착한다.

직전에 방송이 흐르고, 차 안이 웅성거리고, 전차가 감속하고, 졸음은 금방 깰 것이다.

그때 토라키는 어떤 반응을 보일까?

도쿄에 돌아가면, 전보다도 엄격한 환경이 아이리스를 기다릴 것이다.

그렇다면 하다못해 이 정도는, 해도 벌은 안 받을 것이다.

"……엄마……."

과거에 어머니, 유니스 예레이도 이런 마음을 품었던 것일까? 아이리스는 흡혈귀인 토라키의 체온에 볼이 따스해지는

걸 느끼면서, 문득 생각했다.

— 끝 —

■작가는 언제나 후기의 화제를 찾고 있다
—— AND YOU ——

와가하라 사토시의 전작 『알바 뛰는 마왕님!』의 제1권이 세상에 나온 지 1개월 뒤에, 동일본 대지진이 발생했습니다. 그 뒤, 이야기의 무대가 『현대 일본』으로 설정되어 있던 마왕님의 세계에서는 동일본 대지진이 발생하지 않는다, 라고 선언하고서 이야기를 진행했습니다. 그런데 본작 집필 타이밍에, 세계는 신형 코로나 바이러스로 그 이전과 크게 모습이 바뀌었습니다.

그리고 본작 『드라큘라 야근!』의 주인공이 일하는 편의점도, 이전과 크게 모습이 바뀌었습니다.

일단 들어갈 때 손의 소독은 기본. 계산대에는 비말 확산 방지를 위한 비닐 시트가 설치되는 것이 현대의 상식이 되었습니다. 손님은 들어갈 때 마스크 착용이 필수이고, 애당초 외출할 때 마스크 착용은 이미 옷을 입는 수준으로 상식이 되어가고 있습니다.

개인적인 의견입니다만, 앞으로 신형 코로나 바이러스에 효과적인 치료법이 확립되어 일반화되더라도, 일본국내에 한정해서 마스크를 제외한 다른 습관이 폐지되지는 않을 것으로 생각합니다.

누가 뭐래도 청결과 건강에 관한 것이니까요. 신형 코로나 바이러스를 경계하여 누구나 손 소독과 청결에 예전보다도 신경 쓰게 된 결과, 독감 환자가 극적으로 줄어들었다는 데이터도 있을 정도입니다.

적어도 앞으로 몇 년, 까딱하면 십수 년 동안, 외출할 때는 마스크를 쓰고, 가게에 들어갈 때는 손 소독을 하고, 계산대에는 비말 확산 방지 시트가 있는 것이 상식이 되겠죠.

그렇지만 『드라큘라 야근!』의 세계에서 신형 코로나 바이러스는 존재하지 않고, 토라키가 일하는 이케부쿠로 동5쵸메점의 계산대에는 비말 확산 방지 시트도 설치되지 않습니다.

본작은 마왕님과 마찬가지로 리얼한 일본의 일상을 베이스로 삼는 이야기지만, 엔터테인먼트 작품입니다. 따라서 지금 현재 많은 분이 싸우고 있는 신형 코로나 바이러스를 함부로 다루어선 안 된다고 판단했습니다.

언젠가 다시 모든 사람이 마스크 없이 밖에 다니고, 건강과 청결을 유지하면서 과거처럼 모여 큰 소리로 웃어도 괜찮은 세계가 돌아올 거라고 와가하라는 믿고 있습니다.

또 야간형 인간의 일원으로서, 지금보다도 조금만 더 밖에서 식사할 수 있는 시간이 늦은 시간이라도 괜찮아지게 되기를 바라고 있습니다.

본작의 이야기는, 그렇게 어떤 의미에서는 현실의 『구세계』와 같은 현대의 환경을 답습하면서, 그 세계에서 팬텀이라는 생명체가 분명히 존재하고 필사적으로 살아가려는 이야기입니다.

누구나 만나고 싶은 사람을 만나고 싶은 타이밍에, 맨 얼굴로 만날 수 있는 세계가 하루라도 빨리 돌아오기를 소망하며, 또 다음 이야기에서 만나고 싶습니다.

그럼 이만!!

■역자 후기

솔직히 역자는 코로나 걸릴 걱정이 별로 없습니다. 애당초 집에서 잘 안 나가거든요. 간혹 누가 나오라고 할 때, 코로나 시국인데 뭘 밖에서 만나냐는 말로 거절할 수 있어서 너무 좋습니다. 지난 1년 동안 집에서 반경 200미터 이상 외출한 것이 거의 손에 꼽을 정도였다고 기억합니다.

그 중에서 세 번이 코로나 백신 접종하러 병원에 가는 것이었던 불초 역자, 돌아왔습니다. 이얏호!

역자는 마침 이번 작업 중에, 이 후기를 쓰고 있는 며칠 전에 3차 접종을 완료했습니다. 1차 때는 그냥 주사 맞은 팔이 상당히 뻐근한 근육통만 느끼고 넘어갔었지만, 2차 때는 몸살에 더해 숙취와도 같은 두통을 겪으면서 아세트아미노펜 성분 진통 해열제 4알에 신세를 졌습니다. 접종하고 20시간쯤 지나니까 으슬으슬하고 머리가 아프더군요. 그것도 굉장히 애매한 것이, 진짜 숙취 같았어요. 집안일이나 식사 준비, 설거지 등을 다 할 수는 있는데 진짜 하기 싫은 미묘한 나른함과 두통이 있었죠. 약을 먹고 잘 쉬어서 16시간만에 회복을 했습니다.

2차 때 학습한 역자는 3차 접종을 한 뒤 집에 와서 면밀하게 몸 상태를 체크했습니다. 시간이 지나자, 기온에 비해서 묘하게 몸이 으슬으슬했습니다. 역자는 고대의 예언자처럼 이것이 부작용의 조짐임을 깨달았지요! 마침 잘 시간이 몇 시간 안 남았기에 약을 준비해 뒀다가, 두통이 생긴다 싶을 즈음에 복용했습니다. 그랬더니 조금씩 멍하고 아파지던 머리가 약기운이 돌면서 나아지더군요. 덕분에 잘 시간에는 오히려 편안하고 쾌적하게 잠들 수 있었습니다. 자고 일어났을 때 머리가 좀 아프지 않은가 싶었지만, 카페인 부족이더군요. 참고로 2차 때도 두통의 절반은 카페인 부족이 원인이었습니다. 큭. 카페인에서 벗어날 수 없는 몸이 되어버렸어! 어쨌거나 이번엔 1회 복용으로 극복했습니다.

다들 백신 맞으셨죠? 마스크도 잘 쓰셔야 합니다. 역자의 경우는 마스크 밴드를 애용하고 있습니다. 플라스틱 재질로 된 X자 모양의 물건이라 밴드라기보다 걸이라고 하는 게 더 적합할 것 같네요. 위에 적은 것처럼 역자는 집에 틀어박혀서 일을 하기 때문에 마스크 안 쓰고도 편하게 일을 하고 있습니다만, 그래도 외출할 때는(반경 200미터 이내) 꼬박꼬박 마스크를 쓰고 있습니다. 밴드나 걸이를 쓰면 좋은 점이 뭐냐면, 마스크의 밴드를 훨씬 뒤로 당겨주기 때문에 마스크와 얼굴이 훨씬 확실하게 밀착된다는 겁니다. 마스크 정착용이 얼마나 중요한지는 아무리 강조를 해도 지나침이 없어요.

그러니까 다시 한 번 강조해 봅시다. 코와 입을 모두 가리고, 마스크를 최대한 얼굴에 밀착시켜서 틈이 없도록 착용을 하셔야 합니다.

그리고 코로나 백신은 사람을 살리는 것입니다. 모 대부호에게 조종을 당한다거나, 블루투스를 발신한다거나, 와이파이가 터진다거나, 몸에 자성이 생긴다거나, 그런 하이퍼 SF적인 부작용은 발생하지 않습니다. 솔직히 저런 부작용이면 걸려보고 싶지만요. 안타까운 일입니다.

역자가 겪은 것처럼 분명히 다소 부작용은 있습니다만, 백신 부작용으로 후유증이 남거나, 최악의 경우로 사망할 가능성은 대단히 지극히 무척이나 몹시 낮습니다.

솔직히 부작용에 대한 생판 근거 없는 헛소문을 보다가 암이 발병해서 사망할 확률이 훨씬 더 높아요.

그럼 여러분, 의료적인 이유가 없는 한 다들 백신 접종하고, 마스크 잘 쓰고, 건강하게 다시 만나요!

드라큘라 야근! 3

초판 1쇄 발행 2022년 5월 10일

지은이_ Satoshi Wagahara
일러스트_ Aco Arisaka
옮긴이_ 박경용

발행인_ 신현호
편집장_ 김승신
편집진행_ 권세라 · 최혁수 · 김경민 · 최정민
편집디자인_ 양우연
관리 · 영업_ 김민원

펴낸곳_ (주)디앤씨미디어
등록_ 2002년 4월 25일 제20-260호
주소_ 서울시 구로구 디지털로 26길 111 JnK디지털타워 503호
전화_ 02-333-2513(대표)
팩시밀리_ 02-333-2514
이메일_ lnovellove@naver.com
ㄴ노벨 공식 카페_ http://cafe.naver.com/lnovel11

DRACULA YAKIN！ Vol.3
ⓒSatoshi Wagahara 2021
Edited by 전격 문고
First published in Japan in 2021 by KADOKAWA CORPORATION, Tokyo.
Korean translation rights arranged with KADOKAWA CORPORATION,
Tokyo through Korea Copyright Center Inc.

ISBN 979-11-278-6441-5 04830
ISBN 979-11-278-6283-1 (세트)

값 7,800원